柳生左門　雷獣狩り

鈴木英治

朝日文庫

本書は、「小説トリッパー」に2009年春季号〜2014年春季号に連載されたものに加筆訂正をしました。

柳生左門　雷獣狩り

第一章

一

駿河の春先は雨が多い。里に降る雨は富士山ではすべて雪となる。

真っ白な富士の山は気高く、神々しい。ずっと見ていたくなる。なにか元気づけられるような思いにもなる。

「あなたさま」

美紗乃《みさの》の声がした。見ると、濡縁《ぬれえん》に正座していた。頬に陽が当たり、つやつやと輝いている。

着物を着直して、大榎謙ノ助《おおえのきけんのすけ》はにこりと笑った。

「いつからそこに」

「たった今にございます」

呼びかけてきた声には、切迫したものがあった。

「なにかあったのか」

「はい、今、采吉《さいきち》さんが――」

玄関のほうにちらりと目を向けて、美紗乃が答える。采吉は謙ノ助の忠実な中間《ちゆうげん》だ。

「来ているのか。どうしたのかな、こんなにはやく。事件だろうか」

「はい、そのようです」

濡縁にあがった謙ノ助は部屋を横切り、小走りのように廊下を進んだ。

長身を折り曲げるようにして、采吉が玄関に立っていた。ろくに陽射しが入りこまないために薄暗いが、顔色がやや青くなっているのがわかった。


四半刻後、謙ノ助は采吉とともに車町にやってきた。駿府《すんぷ》に住んだ家康が、鳥羽と伏見から七人の牛車を引かせる牛飼《ぎつしや》いを招じたことに、この町名は由来する。

天下普請《ふしん》となった駿府城の建築にたずさわった者たちが住みかとしてこの町を選んだことでも知られ、特に左官が多かった。

その家康も死んで、すでに十四年になろうとしている。

昔、今川家がこの駿河のあるじだった頃、東照大権現《とうしようだいごんげん》さまは人質としてこの町に住まわれ、隠忍自重《いんにんじちよう》、忍従の日々だったときくが、本当にそうであったのかなあ。いやな思い出しかない町を、果たして隠居の町として選ぶものかなあ。

巨大な縄張の駿府城に目を向け、謙ノ助はふとそんなことを思った。

今の駿府城のあるじは松平忠長《まつだいらただなが》である。二代将軍秀忠《ひでただ》の三男で、今の将軍の家光《いえみつ》はすぐ上の兄に当たる。四年前の寛永《かんえい》三年（一六二六）、従二位《じゆにい》権大納言《ごんだいなごん》となり、駿河大納言と呼ばれている。駿河や甲斐、東遠江《ひがしとおとうみ》など、五十五万石もの領地を治める太守だ。

謙ノ助は、一度も会ったことはない。激しやすい性格らしく、あまりかんばしい評判はきかない。慶長十一年（一六〇六）の生まれというから、今年二十五だ。

「旦那、どうかなさったんですか」

采吉がきいてきた。

「すまぬ。ちと考え事をしていた」

「もう着きましたよ」

采吉が路地を指し示す。入ってゆくと、陽射しが塀にさえぎられ、少し肌寒さが感じられた。

すぐにあたたかさは戻ってきた。小川が流れる草地に出て、一気に視野がひらけたからだ。

車町は新しい町だが、駿府城の完成とともに職を求めて江戸に出ていった者も多く、空き家もかなり目立つ。こういう草地もけっこう多い。

草地の隅で人だかりがしていた。

「ちょっと通してくれないか」

采吉が人垣に向けて声をかける。振り向いた者たちが謙ノ助を認めて、いっせいに頭を下げた。

「ご足労、恐れ入ります」

謙ノ助は微笑した。

「これが役目だからな」

どれ、見せてもらおうか、と謙ノ助はいった。息を吸う。できるだけ気持ちを落ち着けたかった。

そばに、四つのござの盛りあがりがある。謙ノ助は片膝をつき、采吉にうなずいてみせた。

うなずき返した采吉が最もそばのござの端を握り、静かにめくる。

事前にどういう死骸であるのか、きかされていたとはいえ、さすがに謙ノ助は息をのみ、言葉を失った。顔から血の気が引いたのが、自分でもはっきりとわかった。

采吉は大きく見ひらいていた目を、たまらなくなったらしくそっと閉じた。

謙ノ助たちの前にあらわれたのは、首のない死骸だった。血は胴体から出きったようで、地面や草を汚していない。

切断されたところを見る。首の骨と赤い肉が見えている。切断された面はきれいだった。喉元に脇差の刃を押しつけ、全身の力を集めるように一気に掻《か》ききったのではないだろうか。

残りの三体も見た。最初の死骸と同じで、首が切り落とされていた。やはり傷口はきれいなものだ。

死骸はいずれも全裸だ。下帯すら着けていない。四人とも男である。

胴体や足の長さはまちまちで、生前の背丈は四人とも異なっていたのはまちがいない。顔がわからない以上、歳についてはなんともいえないが、足や腹、背中の肉づきや肌の張りからして年寄りというほどの者はいないように思えた。いずれも歳は近いのではないだろうか。せいぜい三十くらいか。俺と似たような歳だ。

謙ノ助はさらに死骸を調べた。

いずれも体に傷があった。胸から腹にかけて袈裟《けさぎ》斬りにされた者が一人、背中を斬り割られている者が三人。

これはつまり一人がまず正面から斬られ、あとの三人は驚いて逃げだしたところを背後から殺害されたということなのだろう。

四人とも、一刀のもとに斬り殺されていた。かなりの遣い手が刀を振るったものだ。ものの見事といういい方はこういう場合、適当ではないが、それ以外、ふさわしい言葉が見つからなかった。

この四人は、痛みはまったく感じなかったのではあるまいか。痛みをともなわせないことが慈悲と考えて、刀を振るったのか。

これで、殺されてからどのくらいたつのだろう。死骸は若干におってはいるが、腐りはじめてはいない。蛆《うじ》もわいていなかった。

昨夜に殺され、この草地に捨てられた。それはまずまちがいなかろう。

「それにしてもむごいな」

謙ノ助はつぶやいた。きゅっと眉を寄せた采吉が深く顎を引く。

いったい何者の仕業なのか。首はどこにいったのか。殺した者が持ち去ったのか。持ち去ったとして、どうしてなのか。なにか目的があるのか。

いろいろと頭をめぐらせつつ、謙ノ助はすっくと立ちあがった。また駿府城が目に飛びこんできた。

忠長の名が脳裏に浮かぶ。

「もうよろしいですか」

采吉が謙ノ助を見あげてきく。

「うむ、もうよかろう」

采吉が四つの死骸にござをかけてゆく。死骸はすべて視野から消えた。

謙ノ助は腕組みをした。

誰がこんな凄惨な真似をしたのか。考えはそこに戻ってゆく。戦国の頃ならともかく、今はもう首取りの時代ではない。

これから、捕物方として謙ノ助は探索を進めることになる。

采吉が謙ノ助を見つめている。顔には、こんなことをしたやつを必ず引っとらえてやりましょう、という思いが色濃くあらわれていた。

むろん謙ノ助も同じ気持ちだ。

謙ノ助たちは探索に取りかかった。

だが、数日たっても手がかりはまったく得られなかった。草地に捨てたところを見た者は見つからなかったし、下手人はおそらく荷車かなにかをつかったのだろうが、死骸を積んで町なかを運んでいるところを見た者も見つけることができなかった。殺された四人の身許も明らかにならなかった。

事件が事件だけに駿府でも大きな関心を呼び、誰それがずっとつかっていなかった脇差を研いでいた、とか、誰それが昔の武者のように首を取ってみたいといっていた、とか、誰それが首をぶら下げて歩いていた、というような噂や憶測が町なかを駆けめぐった。

謙ノ助たちだけでなく、他の同心も目の色を変えて探索に走りまわった。

しかし、捕縛《ほばく》につながるような手がかりは一切なかった。ほんの一月ばかりで探索は完全に手詰まりとなった。

寛永七年（一六三〇）の春に起きたこの事件は、暑い夏がすぎて秋風が吹きはじめた頃には、人々の脳裏からふき取られたように消え去った。

たまに、ふと思いだして口にする者はいたが、書物をめくるようにすぐに次の話題に移ってしまうのだった。

二

目の前に、真っ二つに割れた大岩が横たわっている。

祖父の石舟斎《せきしゅうさい》が剣の稽古の最中、不意にあらわれた天狗《てんぐ》を相手に戦い、必殺の斬撃を浴びせたとき、天狗は一瞬にして消え、代わりにこの岩がものの見事に二つに割れていたという伝説がある。

本当に本当のことなのか、と柳生左門友矩《やぎゅうさもんとものり》は思った。祖父にただしたことはない。こうして実際に目の当たりにすると、やれぬことはないような気もする。

大石や巨岩といえども必ず急所はあり、そこを突けばあっけないほどもろいものだから だ。石工などは、そういうところに確実に鏨《たがね》を入れてゆく。

しかしなあ。

左門はかたく腕を組み、岩を凝視した。見れば見るほど、きれいに割れている。これが刀でできることなのか。渾身の突きを見舞えばなんとかなるような気がするが、斬撃となるとどうなのか。

うーむ。

心でうなり声をあげて、左門は腰の刀を抜いた。岩に向かって正眼に構える。

名刀といっていい刀だ。刀身の長さは二尺二寸八分、杢目《もくめ》混じりの板目肌で、地鉄《じがね》の精良さがはっきりと見え、刃文は丁子乱《ちょうじみだ》れに砂流しがかかっている。握りはしっくりし、振ったときには重みをほとんど感じず、自分にぴったり合っているのがよくわかる。無銘ではあるが、備前長船《びぜんおさふね》の手練《てだれ》の刀工が打ったものであるのはまちがいない。

左門は左にじりと動き、二つにされた大岩の片割れの前に体を移した。片割れといっても、相当の大きさがある。

息を吸う。じっと岩に目を据えて、どこに急所があるか、見極めようとした。

だが、すぐにやめた。祖父はそんな見極めをすることなく、岩を斬り割ったはずだ。

無心にさえなれば、どこであろうと真っ二つにできる。

左門はなにも考えず、心を研ぎ澄まそうとした。

だが、なかなかうまくいかない。頭上を吹きすぎる風が、梢《こずえ》を騒がしてゆくのも気にかかる。鳥の声も、心に突き刺さるように響いてくる。

駄目だな。

ここは、柳生道場の者が稽古にやってくる場所だ。おびただしい大木が天を突くように茂り、風も陽射しも滅多に入りこんでこない。常に静寂が覆っている場所だが、今日はどうしてか心が騒がしい。

なにか変事でも起きる前触れだろうか。

今日は、寛永十四年（一六三七）の七月二十五日である。あと五日で七月も終わりだ。ときがたつのは、どうしてこんなにはやいのだろう。

これでは、あっという間に歳を取るはずだな。

ふと、背後で気配が動いた。

むっ。

腰を落とし、左門はそちらに神経を集中した。

すぐに誰がやってきたのか、覚った。

左門は岩の両断をあきらめ、息を静かに吐いた。緊張が大気に溶けだすように消えてゆく。刀を鞘《さや》にしまい入れた。

「お久《ひさ》」

鋭く呼んで振り向いた。

若い女が、杉の木を盾にするようにして立っている。

あたりは夕暮れのように薄暗いが、お久の瞳は真夏の海のようにきらきらと輝いている。

鼻筋が通り、口元には常に微笑をたたえているが、ややつりあがった目に負けず嫌いな性格がよくあらわれていた。

「なにか用か」

左門はぶっきらぼうにきいた。

「用がなくちゃ、来ちゃいけないの」

お久が口をとがらせていう。腰に袋竹刀《ふくろしない》を帯びている。

「その通りだ。用がなければ、俺のそばに寄るでない」

お久が微笑する。

「なんだ、その笑いは」

「私のこと、好きなくせに。無理してるなあ、と思っただけよ」

肩を怒らせて左門はにらみつけた。

「誰が、おまえのことを好きなんだ」

「左門に決まってるじゃないの」

「呼び捨てはよせ、と前からいっているぞ」

「そうだったわね。左門さまは五つも年上だもの」

「五つだと。嘘をつくな。おまえは俺より二つ下ではないか。俺は二十四だぞ」

お久が不思議そうに首をひねる。

「あら、そうだったかしら。いつの間にか左門と私の歳は縮まっていたのね」

また呼び捨てにされたが、左門は黙っていた。

「私の歳を覚えていてくれて、とてもうれしい。――そんなことより、さっきの話よ。左門の瞳《め》を見ていれば、私に惹かれていることくらい、すぐにわかる」

「おなごというのは、勝手なことをもうす生き物よな」

お久がふっと杉の木を離れ、近づいてきた。うしろでまとめている長くつややかな髪が、風を受けたかのようにふんわりと揺れる。

左門は目を奪われかけた。

「どうかしたの」

怪訝《けげん》そうな顔を見せてはいるものの、お久が左門の思いをとうに解しているのは、はっきりとわかる。なにしろ幼い頃からよく知っているのだから。

「なんでもない」

左門は強い口調でいった。お久がいたずらっ子のような目をする。

「左門ってやっぱりかわいい」

「うるさい」

お久がさらに足を運んだ。迷いのない見事な足さばきだ。

一瞬にして距離が縮まった。お久の顔が眼前にある。息がかかりそうだ。

左門は呼吸が苦しくなった。

「ねえ、左門、約束はちゃんと覚えてるんでしょ」

ささやくように話す。

吐息が顔にかかった。甘い香りがする。左門はくらっとなりかけた。

「むろん」

なんとかつっかえずにいえた。

「よかった」

お久が胸に手を当て、ほっと息をつく。そのあたりの喜びようは、そこいらの村娘と変わらない。

「しかし、おまえには無理だぞ」

なんとか立ち直って左門はいった。

「あら、そうかしら」

「当然だろう。これまで何度もしくじっているではないか」

「これまではね。これからはちがう」

お久がくすりと笑って、腰の袋竹刀を軽く叩く。左門の頬をなでてきた。

「なんといっても、左門は女に甘いから。こうして顔に触っても、呼び捨てにしても、平気だし」

「だが、約束に関しては別だ」

「よくわかっている」

頬から手を放したお久がまじめな顔をする。瞳は左門を案じていた。

「稽古を再開してからだいぶたつけれど、体のほうは大丈夫なの」

「うむ、かなりよくなっている」

「無理してない」

「むろん」

「そう、よかった」

心の底から喜んでくれている。気持ちが和んだ。

お久が、ふとなにかを思いだしたような表情になった。

「ごめん、あなたのきれいな顔に見とれてて、すっかり忘れていたわ」

「なにを」

「左門にお客よ」

「誰だ」

「江戸からみたい」

「江戸だと」

そういった次の瞬間には、左門は駆けだしていた。

「待ってよ、左門」

うしろからお久の声が追いかけてきたが、左門の足がとまることはなかった。

巨石が集まっているところの脇を抜け、山道をくだり、一気に里に出る。夏の暑さが舞い戻ってきた。

打滝川《うちたきがわ》沿いの街道にぶつかるや、すぐさま左に折れた。行きかう里の者たちが、左門に向かって次々に腰を折ってくる。左門は走りつつ、すべての者の名を呼んで挨拶を返していった。

左手に小高い山が見えてきた。道を曲がり、山を駆けあがる。

屋敷に着いた。山の頂近くにある屋敷はそんなに広くはない。ここで左門は一人で暮らしている。あとは、通いの飯炊きばあさんがいるだけだ。

「ただいま帰った」

玄関口から怒鳴るようにいった。全力で走ったために汗はかいているが、息があがってはいない。本調子とまではいかないものの、やはり体はもとに戻りつつある。

「ああ、若さま」

飯炊きばあさんのおすみが、安堵の色をにじませて出てきた。小腰をかがめ、手ぬぐいを差しだしてきた。

「お久さまがお使いに行ってくださるっていうんで、ちょっとばかし案じていたんですけど、伝わったみたいですの」

年寄りらしからぬ響きのいい声でいう。

左門は手ぬぐいで汗をふいた。

「客は江戸からときいたが」

「はい、菊岡晋吾《きくおかしんご》さまと名乗られました」

「菊岡か」

なつかしい名だ。

草鞋《わらじ》を脱ぎ、手ぬぐいをおすみに返して左門は客間に急いだ。といっても、せまい屋敷だから、すぐに着く。

「失礼する」

左門は声をかけてから、板戸を横に滑らせた。

「待たせた」

左門は腰の刀を鞘ごと抜き取り、右側に置いた。あぐらをかく。

「たいして待っておらぬ」

背筋を伸ばして同じようにあぐらをかいている晋吾がにこやかに答えた。長い道中だったはずなのに、ろくに日焼けせず、以前と変わらない白皙《はくせき》だ。

「江戸から急いでやってきたのでな、喉がひどく渇いておった。白湯を三杯ほど、おかわりさせていただいた。柳生の水はよいな。汗も引いて、話をするのにちょうどよい」

まだ手甲脚絆《てっこうきゃはん》をはずしていない。

「それはよかった。晋吾、一人で来たのか」

「そうだ。供の者もおらず、不安で一杯の旅だった」

「偽りをもうすな。おぬしはすばらしい遣い手ではないか。怖いものなど、一つもありはしないだろう」

「世の中、怖いものだらけだ。それに、剣の腕はおぬしとはくらべようもない。左門、一度、立ち合ったのを覚えているか。俺は赤子のような扱いをされたぞ」

「そうだったか」

「とぼけおって」

楽しそうにいって、晋吾がしみじみと見る。

「それにしても左門、久しいな」

「ああ、一別以来だ」

「体のほうはどうだ」

「だいぶよくなった」

晋吾が、合点がいったように深くうなずく。

「顔色もいいゆえ、一目見てこれは大丈夫と思った。しかし、まだ本復とはいかぬか」

「あともう少しだな」

「そうか。上さまもご心配なさっておる」

徳川第三代将軍家光のことだ。晋吾は小姓をつとめている。

「上さまは、おぬしの顔を見たい、と常日頃から仰《おお》せられている。俺も、おぬしとまたともに働きたいと願うておる」

「かたじけない。そういってもらえるとうれしい。——急かすようで恐縮だが、用向きは上さまか」

「うむ、その通りだ」

晋吾が、懐から油紙にくるまれた包みを取りだす。

「これだ。お預かりしてきた。読んでくれ」

背筋を伸ばし、正座した左門は包みを受け取った。頭上に掲げ、一礼してから油紙を除き、中身を取りだした。

短い文面だ。祐筆《ゆうひつ》に書かせたものではなく、家光の直筆である。なつかしさが心にあふれる。涙が出そうになった。

その気持ちを抑え、左門は文を読み進めていった。

むう。

読み終えた左門は頭上を仰ぎ、天井をにらみつけた。

上さまは本気でおっしゃっているのか。晋吾をわざわざ柳生までよこすくらいだから、きっと本気なのだろう。

しかし信じられぬ。

眼前で、晋吾が興味津々の顔つきをしている。

「晋吾」

左門は呼びかけた。

「上さまがなにをこの文にお書きになったのか、教えてやりたい。だが、他言無用とはっきりと記されている」

「そうか」

晋吾はわずかに残念そうにしただけだ。

「左門、上さまの御文の件は承知か」

「うむ、確かに承った」

「そうか。左門、上さまには江戸に呼ばれたのか。それも教えられぬか」

「いや、呼ばれておらぬ」

「そうか」

晋吾が刀を手に立ちあがった。

「では、これでな」

「もう帰るのか」

左門は目をみはった。

「うむ。俺の役目は左門に文を手渡し、返事をもらうことだ。一刻もはやく江戸に立ち戻り、上さまに復命しなければならぬ」

「しかし、じき日暮れだぞ。泊まっていけばよい」

「いいのだ、左門。おぬしの元気な顔を見られて、俺は満足よ」

これ以上引きとめても、無駄のようだ。左門は文を懐にしまった。家光のにおいが香ったような気がした。

「仕方あるまい。上さまはつつがなくおすごしか」

「ああ、最近はずいぶんとお加減はよいようだ。お顔の色もいいぞ」

「それは重畳《ちょうじょう》」

「まったくだ」

晋吾が部屋の外に出る。二人で玄関先まで戻った。

「もうお帰りにございますか」

おすみが驚いてきく。

「ああ、世話になった」

「あたしは、なんもしておりません」

「うまい白湯だった」

「もっとおいしいものは、いくらでもありますのに」

「次の機会に馳走になろう」

晋吾が左門に向き直った。

「では、これでな。また会おう」

「うむ、必ず」

晋吾が袴の裾をひるがえし、山道をくだりはじめた。十間ほど離れたところで、振り向いた。手を振ってきた。白皙が夕暮れ時の暗さに包みこまれて、やや色黒に見えた。

左門は手を振り返した。おすみが伸びあがるようにして晋吾を見ている。

うなずいて晋吾が再び歩きだした。道がゆるやかに曲がり、姿はあっという間に見えなくなった。

「ああ、行ってしもうた」

おすみが悲しそうにする。

「うむ、残念だな」

「久しぶりのお客で、存分に腕を振るわせてもらうつもりだったのに」

左門はおすみを見た。

「今日の夕餉《ゆうげ》はなんだ」

「ご飯にたくあん、梅干しですよ」

「またそれか」

「あと、豆腐を汁物にしようと思っています」

「ほう、そいつは豪勢だな」

楽しみにしている、とおすみにいい置いて左門は自室に引っこんだ。

こぢんまりとした庭に面した板戸があいている。左門は、庭に誰もいないことを確かめてから、静かに板戸を閉めた。

部屋の真んなかに正座し、懐から文を取りだした。文を広げ、文面をあらためて見返す。

何度、読み直したところで、書いてあることは変わらない。

上さまは、これを本気で信じていらっしゃるのだろうか。

文に目を落としたまま、左門は考えこんだ。

まちがいなく信じていらっしゃるのだろう。

しかし、どうしてこのようなことをお思いになったのか。

なにかきっかけがあったのだろうか。

家光の文には、次のような意味のことが記されていた。

左門、息災でいるか。病がよくなったと聞き、安心している。なによりのことである。ところで余は、弟の忠長が生きているような気がしてならぬ。胸騒ぎがするのだ。本当に忠長が死んでいるかどうか、そなたに確かめてほしい。このようなことは、そなたにしか頼めぬ。

忠長というのは、家光のすぐ下の弟のことだ。

幼い頃から英明を知られ、父の秀忠や生母のお江与《えよ》の方に溺愛されて、一時は家光を差し置いて将軍になるのではないか、という噂すら流れた。家光がまだ年端もいかない頃、あまり口をきかず、ぼうっとしていたといわれたことからも、忠長本人がその気になったのは疑いようがない。

しかし、家光の乳母である春日局《かすがのつぼね》の祖父家康への働きかけもあって、結局、家光が元和《げんな》九年（一六二三）七月に第三代将軍となり、忠長は甲斐に二十万石の所領を与えられ、一大名となった。

それでも勢威は盛んで、寛永元年（一六二四）に五十五万石の大領を与えられて駿府に居城を持ち、大納言となってからは西国大名が盛んに機嫌うかがいに参ずるなど、江戸と駿府に二人の将軍がいるようなありさまになった。

だが、最愛の母であったお江与の方を寛永三年の九月に病で失ったことで忠長は心をわずらい、駿府において妙な振る舞いが多くなった。乱行といえるような行いを頻発するようになっていったのである。

駿府浅間《せんげん》神社の神の使いといわれ、神獣とされていた猿が西丸子山から頻繁に里におりてきては田畑を荒らし、領民を困らせているということで、忠長自ら、大勢の勢子を率いて猿狩りを行い、千二百匹を超える猿を狩った。

その猿狩りの帰り、忠長は乗っていた駕籠から脇差で駕籠かきの背を突き刺した。驚いて逃げた駕籠かきに激怒し、忠長は家臣にとらえさせてその場で首を刎《は》ねた。

ほかにもこんな話がある。

風が強く寒い日に忠長は鷹狩りを行ったが、あいにく獲物が一匹もとれなかった。帰りに寺で暖を取ろうとしたが、湿った薪のせいでなかなか炎があがらず、煙が出るばかりだった。寒さと煙に苛立った忠長が、火をつけようとかがんでいた小姓の首をいきなり斬り落とした。

その後、なんの咎《とが》もない家臣を手打ちにしたり、腰元を殴りつけたり、殺したりした。すべて酒に酔ってのことといわれるが、いつしか猿を殺した祟《たた》りと噂されるようになった。手打ちにした家臣は数十人にのぼったといわれる。

こんな忠長を捨てておけず、寛永八年四月、父秀忠は甲斐の谷村に蟄居させた。駿府城へ使者に立ったのは、家光の側近中の側近である松平伊豆守信綱《まつだいらいずのかみのぶつな》だった。

翌寛永九年に秀忠は死去し、遠慮する人物がこの世にいなくなった家光は同年十月、忠長の所領を没収し、高崎城主安藤重長《あんどうしげなが》へと預けた。

忠長は高崎城内に幽閉された。しかし、そのとき家光は病に陥り、床に臥《ふ》してしまった。一時は重篤だった。家光危うし、という風聞が飛びかい、忠長や紀州頼宣《よりのぶ》の謀反《むほん》の噂が巷に流れた。

なんとか病を克服した家光は、忠長に死を与えることを決意した。生かしておいては公儀のためにならぬ。

確かに命を永らえさせては、徳川幕府が倒れかねない。それだけの火種となり得る男だ。

家光は御小姓番頭だった阿部《あべ》重次《しげつぐ》に命じて高崎に赴かせ、忠長に自害するように仕向けた。

寛永十年十二月六日、逃れられない運命を覚った忠長は、ついに高崎城内において自刃したのだ。

それにもかかわらず、忠長は生きているのではないか、と家光はいうのである。

にわかに信じられることではない。

だが、と左門は思う。

今、自分は小姓ではないとはいえ、家光が主君であることに変わりはない。それに家光はときの将軍である。

しかも、一時は肌を許し合った仲だ。荒唐無稽のことだからといって、無視できる事柄ではない。

それに、家光は聡明な男である。忠長が生きているのではないか、という以上、なにか確信があるのではないだろうか。あるいは、なんらかの証拠が出てきたのか。

家光は文の最後に、忠長を見つけたら必ず殺せ、ともいってきている。

仮に忠長公を見つけだしたとしても、と左門は両腕を見つめて思った。

この手で斬ることなど、果たしてできるだろうか。

三

ふう、暑い。

左門は空を見あげた。

今年はいつまでも暑い。目をやられることを知っているので、じかに見つめるようなことはないが、太陽は真夏のごとく真っ白な輝きを見せている。

空はどこまでも青く、一片の雲すらない。太陽に蹴散らされてしまったようだ。強烈に照りつける陽射しは、地上のものすべてを焼き尽くす勢いである。

田畑に出ている百姓衆も、真っ黒だ。たわわに実っている稲も、うなだれているように見える。行きかう者はほとんどないが、たまにこのせまい街道で出会う者も、げんなりしている。

水がほしいな。

腰に竹筒をぶら下げているが、とうに空だ。水は体から力を奪うということで、あまり飲まないほうがいいといわれているが、この暑さで飲むなというほうが無理である。

飲まなければ、体の水気をすべて失って死んでしまうような気がする。左門は喉が渇くということは、体が欲しているからだろうということで、決して無理はしない。どこかで水を手に入れぬと、ひび割れた大地のように、体が干からびてしまうのではあるまいか。

戦国の頃、水さえあればかなり長いあいだ籠城に耐えられたときく。

それほど水は体にとって重要なものなのである。

すぐに泉が見つかり、喉の渇きを癒すことができた。竹筒を一杯にして、さらに前に進んだ。

家光の文を受け取った左門は昨晩しっかりと睡眠をとり、今朝の夜明け前、飯炊きばあさんのおすみの家を訪ね、あとを頼んで屋敷を出てきたのだ。向かうは紀州和歌山である。

最初は江戸に行き、どうしてこのようなことを命じてきたのか、家光に会いに行くことも考えた。

ただ、その前に、和歌山で会っておく必要がある人物がいることに、気づいたのだ。

おすみは左門の急な出立に面食らっていたが、急いで握り飯をつくってくれた。

「いつお戻りになるのです」

握り飯が入った竹皮包みを手渡して、おすみが心配そうにきいてきた。

「まだわからぬ」

「どちらへいらっしゃるのです」

「それはいえぬ」

さようですか、とおすみが寂しそうに口にした。

「まさか、これが今生の別れになるようなことはありませんね」

「当たり前だ。そのようなことは決してあり得ぬ」

左門は胸を叩いて請け合った。

今、竹皮包みに入れられた握り飯は手ぬぐいに包まれ、腰に巻いている。たっぷりとした重みが心地よい。

柳生を出た左門は、柳生街道を踏み締めてまず奈良へと向かった。奈良の町から南に進路を取る。大和街道と呼ばれる道である。橿原《かしはら》の町を抜けてさらに南にくだり、下土佐《しもとさ》という土地で斜め左に足を転じる。未申《ひつじさる》の方角に向かう街道を行くと、曾我川の流れにぶつかる。街道は、しばらくこの川沿いに進むことになる。

左門の歩みははやい。追い越される人が、必ず目をみはる。まるで仙人のように宙を踏んでいるように見えるのではないだろうか。

その気になれば、一日二十里は行ける。だが、まだ病みあがりだけに、そこまでするつもりはない。今のところは、十五里ほどにとどめておくのが賢明だろう。

それでも常人とくらべれば、倍近い道行きということになる。

そろそろ腹が空いてきた。握り飯をいつ食べようか。そんなことを思うのも、楽しかった。

どこからか鐘の音がきこえてきた。三つの捨て鐘のあと、九つ打たれた。

昼か。

ちょうど腹の虫が激しく鳴いた。

ここらあたりで腹に入れておくか。

食べておかないと、この先、保たないだろう。

左門は街道沿いの地蔵堂の前に腰をおろし、おすみの心尽くしの握り飯を食べはじめた。

「相変わらずでかいなあ」

まるで鞠を彷彿させる大きさだ。それが竹皮包みのなかに三つも入っていた。重いはずだ。

左門はかぶりついた。笑みが自然とこぼれ出る。

塩がきいていて、いい味をだしている。ぎちぎちに固められておらず、ほろっと口のなかでほどけるようなのがまたいい。汗をかいたとき、この手の握り飯は実にうまい。

左門はあっという間に三つの握り飯を食べ終えた。指についた飯粒をぺろぺろとなめ、きれいにした。最後に水を飲んで、口のなかを洗い流した。

よし、行くか。

空腹はすっかりおさまっている。左門は立ちあがり、再び歩きだした。

やがて曾我川は左に曲がりはじめた。この川沿いに足を運べば、桜で有名な吉野山のほうに行ける。左門は、曾我川に別れを告げて未申の方向に歩みを進めた。

夕暮れがやってきた。昼間の暑熱があたりに残っている。

街道は五條の町に出た。町のまわりには、広々とした平野が広がっている。平野は、北と南で山にぶつかって途切れていた。山は夕焼けに色づきはじめていた。

豊かな収穫が約束されたも同然の大地で、稲がたっぷりと実りつつあった。こちらも橙色に染められている。

ゆったりとした風に揺られて波打つ稲穂のにおいが、あたりに濃厚に漂っている。この豊壌な平野をつくりだしたのは、吉野川の流れである。

体や足には、まだ余裕があった。疲れていないとはいわないが、さほどではない。行こうと思えば、まだ十分に行けた。しかし、やはりここは無理はしないほうがいい、と判断した。

左門は五條の町で宿を取った。柳生からここまでおよそ十五里。目的地の和歌山まで同じ距離が残っている。

五條は道のりのちょうど中間の町である。

「行ってらっしゃいませ」

「お気をつけて」

「またおいでくださいね」

翌朝、まだ夜明け前というのに宿の女中や飯炊き女が勢ぞろいして、見送ってくれた。どの顔も上気している。左門に熱い眼差しを送ってきていた。

「うむ、世話になった」

左門は女たちにほほえみかけた。女たちが、しびれたような表情になる。

「では、まいる」

「本当にまたいらしてくださいね」

「ああ、できればな」

嘘はつきたくなかった。戻るとき大和街道を通ることになれば、また同じ旅籠《はたご》を選ぶだろうが、果たしてそうなるものか。

五條は大和街道だけでなく、伊勢につながる伊勢街道や十津川郷のほうへ続く十津川街道が合する要衝であり、さらに吉野川の水運もあって、幕府の直轄《ちょっかつ》領になっている。元和二年（一六一六）までは、関ヶ原の戦いで手柄をあげて家康の目にとまった松倉重政《まつくらしげまさ》が一万石で入部していた。

重政は大坂の陣でも戦功をあげ、四万三千石を与えられて肥前の島原に転封《てんぽう》した。重政は寛永七年（一六三〇）に死に、今は子の勝家《かついえ》が家を継いでいる。

五條をあとにした左門は、大和街道を和歌山に向かって歩いた。街道は、これからずっと吉野川とともに進む。

吉野川は、五條のあたりでは音無川とも呼ばれている。昔、空海が本を読もうとしていたが、吉野川の流れがうるさく感じられたので、呪文とともに筆を投げこむと、水音が消えたという伝説によるのだそうだ。実際に、五條の近くでは流れが静かで、水音がしないところがある。

　空海が流れに投げこんだのは石であるとか、呪文ではなく、黙れっ、と吉野川に向かって怒鳴ったとかいわれているが、本当のところはさだかではない。

　空海には似たような話がほかにもあり、熊野の本宮のほうでは、くつわ虫の伝説が伝えられている。

　空海が学問に励んでいたところ、ざらついた鉄をすり合わせたようなくつわ虫の鳴き声があまりに耳障りなので、うるさいっ、と一喝したところ、くつわ虫は黙りこんだ。以後、本宮あたりではくつわ虫は一切鳴かなくなったということだ。

　この手の伝説の類はほとんど信じられることではない。心に余裕を持って楽しむのが一番なのだろう。

　左門は歩き続けた。まだ夜は明けていないが、大気には昨日の暑さがいまだに残っている感じだ。

　どうやら、今日も暑くなりそうだった。昨日より暑くなるのではないかという気がする。暑さ寒さにへこたれないだけの厳しい鍛錬をしてきているとはいえ、ここまで暑さが続くと、さすがにこたえてくる。なにしろまだ体調は戻りきっていないのだから。

　いったいいつまでこの暑さは続くのか。

少し腹立たしさを覚え、左門は上空を仰ぎ見た。空は紺色が取れ、青さが広くなりつつある。

振り返ると、山の端に頭の先をだした太陽が見えた。今日も空に雲はほとんどない。はるか南に、入道雲がわき起こっているのが見えるだけだ。

腹が鳴った。朝餉《あさげ》はとっていない。宿の者に握り飯をつくってもらった。

五條からは、ほんの一里足らずで国境を越える。道は、紀州にじき入ろうとしていた。紀州との国境を越えたら、飯にしようと左門は心に決めた。

紀州に入った。ここから吉野川は紀ノ川に呼び名を変える。

左門は河原におり、平たい石を選んで腰をかけた。和歌山近くまで行けば悠々たる大河だが、このあたりではまださほどの川幅ではない。

だが、紀ノ川は暴れ川の名があり、下流の和歌山の町は、たびたび大水に見舞われている。

名産の吉野杉で組まれた筏が、下流に向かってゆく。船頭の腕は見とれるほどで、流れに巧みに棹さして、鮮やかに軽やかに急流を乗り切ってゆく。

竹皮包みをひらいて握り飯を食べた。おすみのものほどではなかったが、十分にうまかった。左門は宿の者に、ありがとう、と声にだして感謝した。

力がみなぎってきた。腹がこなれるのを待って立ちあがり、左門は大和街道を再び歩きだした。

久しぶりだな。

左門は和歌山の町を見渡した。城が間近に見えている。虎伏山の頂にそびえる天守は黒板張りで、じきに西の空に没する太陽を浴びて鈍い輝きを放っていた。

それにしても、和歌山とはな。

左門はつと立ちどまり、顎に手を当て考えた。いったい誰が名づけたのか。こんなに風流な名は、日本全国を探してもないのではないか。京から公家がよく足を運んでいたのだろうか。

左門は再び歩きだした。耳に入ってくる言葉は、よお、なあ、やん、などだ。いずれも語尾につく言葉である。

大和よりもどこかのんびりした口調にきこえるのは、やはり海が近く、あたたかなせいもあるのか。

この町に来たのは、いつ以来だっただろうか。

考えるまでもなかった。二年ぶりになる。二年前も、やはり木村助九郎友重《きむらすけくろうともしげ》に会いに来たのだ。

木村助九郎は、庄田喜左衛門《しょうだきざえもん》、村田与三《むらたよぞう》、出淵孫兵衛《でぶちまごべえ》とともに柳生四天王のうちの一人で、筆頭といわれた男である。柳生石舟斎の直弟子で、大納言忠長に二年間、仕えていた。忠長が自刃したのちの寛永十一年に、ここ紀州の太守徳川頼宣に六百石で仕官した。頼宣は家康の十男である。

二年前、和歌山に来たのは木村助九郎と立ち合うためだった。

そのときは互角だった。

今はどうか。

こちらは肝の臓を病んで、八ヶ月ほど体を動かすことができなかった。刀を振るうなど、もってのほかだった。

助九郎はちがう。あれからたっぷりと稽古を積み、鍛錬は十分すぎるほどであろう。腕をさらにあげたはずだ。

助九郎の道場は和歌山城内にある。左門は城に近づいていった。

石垣の色が青みがかっている。これは紀州でよく取れる青石が用いられているからだ。

それにしても広大な縄張だ。さすがに紀州家の居城だけのことはある。和歌山の町のほとんどすべてが、城のなかにのみこまれているようにすら感じられる。

正面に櫓門《やぐらもん》が見えてきた。三の丸へとつながる京橋門である。さすがに警戒は厳重で、門衛や番士たちは城内への出入りに鋭く目を光らせていた。

これを見る限り、五十五万石の大身の家といえども、士気は決してゆるんでいない。名君として知られる頼宣の教えが、行き届いているにちがいない。

左門は京橋門で姓名を名乗り、番士に用件を告げた。

「しばしお待ちあれ」

番士の一人が体をひるがえし、駆け去ってゆく。

すぐに戻ってきた。五十がらみの男が一緒だった。

「おう、左門どの」

左門を認めた木村助九郎が朗らかな声音でいい、右手をあげた。

濃く短い眉が相変わらずよく目立っている。どんぐりのような形をした目はつりあがり、両頬は盛りあがって愛嬌を感じさせる。鼻はたくましさを覚えるほどに太く、唇は情の深さをあらわしているのかひじょうに厚い。

二年前と面差しにほとんど変わりはない。それが左門にはうれしかった。

「木村どの」

「よくおいでになった」

「お忙しいところ、お邪魔して申しわけなく存ずる」

助九郎が左門の肩に軽く触れる。

「堅苦しい挨拶は抜きにされよ。左門どの、さあ、まいられよ」

いわれて左門は門をくぐった。梢を騒がせて城内から風が吹きつけてきた。木々のにおいに混じって、どこか潮の香りがする。胸一杯に吸いこむ。

「突然で驚きもうしたが」

助九郎が左門を見つめる。いたわりの色が瞳にあった。

「お体のほうは大丈夫か」

左門は見つめ返した。

「だいぶよくなっております」

さようか、と助九郎がうなずく。

「確かにお顔の色もいいようだ。――して、今日はどうされたのでござるか」

「木村どのにお話をうかがいたく、柳生よりやってまいりました」

「お話とおっしゃると」

すぐに助九郎が気づく。まわりには番士たちがいる。

「道場にまいろうか」

助九郎が、こちらに、といって塀沿いに歩きだす。塀の向こう側に大きな建物の屋根が見えている。おそらく重臣の屋敷ではないだろうか。

「左門どの、肝の臓の病とききもうしたが」

助九郎が水を向けてきた。

「その通りです。酒が肝の臓に悪いのは知られておりますが、それがし、酒はほとんどたしなまぬので、驚きもうした」

「肝の臓はわずらうと長いそうにござるな」

「長いことなにもできず、寝るだけの日々が続きもうした」

「それは退屈でござったろう」

助九郎が左門の足をとめさせ、すっと五歩ばかり離れた。左門に鋭い視線を当てる。にこりと笑った。

「長わずらいしていた割に、腕はまったく落ちていないように見える」

左門は微笑した。

「そんなことはありますまい。木村どのは相変わらず世辞がお上手だ」

「世辞などではござらぬよ。左門どの、むしろ腕があがったのではござらぬか」

「それはないと存ずる。ろくに稽古しておらぬゆえ」

「さようにござるかのう」

塀が切れ、助九郎が左に折れた。またも風が吹いてきた。

ここは三の丸だ。重臣屋敷だけでなく、評定所、代官所などの建物がずらりと建ち並んでいる。この一画に助九郎の道場がある。

「こちらにござる。ともうしても、左門どのはご存じでござったな」

助九郎が右に曲がった。間近に一軒の建物があった。なかから、鋭い気合や袋竹刀《ふくろしない》を打ち合う激しい音が、大気を震わせて伝わってきた。

いいな。

左門は、あいている連子窓《れんじまど》を見やった。なかでは、大勢の侍が稽古している。紀州家の者たちだ。

「どうぞ、こちらに」

左門は入口から招じ入れられた。草鞋《わらじ》を脱ぐ。

気合や袋竹刀を打ち合う音が、さらに明瞭にきこえてきた。左門の鼻は、汗臭さもとらえている。

助九郎が足を踏み入れると、道場は瞬時にして静まった。

「お帰りなさいませ」

門人たちがいっせいに挨拶してきた。柔和に目を細めた助九郎が、ただいま戻ったと穏やかにいった。

門人は、助九郎と一緒にいる左門を見て目をみはった者と、誰だろう、という表情の者にわかれた。

助九郎が視線を転じ、左門に当てる。

「お疲れのところ申しわけないが、門人たちに少しばかり稽古をつけてやってくださらぬか」

「お安いご用」

左門は快諾した。

その答えをきいて破顔した助九郎が、三人の門人をすぐさま選んだ。三人のうち、一人は前も稽古でやり合ったことがある男だが、あとの二人は初顔だ。

三人とも一見してなかなかの腕なのがわかる。袋竹刀をまじえたことがある男は、二年前よりだいぶ腕をあげているようだ。やはり助九郎の教えがよいのだろう。

他の門人たちは壁際に沿って、ずらりと座った。三十人はいる。誰もがきらきらと目を輝かせていた。

「ご存分に」

助九郎が静かに告げた。遠慮なくやってくだされ、と目もいっている。

「承知」

左門は、寄ってきた門人に両刀を渡した。代わりに袋竹刀を手にする。

左手一本で軽く振ってみた。風を切る音が心地よい。門人がこんなのは初めてきいたというような顔で、ぎょっとする。

左門は道場の中央に進み出た。

最初の相手は、三人のなかで最も若い男だ。まだ十七、八といったところか。助九郎が大きな期待を寄せている門人かもしれない。うまく育てば、剣豪と呼ばれるだけの者となる素質を秘めている。

まわりの門人たちは、息を詰めて勝負がはじまるのを今か今かと待ち構えていた。すでに左門が何者なのか、知れ渡った様子だ。

審判役をつとめる助九郎が、はじめっ、と声を発した。

若い門人が、剛胆にも間合を詰めてきた。少し天狗になっているのかもしれない。

左門は袋竹刀の切っ先をあげ、門人に突きつけた。

若い門人が壁に突き当たったかのように、ぴたりと動きをとめた。むう、と心中でうなり声をあげたのが左門にはわかった。

若い門人は切っ先から逃れようと、右にまわったり、左に向かって円を描いて動いたりした。

しかし切っ先は門人の胸近くに向けられたまま、微動だにしない。

門人は袋竹刀を手にしたまま、まったく攻撃の態勢を取れずにいる。すでに汗だくになっていた。

左門が用いているのは浮舟という技で、本来なら相手の乱れに乗じてこれから仕掛けてゆくのだが、これだけの力の差があれば、もはやなにもする必要がなかった。

やがて若い門人はぐったりとなった。今にも腰が砕けそうだ。

「まいりました」

むしろほっとしたようにいって、門人が左門を上目遣いに見る。

「それまで」

助九郎の声が響き渡る。若い門人が汗をしたたらせてうしろに下がった。

続いて、二十歳ほどと思える門人が出てきた。先ほどの門人より、少しだけ腕は上だった。

はじめっ、の声がかかったが、門人は前に出てこない。左門の腕に対する恐れもあるのだろうが、左門が動くのを待っているようだ。そこにつけこめば勝ちを得られるかもしれぬ、と明らかに考えていた。もともと相手の動きを利しての刀さばきを得手としているのかもしれない。

ならば誘いに乗ってやろう。

左門は右八双に袋竹刀を持ってゆき、その姿勢で前に進んだ。体を緊張させたが、門人からはすぐに力が抜けた。瞳には、やってやるぞという意志の炎が燃えている。

間合に入るや、左門は上段から袋竹刀を打ちおろした。

同時に門人も上段から袋竹刀を振りおろす。門人の目に左門の袋竹刀は入っておらず、左門の顔だけを見ていた。額を正確に打ち抜こうとしている。

二本の袋竹刀は打ち合わされることはなく、宙で交差した。

次の瞬間、左門に軽い手応えが伝わってきた。門人がなにかに引っぱられたように視野から瞬時にして消えた。

頭をとらえた左門の袋竹刀は、門人の体を頽《くずお》れさせたのである。

ああ、わあ、おう、と居並んだ門人たちから驚きの声や悲鳴、嘆声がいっせいにあがった。

左門は袋竹刀を引いた。

左門がつかおうとした技は添截乱截《てんせつらんせつ》と呼ばれ、三段構えといっていい攻撃をするものだったが、一度目の攻撃で事足りた。浮舟より一段下の技だが、相手の構えを破るのにはひじょうに有効だ。

三人目は、一度、対したことがある男だった。やはり腕をあげている。目には人をすくませるに足る力が出てきている。これは、以前ほとんど感じられなかったものだ。自信のあらわれにちがいない。

それでも、互いの腕には格段の差があった。むろん左門に油断はない。間合に入るや上段から袋竹刀を浴びせてきた。

はじめっ、という声が宙に吸いこまれる。門人が踏みだしてきた。間合に入るや上段か

添截乱截の技をつかおうとしているのを、左門は見抜いた。にやりと心中で笑う。左門は下段から袋竹刀を振りあげていった。

胴を打ち抜くのはたやすかったが、相手がどの程度上達したかを見たくて、左門は自らの袋竹刀にわざと空を切らせた。相手の袋竹刀が体すれすれをかすめてゆく。

門人が下から袋竹刀を片手で振りあげてくる。これは型通りの動きだ。左門は上段から打ちおろした。

互いの袋竹刀が宙ですれちがい、空を切り裂いた。激しい風が巻き起こる。

門人が上段に袋竹刀を持ってゆく。そこから一気に突きを繰りだしてきた。この突きこそが添截乱截の仕上げとなるものだ。

さすがに切っ先が見えにくい。突きは大技だが、『槍は斬るもの、刀は突くもの』の言葉通り、攻撃の手立てとしてすばらしい効力を発揮する。

門人は、袋竹刀の切っ先が左門の胸板をとらえたと確信したはずだ。

だが、うしろに吹っ飛んだのは門人のほうだった。やや遅れて、左門も袋竹刀を前に突いていったのである。

突きのはやさには、張りの弱い弓の矢と鉄砲の玉ほどのちがいがあった。

門人は背中から床に倒れこんだまま、しばらく起きあがれなかった。

左門は近寄り、片膝をついて顔をのぞきこんだ。

「大丈夫かな」

答えようとして門人は体を起こしかけた。途端に咳きこんだ。左門は背中をさすってやった。

「もったいのうござる」

咳のとまった門人が恐縮して身を引こうとする。

「ふむ、もう大丈夫のようだな」

「はい、恐れ入ります」

左門は立ちあがった。数名の他の門人が駆け寄り、門人を担ぎあげるようにして連れ去った。

まわりの門人たちは、畏敬の目で左門を見つめている。いつの日か自分もあんなふうになりたい、とどの瞳も語っていた。

「さすがでござるのう」

助九郎が近づいてきた。心から感心しているのが、表情から知れた。この人は昔から正直者だ。

「やはり腕はまったく落ちておらぬのう」

左門はそばに来た門人の一人に、袋竹刀を返した。拝むようにして門人が袋竹刀を受け取る。

助九郎が、まだ前髪を落としていない若い門人を呼んだ。

「客間に茶を二つ、持ってきてくれ」

「承知いたしました」

声変わりがまだなのか、甲高い声でいって門人が去ってゆく。助九郎に用をいいつけられて、うれしそうにしていた。

神棚がまつられた奥に行く。助九郎がそばの板戸をあけた。そこは、八畳ほどの板間になっていた。

「畳も敷いておらぬが、こちらが客間になっておりもうす」

どうぞ、といわれて足を踏み入れた左門は正座した。刀を右に置く。

すでに部屋は暗くなりはじめており、助九郎が火皿に明かりを灯した。家財らしいものがなく、がらんとしている部屋が淡く照らしだされる。壁はすっきりときれいで、しみ一つなかった。

助九郎が左門の正面に腰をおろす。

「失礼いたします」

板戸の外から声がかかり、茶がもたらされた。

「すまぬな」

助九郎が、茶を持ってきた門人に礼をいった。一礼して門人が出てゆく。

「身のこなしがてきぱきとして、実に気持ちがよい。木村どのの教えがよろしいのでござろう」

左門は賞賛の言葉を口にした。

「左門どのに門人をほめていただけると、我がことのようにうれしい。——左門どの、どうぞ召しあがれ」

茶を勧められ、遠慮なく左門は喫した。口のなかの汚れが洗い流され、さっぱりとする。

「ああ、うまい」

「それは重畳《ちょうじょう》」

白い歯を見せた助九郎も湯飲みを手にし、茶を一口飲んだ。湯飲みを茶托に戻し、すっと表情を引き締める。

「左門どの、柳生からわざわざいらしたとのことだが、して、どのような用件にござろうかな」

左門もまじめな顔になった。むろん、忠長が生きているかもしれないなどという気はまったくない。

「木村どのは、亡くなった忠長公のことを覚えていらっしゃろうか」

一瞬、今頃どうしてそのようなことをきくのか、という顔をしたが、助九郎は大きく顎を引いた。

「よく覚えておりもうす。ほんの二年でござったが、旧主にござるゆえ」

「改易になったとき、忠長公のおそばにいらしたのでござるか」

「それがしは忠長公の剣術指南役でもござったゆえ」

なるほど、と左門は相づちを打った。

「忠長公が上さまに蟄居を命じられ、甲府に移られたとき、木村どのはどうされたのですか」

「一緒に行きもうした」

「その後、忠長公が高崎城にお預けになったときは」

助九郎がかぶりを振る。

「そのときはそれがし、忠長さまよりすでにお暇を頂戴しておりもうした」

「では、忠長公のご最期まではご存じないということでしょうか」

助九郎が深くうなずく。

「さよう。それがしは高崎まで同行しておりませぬ。公儀より付き随う者は制限され、確か腰元が三人のみ許されたはずにござる」

「その腰元三人が今どこにいるか、ご存じですか」

「いえ、それがしは知りもうさぬ」

助九郎の右側の眉がぴくりとあがった。濃くて短いために、どこかつくりもののように見えないこともない。

「左門どの、忠長さまのご最期をお知りになりたいのでござるか」

助九郎が言葉を重ねる。

「それはまたいったいどうして」

家光に頼まれたなどと、決していえることではない。左門は無言を貫くしかなかった。

助九郎が腕組みし、ほほえんだ。

「なにもおっしゃる気がないようにござるな。それでこそ柳生の者にござる。柳生の者は、隠密の仕事を請け負うことが多うござる。左門どのも、どなたかに依頼を受けられたというとにござろう」

助九郎の目が、朝日でも浴びたかのようにきらりと光を帯びた。すべてを見通しているような瞳だ。

助九郎が再び口をひらく。

「三人の腰元の行方がわかれば、忠長さまのご最期について知ることができるかもしれませぬ。しかし、ほかにも同様のことを知る者がいるかもしれませぬ」

左門は身を乗りだした。

「木村どのはお心当たりがおありか」

「忠長さまに、上さまの意を伝えにまいった者がいるのでござる」

ああ、そうだったな、と左門は思った。そのことについては思いが至らなかった。

「左門どのに依頼されたお方は、その者についてお話をされなかったようにござるな」

見透かされている、と左門は感じた。助九郎は依頼してきた者が誰なのか、とうに見抜いているのではあるまいか。

「阿部重次どのでしたな」

左門は助九郎にいった。

「ご存じでござったか。そういえば、左門どのと同僚でござったな」

その通りだ。阿部重次は寛永十年に御小姓番頭をつとめていた。今は阿部対馬守重次と名乗り、松平伊豆守信綱などとともに家光のそば近くに仕え、幕府の舵取りを担っている。だが、阿部重次なら、家光はとうに話を聞いているだろう。重次の話では、家光を納得させることができなかったのだ。

となれば、自分が重次に会って話をきく必要はなかろう。

「ほかにどなたか、忠長公のご最期を知っている者を、木村どのはご存じではあるまいか」

「阿部重次どのは、あまりいい手がかりにつながりそうにござらぬか」

「そういうわけではござらぬが」

さようか、と助九郎はあっさりといった。

「忠長さま付きの家老が三人おり申したが、その三人もそれがしと同様、高崎に行かれてはおりませぬ」

三人の名は知っている。鳥居《とりい》忠房《ただふさ》、屋代《やしろ》忠正《ただまさ》、朝倉宣正《あさくらのぶまさ》の三人だ。忠長が改易されたとき、忠長の監督不行届ということで、この三人も蟄居させられたり、他家に預けになったりした。しかし今はいずれも罪を許され、江戸にいる。

だが、これも家光が話をきこうと思えばきける者たちだろう。

「左門どの」

助九郎が呼びかけてきた。諭すような口調で続ける。

「もし忠長さまのご最期をお知りになりたいのであれば、忠長さまが幽閉されていた場所の者に、話をお聞きになるのも一案かと存ずる」

そういった助九郎の目に、陰りの色が浮かんでいるのを左門は見た。

「いかがなされた」

助九郎が我に返ったように首を横に振る。

「なんでもござらぬ」

「さようか」

しかし、左門のなかになんとなく釈然としないものが残った。

四

江戸のほうへと向かうのなら、やはり上さまに会わねばならぬのではないか、と左門は考えていた。

忠長が生きている。家光がどうしてそんな考えを持つに至ったのか、じかに会い、わけをききたかった。

それ以上に、左門は家光の顔を見たくてならなかった。

しかし、木村助九郎に会ったきりで、探索はまったく進んでいない。まだ緒についたばかりといっていい。手土産にできそうな手がかりは一つもない。

これでは、家光に合わせる顔がない。手ぶらで行って、喜ぶはずがなかった。

いや、喜んでくれるのはまちがいない。ただ、土産もなしでのこのこと顔をだすのは気恥ずかしかった。

江戸には、父の柳生宗矩《むねのり》や長兄の十兵衛《じゅうべえ》三厳《みつよし》がいる。

長いこと江戸の柳生屋敷に足を運んでいないので、会っていこうという気もあったが、柳生を出たことすら知らせていない。

会えば、どうして柳生を出たのか、理由をいわねばならなくなる。だが、家光の密命のことは、父や兄が相手だろうと決して口にできない。

もっとも、左門が柳生をあとにしたことは里の者が知らせているにちがいないのだ。

いま左門は上州にいた。中山道《なかせんどう》をひたすら東に向かって歩いている。すでに安中宿《あんなかじゅく》の手前まで来ていた。

頭上の太陽は地上の者たちに激怒しているかのように、容赦なく熱を見舞い続けている。地獄の釜のように、すべてを焼き殺そうとしているような光の強さだ。

たまらんな。

弱音など吐きたくないが、これだけ暑いと口にしたくなる。

汗はおびただしく出て、旅姿の衣服をぐっしょりと濡らしていた。頭から水でも浴びたかのようだ。

左門は腰にぶらさげている竹筒に手を触れた。水はあと少し残っている。

我慢できず、竹筒を傾けた。生ぬるいものが喉をくぐってゆく。竹筒はあっという間に空になった。

どこかで水を仕入れなければならぬな。

左門はあたりに視線を投げた。

前方に杉並木が見えていた。道の両側に植えられている杉は相当の数だ。ずっと遠くまで杉の洞窟が続き、街道には薄暗さが漂っている。

杉はかなりの丈まで生長しているが、太さはさほどではない。植樹されてから、そんなに間がないのだ。公儀が中山道を整備するために植えたもので、大木に育つまではまだ少しときがかかりそうだ。

杉並木のなかに入った。杉が吐きだしているのか、清澄な大気が身を包みこむ。実に涼しく、生き返る思いだ。

左門は大きく息を吸った。体の隅々まできれいになる気がする。

さらさらと水音がきこえてきた。やはり、と左門は思った。これだけ杉の木があれば、必ず水がわいていると確信していた。杉の木には水を呼ぶ力があると、以前おすみにきいたことがある。

おすみ、ありがとう。

しわ深い顔を思い浮かべつつ、左門は泉に近づいていった。顔を突っこむようにして、冷たい水を思い切り飲む。生水を喉を鳴らして飲むような真似は体へのいたわりということではよくないのだろうが、この暑さでは無理だった。

仙人ではないのだからな。

泉で水を汲み、竹筒を一杯にした。歩きだそうとして、空腹を感じた。

じき昼だ。ふつう、昼餉《ひるげ》を食べることなど滅多にないが、こうして旅に出て長いこと歩き続けると、異様に腹が減る。それだけ力をつかうということなのだろう。

杉と杉のあいだに、小さな地蔵堂があった。左門は懐から紙包みを取りだした。なかには、安中の手前の宿場である松井田宿で求めた饅頭が入っている。

饅頭や団子は、左門の好物の一つだ。団子も手に入れることができればなによりだったが、松井田で売っている店は見当たらなかった。

地蔵堂の前の平たい石に腰をおろし、深編笠を取って包みを広げた。

大ぶりの饅頭が三つ、並んでいる。

唾がわいた。

手に取り、かぶりついた。街道は大勢の旅人でにぎわっているが、そのほとんどの者が会釈し、笑顔で左門を見てゆく。おいしそうですね、と声をかけてゆく者も少なくなかった。

餡はあまり甘くなかった。砂糖を惜しんだというより、ここらあたりでは手に入りにくいのだろう。なにしろ砂糖は高価なのだ。少なくとも甘みは感じられたから、砂糖がつかわれているのは、まちがいなかった。

そういえば、と左門は思いだした。饅頭つくりは、おすみも得意だった。よくつくってくれたのは、醬油饅頭だ。

醬油を生地に用いて皮をつくり、なかにたっぷりと餡を入れる。醬油のしょっぱさと相まって、甘辛い饅頭だ。とても癖になる味で、ああ、食べたいなあ、と左門は思った。また唾が出てきた。

おすみはどうしているかな。あのばあさんのことだから、きっと息災に決まっていよう。

和歌山では木村助九郎の屋敷に一泊し、翌早朝に再び大和街道を歩きだした。

往路と同じように五條の旅籠《はたご》に泊まった。宿の女たちは大喜びした。

その次の日の夕方に左門は柳生に戻った。飯炊きばあさんのおすみは、旅籠の女たち以上に躍りあがるようにして喜んでくれた。その姿を見て、左門の心も和んだものだ。

その夜は屋敷でたっぷりと睡眠を取り、翌朝、おすみの心尽くしの朝餉を食してから、左門はまた柳生をあとにした。

あらまあ、とおすみはびっくりしていた。あまり無理はなさいますな、と左門の体を案じてもくれた。大丈夫だ、と力強く答えて左門は屋敷を出たのだった。

おすみが、これを、と手渡してくれたのは深編笠だった。おすみの手づくりとのことだ。その場で深編笠をかぶった左門は、今度は柳生街道には出ず、里の北に位置している笠置に向かった。笠置には南北朝の頃、後醍醐天皇が籠もったことで知られる笠置山がある。

笠置から伊賀街道を東へ進み、関の宿に出て東海道に入った。

さらに東に足を運び、伊勢の桑名にやってきた。

桑名からは木曾川をのぼり、佐屋まで行く船に乗った。これは、寛永二年（一六二五）家光が上洛《じょうらく》した折、初めてつかわれた道筋である。佐屋から桑名まで三里ばかりの距離のために、三里の渡しという名がつけられている。

佐屋から北に向かい、中山道の加納宿に足を踏み入れた。ここはもう美濃国だった。美濃に関という町があるが、ここは刀工の町として名がある。

関の孫六がつとに有名だが、孫六は世襲の名であり、左門が憬《あこが》れているのは二代兼元の刀だ。

兼元は、もう百年以上も前の大永から享禄にかけて活躍した伝説の刀工である。一振りでも手に入れたいと願っているが、なかなかかなうものではなかった。

加納宿からは、ひたすら中山道を東に向かって歩いた。

柳生の里を出て、六日目にして左門は上州の安中宿近くまで到達したのである。常人では決して真似することのできない足のはやさだ。健脚という呼び方では足りない。それをはるかに超えている。

饅頭を食べ終えた左門は、最後に竹筒の水を飲んで口をゆすいだ。深編笠を手に、また先ほどの泉に行き、竹筒を満たして腰に結わいつける。

深編笠をかぶり、左門は杉並木のなかを歩きだした。大気がひんやりとして心地よい。できればここを出たくなかった。腹もいい具合で、横になってぐっすりと眠れたら、どんなに快いだろう。

だが、それはできない。自分には使命がある。

十間ほど先で、並木が途切れている。深編笠をかぶっていても、まぶしくて目をあけていられないのではないか、と思うほどの陽射しが街道に降り注いでいる。あまりに太陽が強すぎて、行く手は光の洪水となっていた。

あたりを行きかう人は、どうしてか急に少なくなっている。数え切れない人が住んでいる江戸の繁華な通りでも、ときに人波が途切れることはある。きっとそれと似たようなものだろう。

杉並木が終わった。途端に光に全身を包まれる。熱を帯びた風が吹き渡ってきた。梢が揺れ騒ぎ、深編笠がわずかに傾く。

いきなり殺気の波が押し寄せてきた。たまらず舌打ちが出た。こんなことはまったく考えていなかった。油断だった。眼前に影が迫っていた。

左門は刀をすらりと抜いた。振りおろされてきた刀をよけず、左門は刀を下段から振りあげた。

肉を切る鈍い音がし、軽い手応えが刀身を伝わる。相手とは太刀打ちのはやさがあまりにちがいすぎた。ただし、殺す気はなく、とんと包丁を入れる感じで刀を振るった。

斬りかかってきた男は苦しげにうめき、刀を放りだして前のめりに倒れた。右腕を押さえ、体をよじっている。

左門は刀の切っ先をあげ、深編笠を通して目の前を見た。

十人ばかりの男が左門を囲むように立ちはだかり、刀を構えていた。いずれもたいした腕ではない。全員が浪人のようだ。目つきが悪く、とがった顔つきをしている。

「何者だ」

左門は低い声できいた。

男たちから答えはない。底光りする目でじっと見ているだけだ。

「頼まれたのか」

男たちを見ていて、左門はふとそんな気がした。この男たちは、こういう荒事をしてこれまでも飯を食べてきたのだろう。だからこそ、誰もがこんなにすさんだ表情をしているのだ。

「誰に頼まれた」

だが、男たちは黙りこくったままだ。

「俺を殺《や》れといわれたのか」

深編笠を取って、左門はにやりと笑った。こうすると、意外なほど陰惨な顔になるのを知っている。

男たちが一様に息をのんだ。三人が土をにじる音をさせてうしろに下がった。ほかの者はひるみつつも、かろうじて踏みとどまっている。しかし、自分たちは虎の尾を踏んでしまったのではないか、と覚ったような顔をしている。

その通りだよ、と左門は思った。

「俺が誰かわかって襲ってきたのか。柳生左門友矩だ。知っているのか」

男たちが、げっという顔をした。

「やはり知らされていなかったか」

左門は足を踏みだした。男たちが見えない手に押されたように力なく後退する。

「まだやるのか」

左門は刀を握り返した。刃が太陽の光を浴びて、きらりときらめく。

「今度はこいつのようなわけにはいかんぞ」

左門は、足元に横たわり、いまだに苦しがっている男に目を当てた。手加減はしたつもりだが、少しやりすぎたかもしれなかった。

左門は刀を八双に持っていった。殺気を全身にこめる。

わあ。一人が声をあげ、体をひるがえした。それを潮に、ほかの者も走り去った。二人の仲間が傷を負った男を担ぐようにしてそれに続く。

もう戻ってこないのを確かめ、左門は納刀した。

深編笠をかぶる前に、手ぬぐいで汗をふいた。

背後から人の気配が近づいてきた。足音を忍ばせている。

しかし殺気は感じない。風に乗って、いいにおいがしてきた。

まさか。

左門が振り向いたのと、向こうが声をかけてきたのが同時だった。

「今の連中、何者なの」

勝ち気そうな目が左門を見つめている。

「お久」

左門は信じられなかった。どうしてお久がここにいるのか。

左門はそのことをただした。

「ついてきたのよ」

涼しい顔でいった。

「嘘をつけ」

「嘘じゃない」

だが、つけられていて自分が気配を感じないとは、到底信じられなかった。

「どうやってついてきた」

「歩いてに決まっているでしょ。女の身では、きつかったわ。左門、あなた、歩くのがはやすぎる。もう必死よ」

「どのくらいの距離を置いていた」

「そうねえ。二町くらいかしら」

それなら、気づかなかったのも無理はないのか。いや、それでは駄目だろう。

「しかし、それだけあいだをあけてよく見失わなかったな」

「何度も見失った」

「それなのにまた見つけたのか」

「当たり前でしょう。だから私、ここにいるのよ」

お久が笑いかけてきた。

「左門、あなたね、単純なのよ」

断じられて、左門はむっとした。

「どういうことだ」

「一日にどのくらい歩くか、決めているでしょ。今はだいたい十五里くらいかしら。二十里はまだ無理のようね」

そういうことか、と左門は納得した。

「見失っても、十五里ほど先の宿場に来ればいいということか」

「そうよ。あなたがどの旅籠に泊まっているかなんて、すぐわかる。女中や飯盛女が騒いでいる旅籠を探せばいいの。そんなのは気配ですぐに知れる」

なるほどな、と左門は思った。

「だがどうしてつけてきた」

「だって、左門がいない柳生なんて、楽しくもなんともないもの」

いきなりお久が涙をあふれさせた。

「どうして黙って出ていったのよ」

「それは――」

「足手まといになると思ったの」

お久のことを考えなかったわけではない。一緒に旅に出られたら楽しいだろう、とも考えた。

だが、家光に命じられた仕事を女連れで行うわけにはいかない。どんな仕事であるか、話すわけにもいかない。

お久にはなにも知らせず里を出たほうがいいだろう、と左門なりに考えた上での行動だった。

「一緒に来るつもりなのか」

「だって、約束があるでしょう。あの約束はどこで果たしてもかまわないんでしょう」

「それはそうだが」

「足手まといになるんだったら、また離れるわよ。それでいいでしょ」

お久がいきなり駆けだした。安中宿の方角だ。

「どこに行くんだ」

お久が首だけを振り向かせた。

「どこだっていいでしょ」

いい捨てるように口にして、まばゆい光のなかに消えていった。

約束か。

左門は深編笠をかぶり直した。

つまらないことを取り決めてしまったものだな。

約束というのは、まだ小さな頃に江戸でかわしたものだ。お久は、女だてらに剣術が得意だった。だが、左門には当然のことながら一度たりとも勝てなかった。

「勝てないのは、きっと賭けるものがないからよ」

幼いお久はこういった。

「左門、賭けをしようよ」

「どんな」

そうねえ、といったが、すでにお久は考えてあった。

「いつでもどこでも私があなたから一本を取ったら、私をお嫁さんにするっていうのはどう」

「なんだって」

「いやなの」

「いやってことはないけど」

「じゃあ、決まりね」

「しかしなあ」

「左門、自信がないの。私に一本取られるのが怖いのね」

「馬鹿いうな」

「じゃあいいのね」

お久に押し切られる形で、左門は約束をかわしたのだ。

それがもう十年近く続いている。お久はこれまで数限りなく左門に襲いかかってきたが、ことごとくはね返されてきた。だが、いまだにあきらめようとしない。一途なお久らしい。

左門は中山道を歩きだした。ふっと日がかげった。深編笠を傾けて見ると、大きな雲が太陽にかかったところだった。

暑さがやわらいだわけではないが、さすがにほっとする。

それにしても、いったい誰が襲うように命じたのか。

その前に、どうして俺を狙ってきたのか。

忠長を捜しているのがばれているのか。ばれているとして、どこから漏れたのか。

木村助九郎か。

今のところは、その筋しか考えられない。

あの男が襲わせたのか。確かに胸のうちになにかを秘めている様子だったが、助九郎がそんなことをするとは、左門にはとても思えなかった。

助九郎から左門の話をきいた者が、襲わせたのか。そちらのほうがずっと考えやすい。紀州家には、忠長側に立つ者がいるのだろうか。

これからも襲うつもりでいるのか。

となると、やはり忠長は生きていると考えていいのか。

自分が襲われたということは、忠長を見つけられるのを阻止したい者がいるということだ。それは忠長本人なのか。

とにかく、今はいい筋を突いているということなのだろう。

このまま迷うことなく突き進めばいい。忠長を見つけだしたとき、果たして殺せるかどうか、まだわからないが、それはそのときのことだ。

高崎領内に入った。

広々とした大地だ。榛名《はるな》山が盛りあがるように、左手の地平に見えていた。修験の山として、よく知られている。

高崎にやってきたのは初めてだが、柳生と縁がないわけではない。

高崎のすぐそばに箕輪《みのわ》という地がある。そこには箕輪城という、戦国の頃、信玄率いる武田勢との攻防戦で名の知られた城があった。この城は長野氏という豪族が城主として守っていたが、その長野氏の家老の一人が上泉伊勢守信綱である。信綱は新陰流《しんかげりゅう》の創始者で、左門の祖父の柳生石舟斎とも交流があった。柳生新陰流は新陰流の門流に当たる。

左門は高崎の町なかを進んだ。

ずいぶんとにぎやかだ。中山道から越後のほうへと出る三国街道との追分となっていることもある。人の数は三千人を超え、旅籠は十五軒を数える。ただし、本陣、脇本陣はない。

これは他の大名を通行させるのはいいが、城下に泊めたくないという気持ちのあらわれといわれているが、果たして本当なのだろうか。

高崎は、もともと和田と呼ばれていた。呼び名を変えたのは、徳川四天王の一人、井伊《いい》直政《なおまさ》である。

慶長《けいちょう》三年（一五九八）に居城を箕輪から和田に移すことを決めた直政は、地名を松崎としようとしていたが、枯れる松は名として縁起がよくない、と昵懇《じっこん》にしていた和尚にいわれた。

ならばなにがよいだろうか、と相談したところ、新しい土地ですべてがうまくまわるようにと、和尚は成功高大という言葉を持ちだしてきた。

高大という言葉には、たいそうすぐれている、という意味があるらしく、新しく居城を置くこれからの地としてふさわしいと考えた直政は、松崎ではなく高崎という名を選んだのだった。

今の城主は安藤重長である。この男が家光から忠長を預かり、高崎城に幽閉した。

左門は高崎城に向かった。

広大な城地であるのが、一目でわかる。和歌山城よりはせまいが、六万六千石の禄高の割に大きな城だ。縄張は五万坪を超えるのではなかろうか。

この城に天守はない。三層の櫓《やぐら》が代用されている。

城の背後には烏川という大河が流れ、外堀としての役目を果たしている。石垣はつかわれておらず、城を守るものは幅が広く深い堀と土塁である。

忠長はこの城で自害して果てた。遺骸がどうなったのか、左門は知らない。それを城の者にきかなければならなかった。

左門は大手門の前に立った。門衛に身分を明かす。用件は告げなかった。

柳生新陰流といえば、家康に剣術指南したことで知られる天下流である。家光の名をださずとも、すぐに城内に通された。

案内されたのは、二の丸に建てられた御殿だ。奥座敷に左門は一人、座った。十畳間で、庭に面した障子はすべてあけ放たれ、風の通りがひじょうにいい。

左門はほっと息をついた。汗が引いてゆく。

年若い腰元が茶を持ってきた。

「どうぞ、お召しあがりください」

左門を見て、ぽっと頰を赤くする。

「ありがとう」

腰元は、左門のそばを離れがたそうな風情だった。

「失礼いたします」

ようやく襖《ふすま》を閉じて、去っていった。

左門は高級そうな大ぶりの湯飲みをのぞきこんだ。蓋はついていない。香りがよい茶が、ぬるくいれられている。喉が渇いていることもあり、飲みたかったが、毒が仕込まれていないとも限らない。

湯飲みから目を離し、左門は庭を眺めた。遠州流の庭園は木々が深く、灯籠や岩が計算されて配置されている。夕暮れが近くなって、少しは涼しくなった大気に誘われたように鳥たちが出てきて、かまびすしく飛びまわっている。

「失礼いたす」

襖の向こうから声がかかった。しわがれた声だ。

襖があいた。顔を見せたのは、四十絡みの侍である。腰には脇差を差しているのみで、大刀は帯びていなかった。

畳を踏んで、左門の前に来た。両手をそろえて深く頭を下げる。

「安藤拓馬《たくま》と申しまする。お見知りおきを」

安藤というと、城主と同じ姓だ。左門は名乗り返して、すぐにたずねた。

「安藤重長さまと血のつながりがおありでござろうか」

「一門でござる」

家老をつとめているとのことだ。

「さようでしたか」

左門は目の前の家老を見た。馬のような輪郭をしている。目は垂れており、人がよさそうに見えるが、奥底に鋭い光がたたえられていた。

拓馬が、手のつけられていない湯飲みにちらりと目をやる。

「して左門さま、こちらにはどのようなご用件でおいでになったのでござろう」

「忠長公のことで、おききしたいことがあってまいりました」

拓馬が怪訝そうにする。

「忠長さまのことにござるか」

「さよう。最期のご様子を特におききしたいのでござる」

「どうしてそのようなことを、お知りになりたいのでござろう」

「ちと調べ物にござる。ご存じと思いますが、我ら柳生の者は、日本全国をまわり、同じことをしております。忠長公のことも、その一環にござる」

「さようか」

拓馬が少し考えこむ。やがて顔をあげた。

「忠長さまがご自害なされた部屋が残ってござる。ご覧になりもうすか」

「是非」

部屋は同じ二の丸にあった。書院造りの二間《ふたま》の離れである。このまわりに、竹矢来が厳重にされていたとのことだ。

「せまい」

左門は知らず口にだしていた。

「さようにござろう」

六畳間が二つあるだけだ。二つの六畳間を襖が仕切っており、欄間には手のこんだ透かし彫りが施されている。

「ここに忠長公が」

「およそ二月のあいだいらっしゃいました」

「お一人ですごされたのですか」

腰元を連れていったのは、木村助九郎の話でわかっている。

案の定、拓馬がかぶりを振る。

「いえ、腰元が三人、おりましたな。それは、蟄居先の甲府から連れてきた者たちにござった」

「今その三人はどうしているのですか」

左門はすかさずたずねた。はて、と拓馬が首をひねる。

「それがしは存じませぬ。忠長さまがご自害なされたのち、この地を去りましたゆえ」

「殉死したということは」

「あるいはあったかもしれませぬが……」

「名を覚えてござるか」

「いえ、三人とも覚えておりませぬ」

「さようか」

　残念だった。

「最期のご様子をよく知っている方を教えていただけませぬか」

「それがしは知っておりますぞ」

「まことですか」

　拓馬が微笑する。意外に人を惹く笑みをしていた。

「家光さまのお使者が見えたとき、それがしが応対しましたゆえ」

「忠長公はどんなご様子でござったか」

「平静にされておられました。お使者が忠長さまに会われ、お使者がこの部屋を出られてさほど間を置くことなく、脇差で首筋をかっ切られもうした」

「切腹ではなかったのですか」

「さよう」

「安藤どのは、ご遺骸をご覧になったのですね。忠長公の死を確認されたのでござるか」

「むろん。首からおびただしい血を流されて、忠長さまは、はかなくなっておりもうした」

「忠長公のことは、よく知っておられたのですか」

「いえ、当地でお会いしたのが初めてでござった」

さようか、と左門はいってまた考えこんだ。

「忠長公のお墓は高崎にござるのか」

「いえ、ござりませぬ」

「では、どこに」

「まだお墓はないのでござる」

「どういうことにござろう」

「お墓をつくることが許されていないのでござる」

誰が許していないのか、確かめるまでもなかった。

「ご遺骸はどうされたのでござるか」

「茶毘《だび》に付しもうした」

「ご遺骨は」

「城内にござる。ご覧になりもうすか」

「いえ、けっこう」

遺骸なら見たいが、骨を見たところで仕方あるまい。もし墓があれば、あばいてもいいと思っていたのだが、見込みちがいだった。

左門は安藤拓馬に礼をいって、高崎城を出た。

どういうことか、考えつつ足を運ぶ。高崎の町のどこへ行くという当てもない。

拓馬は死んだのは忠長であるといったが、家光はそうとは考えていない。

死んだのが忠長でないとしたら、これはどういうことなのか。

死の直前、よく似た別人と入れかわったとしか思えない。

もしずっと前に入れかわっていたとしたら、忠長によく似た男は、自分は忠長ではないといったのではないか。殺されるかもしれないことがはっきりしていたのだから。

入れかわった別人が殺されたのは、使者の阿部重次が忠長の部屋をあとにした直後だろう。

忠長の死を知らされて拓馬たちがあの離れに入ったとき、本物の忠長はどうしていたのか。

城内に出ることはまず無理だっただろうから、離れの天井裏かどこかで、じっと息をひそめていたのではないか。その後、自害騒ぎがおさまったとき、離れを抜け出たのではあるまいか。

しかし、それは一人では無理だ。三人の腰元が力を貸したところでやれることではあるまい。

誰か手引きをした者がいる。

左門は振り返った。だいぶ暗くなってきたなか、うっすらと高崎城が見えた。

あのなかに、忠長を手引きした者がいるのではないか。

五

足が少し重い。

体調がいまだ完全に戻っていないこともあるのだろうが、腹が減っているのが一番の理由だろう。

左門《さもん》は、息をついた。なんでもいいから腹に入れたい。

夕焼けはすでに消えつつあり、空は藍色が濃くなっている。じき黒一色に変わる。乾いた大気は涼しさをはらんでいた。

高崎の町を、飯屋を探しつつ歩く。視野に入るいくつもの赤い提灯《ちょうちん》には明かりが灯っているが、いずれも煮売り酒屋のようだ。

酒は飲めないことはないが、滅多に口にしない。酒を供するところでもいいから、腹を満たしたかった。

ただし、騒がしいところは遠慮したい。できることなら、落ち着いて食事をとりたい。

この町にうまいものはあるのか。

高崎名物はなんなのか。

この地に来る前に調べることもできたが、左門はあえてそういう真似をしなかった。当地でなにも知らずに出合ったほうが、ありがたみが増すというものだ。

左門はぶらぶらと歩いて、中山道沿いの宿場までやってきた。今宵はどうせ高崎泊まりだ。旅籠《はたご》で夕餉《ゆうげ》をとってもいいな、と思ったのである。

十五軒の旅籠が軒を連ねる高崎宿は、行きかう旅人と腕を引く女で祭りのような活気があった。

腕を引っぱられるままに宿を取ろうとする者、二人の女に両側から引っぱられ、どちらの旅籠にするか迷っている者、手を振り払って次の宿場まで足を延ばそうとする者。

「お侍」

人の波を縫って進んでゆくと、若い女が声をかけてきた。牛のようにがっちりとした体格の女だが、垂れた目に愛嬌があり、目尻のしわに人のよさがあらわれている。これでけっこう客がつくのではないか。

「今宵の宿はお決まりなの」

顔をのぞきこんでくる。はっとした表情になる。

「あら、いい男」

女が強く左門の腕をつかむ。決して離さないという決意が感じられる。

「ねえ、お侍、どうなの」

「いや、まだだ」

「だったら、うちに来て」

「あら、お侍、うちのほうがずっといいわよ」

別の女があらわれて、左門の二の腕をぐっと引く。痛いくらいだ。

「あら、本当にいい男ねえ」

こちらは狐顔だ。目がつって、鼻がとんがっている。体もやせており、あばら骨が浮いていそうだが、こういう女にそそられる男も多いのだろう。

「なによ、あんた、私のほうが先に唾をつけたのよ」

「あんただって、あたしが先に声をかけたお客、平気で持ってゆくじゃない」

「それはあんたに魅力がないからでしょ。絶壁みたいな胸をして」

「あんたなんて、猪みたいな体つき、してるじゃないの」

「それでも胸はあるもの」

「ふん、どうせこぶみたいな代物じゃないの」

両側から腕を引っぱられつつも左門の体はまったく軸がぶれない。顔を交互に向けて、二人の女にたずねる。

「高崎のうまい物というと、なんだ」

問われて、二人がそろって首をかしげる。

「うどん」

「鮎」

ほぼ同時に答えた。

このあたりでうどんのもとになる小麦がよくとれるのは、きいたことがある。鮎は、高崎城の外堀の役目を果たしている烏川で漁《と》れるのだろう。

どちらを食べたいか。左門は自問した。両方とも好物で、決めがたい。

「俺は腹が減っている。両方、食べさせてくれるほうに泊まろう」

「だったら、うちにどうぞ」

新たにあらわれた女が左門の腕をがっちりとつかんだ。つねるような痛みが走り、左門は女の顔を見た。

「お久」

「お久じゃないわよ」

お久が左門の腕を強く引く。女とは思えない力だ。

なにするのよ、いきなりなんなのよ、と口をとがらせる二人に背中を見せて、お久が左門を引っぱって歩きだす。

三間ほど行ったところで振り向く。

「いま隙だらけだったわよ」

左門は自らを顧みた。確かにお久のいう通りだ。

心が浮き立つ宿場の喧噪に身を置いて、気持ちがゆるんでいたのは事実だ。油断はしていないつもりだったが、自分の腕に対するおごりがあったのはまちがいない。

「左門らしくないわ」

左門は唇を嚙《か》んでうなずいた。

「今だってそうよ」

お久が、左門の手を持ちあげてみせる。

「こうしてつかんでいても、私だからって安心しているんじゃないの」

「お久、ならば、どうしてこの機会を生かさなかった」

お久がまわりを見渡す。相変わらず宿場は人が一杯だ。

「この人波のなか、袋竹刀《ふくろしない》で打ちかかるわけにはいかないでしょ」

お久が首をねじって左門を見つめる。

「それに、なんだかんだいっても、左門にはなにがあってもやられはしないっていう、決して揺るがない自負があるのよね。しかもそれが本当のことだから、腹が煮えるのよ」

「なんだ、結局は俺に隙がなかったということか」

「そりゃそうでしょ」

一転、お久がにこりとした。娘らしい、いい笑顔だ。

「でも左門、私に手を握られていても、振り払ったりしないのね」

ずっとお久の手を握っていることには気づいていた。闇がすっかり覆い尽くし、まわりの目は気にならない。それに、酔っ払いがしなだれかかる女の肩を抱いて歩く姿も目立つ。

「あたたかでやわらかくて、気持ちがいいからな」

お久の手のひらの感触を味わうのは、幼い頃以来ではないか。なつかしくて、放すのが惜しかった。

「それで、お久、どこに行こうというんだ」

「おいしい物を食べさせてあげるのよ」

「お久、うまい物を食わせる店を知っているのか」

「当たり前でしょ。私には物を食べるためだけじゃない口があるのよ」

「どういう意味だ」

「人にきくことができるってことよ。左門、あなたは意外に人見知りするし、侍としての矜持《きょうじ》があるから、おいしい店がどこにあるかなんて、なかなかきけないでしょ。私はちがうの」

お久はすたすたと歩を進める。左門は手を握ったまま、黙ってついていった。

幼い頃、こんなことがあったな。

左門は思いだした。あれはなんだっただろうか。

「ねえ、左門。昔、同じことがあったわね」

お久がいったから、少し驚いた。

「ああ」

「覚えているの」

「むろん。祭りのときだな」

「うん」

お久がこくりとうなずく。

あれは、もう十五年ばかり前になるか。柳生の秋祭りに二人して出かけたとき、よその村から来た同じ年くらいの連中と諍《いさか》いになった。お久が一人の男児の足を踏んづけたのが発端だった。

お久が頑として謝らず、左門はお久とともに神社脇の暗がりに連れこまれた。その頃から、剣の天才としての片鱗をすでに見せていた左門にとってやつらを叩きのめすなど、水を飲むのも同然にたやすいことだったが、侍の子として厳しくしつけられ、喧嘩などもってのほかといわれていたために、ただ殴られるだけだった。

相手が拳を振るうのに飽きるまで、左門は打たれ続けた。ぶっ倒れそうだったが、歯を食いしばって耐えた。

連中が唾を吐きかけて去ったあと、左門はへたりこみそうになった。それもこらえた。鼻の骨が折れたり、歯を飛ばされたりはしなかったが、目が腫れあがって視野が潰れた。それで左門はお久の手を借りて屋敷まで帰ったのだ。

あのときお久は涙を流していた。ごめんね、ごめんね、といつまでも繰り返していた。

「なあ、お久」

左門は呼びかけた。

「あのときどうして泣いていたんだ」

「泣いてなんか、いないわよ」

お久がそういうんなら、そういうことにしておこう。

「ごめんね、ごめんねってなにを謝っていたんだ」

「謝っていたかしら」

「あれは、足を踏んづけたのにあいつらに謝らなかったことを悔いていたのか」

「ちがうわ」

お久がきっぱりと否定する。

「だってあのとき、私は踏んづけてなかったんだもの」

「へえ、そうなのか」

「ええ、あれはきれいな私に目をつけての、ただのいいがかりだったの」

「それだったら、お久が謝るはずがないな」

「私がごめんねっていい続けたのは、左門があれだけ殴られることになるなんて、知らなかったからよ」

前を向いたままだが、お久が真剣な顔をしているのはわかった。

「あなたは侍の子だから、お百姓の男の子相手に喧嘩なんてできるはずがなかった。私は左門なら、あんな子たちに思い知らせることなど、たやすいことだと思ってしまったの。あの子たちがさんざんにやられるところも、見たいって思ったの。左門の強いところも目の当たりにしたかったの。でも左門はできなかった。だから、左門に謝ったの」

そういうことだったのか。

「お久、うまい物を食わせてくれるところはまだなのか」

高崎の宿場はもうとうに離れ、行きかう人は数を減らしている。重い闇に包みこまれ、そこかしこに物の怪がひそんでいるような気さえする。

「左門、声が震えているわよ。怖いんじゃないの」

「馬鹿をいうな」

「左門のために提灯をつけてあげる」

左門の言葉がきこえなかったようにお久がそっと左門から手を放し、懐から提灯を取りだした。しゃがみこみ、かちかちと火打石と火打金をこするように打ちつける。ぽっと淡い橙色が立ちあがり、すぐそばの土塀が暗闇から吐きだされたようにあらわれる。

お久が再び歩きだす。手を握りにこなかったのが、左門は少し寂しかった。

「そこよ」

お久が、ぽっかりと口をあいている路地を指さす。どこからか、香ばしいにおいが漂ってくる。

これは、と左門は鼻をうごめかした。大の好物ではないか。

路地を入ると、右手奥に提灯が暗く灯っていた。鳥、と墨書されている。

左門は唾がわいてきた。暖簾《のれん》を払い、すすけた腰高障子をあける。ふわっとかぐわしい香りが一瞬にして顔を包みこんだ。

「ありがとう、お久」

鳥屋を出て、左門は礼をいった。

「気に入った」

お久がきいてくる。

「うん、とても」

焼いた鳥と一緒に飯を食べさせる店だった。歯応えのある身に、たれがからみ、それにほんわりと炊かれた飯が実に合っていた。咀嚼《そしやく》し続けると、鳥の旨みがじんわりあふれ出てきた。

「名店だな」

「ええ、鳥を食べさせる店では高崎で一番らしい」

お久がまた手を握ってくるのではないかと期待したが、それはないままに左門は高崎の宿場に戻ってきた。

「左門、なに、がっかりしているの」

お久が目ざとくいう。

「別にがっかりなどしておらぬ」

「左門がそういうんなら、そういうことにしておく」

立ちどまり、あたりを見まわす。

ちだ。

お久のいう通りで、大勢いた女の姿はなく、ほとんどの旅人は夜に追われるように旅籠にすでに吸いこまれてしまっている。ちらほらと見える人影は、宿場に遅く着いた旅人た

「ねえ、左門。今宵の宿は、もう決めてあるの」

「いや、まだだ。お久はどうだ」

お久がきらきら光る目で見つめてくる。

「決めてある」

「どこだ」

「ここよ」

お久が目の前の旅籠を指さす。肥後《ひご》屋、と腰高障子に黒々と記されている。

「俺もここに泊まろうかな」

「なに、左門、私と一緒の部屋になるのを期待しているの」

「期待などしていない」

「でも、もうこの宿屋は一杯のはずよ」

「そうか。なら、別の旅籠を探すとするさ」

「今からじゃ骨よ。いいわよ、相部屋で。いらっしゃいな」

「えっ」

お久がにんまりする。

「怖じけたの」

「馬鹿をいうな」

「じゃあ、決まりね」

お久がまた左門の手を取った。空いた手で肥後屋と書かれた腰高障子をあける。

薄暗い土間で宿帳を書いたあと、お久に二階の奥の間に連れていかれた。廊下を歩いている最中、たくさんのいびきが重なって耳に届く。

旅の疲れも見せず、飯盛女に挑んでいる者も多いようだ。押さえきれない嬌声や苦しげなあえぎ声が響いてくる。

「ここよ」

そんな声に気づかない様子で、お久が障子を横に滑らせる。

皿に明かりが灯され、薄っぺらい布団が一枚、敷かれているのがにじむように見えている。

あとは、着物を着こんだまま布団に横たわるだけだ。

昔は旅をする際、寝具も持ち運んだそうだが、今はそうする必要がなくなり、ひじょうに便利になった。

だが、布団は薄汚れ、いろいろなしみがついている。においがしてきそうだ。

もっとも、左門は旅をしている最中、布団に横になったことはない。ふだんは板の間で寝ている。そのほうが慣れさえすれば疲れが取れる。

だから布団を運んできた女中には、いらぬ、といった。女中は、お久と同衾するつもりなのか、と思ったようだが、承知いたしましたといって階段のほうへ向かおうとする。

「衝立《ついたて》を立てて」

お久が頼む。左門は少し気抜けした。その気持ちには、安堵の思いも含まれている。

「はい、わかりました」

布団を抱えていったん姿を消した女中が衝立を持って、階段をあがってきた。

「お待たせしました」

部屋のまんなかに衝立を置く。

「ありがとう」

お久が礼をいう。女中が安心した顔で、左門をまぶしげに見た。

「ありがとう」

お久が重ねて口にした。

「どういたしまして」

女中はもう少しそばにいたいといいたげな顔で、ようよう去っていった。

「相変わらずもてるわね」

お久が衝立の向こう側に行った。

「そんなことはない」

「別にこんなもの、いらなかったのよ」

お久が衝立に触れる。

「いや、そういうわけにはいかぬ」

お久がいきなり着物を着替えだした。

「おい、ちょっと待て」

左門はあわてて座りこみ、目をそむけた。

「なに、泡食っているの。昔、裸でじゃれあったり、川で泳いだりしたじゃない」

「あれは赤子に毛が生えたような頃だろう」

「だけど、私の裸を見たのは、二親以外では、左門が初めてよ」

「だからなんだ」

「だからなんだってこともないんだけど」

お久がするすると着替えを終える。

「寝るね」

「そうしろ。俺も寝る」

お久が、布団に横になった気配が伝わってきた。

左門はすり切れ、色がなくなっている畳に寝転がった。胸が苦しい。まさか二人切りで旅籠に泊まる日がやってこようとは、夢にも思わなかった。

いや、頭に思い描いたことはある。だが、予期していた以上に早かった。

お久がふっと息を吹く音がした。灯が消え、うっすらと見えていた天井が一瞬にして見えなくなった。

もっとも、左門は夜目が利く。天井が完全に消えたわけではない。

「ねえ、左門」

「なんだ」

「そっち行っていい」

苦しさを通り越して、左門は胸が痛くなった。

「ねえ、どうなの」

左門が答えられずにいると、ふふ、と笑い声が壁に小さくはね返った。

「冗談よ。馬鹿ね」

衝立の向こうから穏やかな寝息がきこえてきた。

もう眠ったのか。さすがにこういうときは、女のほうが図太いな。

だが、そばでお久の寝息を耳にしているというのは、どこか幸せな気分だ。気持ちが落ち着く。

考え事をするのにはよさそうだ。

松平忠長のことが脳裏に浮かんできた。

忠長を脱出させたのはこの土地の者なのか。

左門はあらためて考えてみた。

関わっているかもしれないが、実行に移したのはよそから来た者に決まっている。

いったい誰が高崎にやってきたのか。相当の手練《てだれ》であるのは紛れもない。

脱出して、忠長はなにをしようというのか。

最も考えやすいのは、家光に代わり、将軍になることだろう。

上さまを亡き者にするために、死んだと見せかけたのか。

だが、高崎城を脱してから、もう四年近くもたっている。

今、なにをしているのか。

四年近くもなにもないと、実はなにもなかったのではないか、との思いが頭をもたげてくる。生きているのではないか、という家光の考えは勘ちがいにすぎないのではないか。

そうではない。

家光にはそう思う根拠があるにちがいなかった。

いずれ上さまにお目にかかり、おききしてみよう。

そんなことを考えていたら、いつしか左門は睡魔にとらわれていた。

眠りが浅くなった。

鳥たちがかまびすしくさえずっている。味噌汁のにおいも漂っている。馬のいななきも届く。街道のほうからは、話し声もきこえる。

だが、目が覚めそうになったのは、それらが理由ではない。

肌がなにかの気配を感じたのだ。

左門は抱いている刀の鯉口を切った。

気配はそっと近づいてくる。

そういうことか。

左門は薄目をあけた。目の前に、袋竹刀を構えるお久の姿があった。

左門が気づいたのにかまわず、えい、と気合をこめて袋竹刀を振りおろしてきた。

左門はかわすでもなく、すっと立ちあがった。

「あっ」

お久の口から声が漏れる。

「どうして」

お久には袋竹刀が、左門の体をすり抜けたとしか見えなかったのではないか。

「おまえの竹刀より、俺の動きのほうが速かったにすぎぬ」

袋竹刀を手にしたままお久がへたりこむ。

「もう、昨日からずっと狙っていたのに」

左門は目を丸くした。

「この旅籠に引きこんだのは、それが狙いだったのか」

「そうよ。私に惚れ抜いている左門が眠れず、夜明け頃にようやくまどろんだ頃、狙ってやろうと思ったの」

「しかしお久、もうとうに夜は明けきったぞ」

左門は障子窓を見ていった。天気はいいようで、明るい陽が当たっている。木の枝の影が陰翳をつくりだしていた。

お久が唇を嚙む。

「ちょっと寝すぎたのよ。どうしてかいつもよりぐっすり眠ってしまったの」

それは左門も同じだ。気持ちが安らかで、とてもよく眠れた。

「もうあきらめろ」

「いやよ」

お久は頑としてきかない。その表情は幼い頃そのままだ。

簡素な朝餉をとり、左門たちは肥後屋をあとにした。

「左門、これからどうするの」

「とりあえず、おまえとここで別れねばならんな」

「えっ、そうなの」

「うむ、調べ物がある」

「なにを調べてるの。と、これはきいちゃあいけないことだった」

左門は小さくうなずいた。

「じゃあ、これでね」

お久が頭を下げ、横の道に入りこむ。足音も立てずに駆けはじめた。あっという間に姿が見えなくなった。後ろ姿が寂しげだった。

冗談よ。馬鹿ね。

左門は昨夜のお久の言葉を思いだした。

あんなことをいっていたが、せめて肩を寄せ合って眠りたかったのではあるまいか。

来い、といってやればよかった。

後悔したが、今さら遅い。

俺は、女心はさっぱりだな。

勘のよい者なら、さっさと迎え入れていたにちがいない。そして、次の段階に進むこともむずかしくないのだろう。

そばに小さな神社があることに左門は気づいた。

探索がうまくいくように、お参りしてゆくか。

境内《けいだい》の狭さにくらべて、やけに高さのある鳥居の端をくぐった。参道の端を行くのは、まんなかは神さまの通り道であるからだ。どうやら無住の神社のようだ。

ちっぽけな手水舎《ちょうずや》で手を清め、口をすすいだ。

左門は石畳を踏んで、本殿の前に来た。ここでも端に寄る。

賽銭を置くように投げ入れ、鈴を鳴らして二礼二拍手一礼する。

これだけで気分がよくなった。やはりお参りはいい。

きびすを返した。

むっ。

体がかたくなる。

眼前に頭巾《ずきん》を深くかぶった侍がいた。抜刀している。

濃厚な殺気が放たれはじめた。のぞいている二つの瞳にはぎらりとした光がたたえられているが、どこか感情をなくしたような色が見えている。

何者だ。

考える間もなく石畳の上を滑るように近づき、斬りかかってきた。

左門は抜き放った刀の腹で敵の刀を受けた。刀の切っ先を地面に向ける。敵の刀が刀身を滑り落ち、敵が体勢を崩すのを待って腕を切るつもりでいたが、そううまくいかなかった。敵は見事な足さばきでうしろに下がった。

左門は一瞬、敵を追って前に出ようとしたが、とどまった。

敵が下段から振りあげてきた。

——これは。

左門は瞠目《どうもく》した。

柳生の太刀筋だ。上段から斬撃し、敵が受けたらその力を利して背後に下がり、同時に下に向けた刀をすぐさま斬りあげる技である。村雲と呼ばれている。

左門は見切ってかわした。だが、考えていた以上に刀は伸びてきた。鼻先をかすめていった。

左門は気にすることなく、左足を深く前にだした。刀を右の鬢《びん》の上にまっすぐに立てる。霞の構えである。

「何者だ」

左門は低い声を発した。

しかし、男は答えない。じっと左門を見据えているだけだ。左門の構えが霞であることはわかっているだろう。そして、これからどう左門が動くかも。

男の目に動揺はない。

その瞳に見覚えはない。

左門は再び声を放った。

「よいか、容赦はせぬ。俺を狙おうとする者の命は遠慮なくいただく」

男の目にさらに鋭い光が宿る。やれるものならやってみろ。

明らかにいっていた。確かに、そういえるだけの裏づけがある腕である。

凄腕ぞろいの柳生のなかでも、これだけの腕を持つ者はそうはいない。

だが、負けはせぬ。

怒りが腹に渦巻いている。

どんなことがあろうと、人の命を無造作に奪うような真似をする者は許さない。

左門は左足を前にだし、上段から刀を落としていった。男が避ける。左門は足を踏みだし、刀を再び上段から振りおろした。男がうしろに下がる。左門はなおも上段からの刀を見舞った。この連続の上段からの斬撃は花車《かしゃ》と呼ばれる技だ。

三撃目はぐいっと剣尖が伸び、男の肩に届いた。鉄の鳴る音がした。鎖帷子《くさりかたびら》を着ていた。

なんと用意のいいことよ。

かまわず左門は上段からの一撃を加えようとした。

男がたまらず横に動き、上段から刀を繰りだしてきた。花車を仕掛け返そうという意図のようだ。

左門はそれを待っていた。相手の斬撃をかわし、相手とすれちがうようにして刀を胴に払う。これは半開半向《はんかいはんこう》という技だ。

手応えはなかった。相手もさすがで、わずかに着物をかすめたにすぎない。

談笑しつつ鳥居をくぐってきた一団がいた。七、八人だ。老若男女がそろっているから、一家かもしれない。

それを見て、男が体をひるがえした。刀を肩に乗せ、鳥居のほうに駆けてゆく。抜き身を目にして、年寄りがひゃあ、と声をあげる。

その横を男が通りすぎてゆく。一家はおびえ、引きつった顔をした。

左門に追う気はない。追っても無駄だ。

それにしても、と左門は思った。あれはいったい誰なのか。

思い当たるわけがない。

左門は、向き合わざるを得ない敵の強力さを目の当たりにした気分だった。

むっ。

鳥居の向こうの路上に、紀州で会った木村助九郎《きむらすけくろう》を見たような気がした。

左門がそうと気づいて見直したとき、その姿はどこにもなかった。

六

いま目にしたのは、本当に木村助九郎《きむらすけくろう》なのか。

左門《さもん》は鳥居のそばまで来て刀を鞘《さや》にしまい、心中で首をひねった。

神社に参拝に来た七、八人の一団が、境内の隅に寄り、こわごわと左門を見つめている。

左門がそこにいるせいで、逃げようにも逃げられないようだ。

「どうやら物盗りらしい」

体から力を抜き、笑みを見せて左門は快活な声を投げた。

「追い払った。もうなにも心配いらぬ」

その言葉に無言で応じた一団に背を向けて、早足で歩きはじめた。

いま見えたのは木村助九郎だったのか。

あらためて自問してみた。

まちがいない。この俺が見まちがうことなどあり得ぬ。

だが、どうして木村助九郎が高崎にいるのか。だが、やつなら、他者に狙わせるような真似は決してするまい。必ずじかに討ちに来る。

襲ってきた男も柳生の太刀筋だったが、木村助九郎のほうが腕は上だろう。

木村助九郎は、ただ見ていただけなのか。それはどうしてなのか。

いや、それよりも、なぜ木村助九郎がこの地にいるのか。

そのことが気にかかってならない。

和歌山から俺のあとをつけてきたのか。だが、いったいなんのために。

左門は口をきゅっと引き結んだ。さっぱりわからぬ。――だが、そのうちはっきりしよう。気持ちを軽く持って左門は空を見あげた。薄い雲がたなびくように流れてゆく。どこか秋を思わせる風景である。

それとは別に、饅頭のような形をした雲がふわふわと動いてゆく。

あんなふうに自然に流れてゆけば、きっとうまくゆく。無理はせぬこと。うむ、これだな。――それにしても、今日はいったい何日なのか。

とうに八月に入っているのではあるまいか。それならば、あのたなびく薄い雲にも納得だ。

熱をたっぷりとはらんでいた風も、いつしか涼やかさをともなっている。

朝餉《あさげ》が簡素だったことに加え、襲ってきた男とやり合ったこともあり、腹が減って喉が渇いていた。

左門は、高崎宿のはずれに建つ一軒の茶店に入った。あまり流れのない小川のそばに立つ欅の大木の陰にひっそりとあり、陽射しがさえぎられている。よしずが穏やかな風にかすかに揺れていた。

香ばしい香りが漂っている。茶店の裏のほうからだ。

これは麦を焙じているのではないのか。

麦湯のもとだろう。

長床几《しょうぎ》に腰かける。そばに粟餅、と染め抜かれている幟《のぼり》がひるがえっていた。

唾が出てきた。粟餅は大の好物の一つだ。江戸で味を覚え、大和の柳生に戻ってからもだいぶ食した。

「ほう、粟餅があるのか。ここの粟餅はどういうふうにつくっているのだ」

注文を取りに来た小女にきいた。目がどこか猫のような感じがする娘だ。

「糯粟《もちあわ》という、粘りけのある粟があるんです。それにお米を混ぜて一刻ばかり浸してからそれを蒸します。それを杵と臼で搗《つ》いて小さく切り、きなこをまぶすんです」

「きなこは甘いのかな」

小女がすまなげにする。

「いえ、お砂糖は高くて使えないものですから、甘くはありません」

左門はにこりとした。小女がまぶしそうにする。

「そのほうが好みだ」

実際、柳生で食べたものも、きなこをまぶしただけだった。きなこ自体の持つ甘みが口中に広がり、えもいわれぬうまさだ。豪勢なものは、なかに甘いあんこが入っているときいたことがあるが、左門はまだ目にしたことがない。

「麦湯を飲ませてくれるのだな」

「さようです。あたしのおじいちゃん、おばあちゃんが丹精してつくった麦を使っています」

「ほう、そいつはうまそうだ」

左門は、粟餅と麦湯を頼んだ。

小女はいつまでも左門のそばにいたそうな様子だったが、意を決したようにきびすを返した。

「ああ、そうだ」

左門が声をあげると、うれしそうに振り向いた。

「今日は何日かな」

小女が不思議そうにする。

「ずっと旅をしていたんで、日にちがわからなくなってしまった」

「今日は八月十日です」

やはり、知らぬ間に八月になっていた。

とっくに八朔《はっさく》はすぎてしまったのか。

毎年、八月一日には大名、旗本は白帷子《かたびら》を着て千代田城に参上し、祝いの言葉を将軍に述べるのが慣習になっている。

きっと家光も、大勢の者の祝詞を耳にしたにちがいない。

八朔の祝いは、昔から百姓が行ってきたものである。その年にとれたばかりの新米を互いに贈り合い、食し合う風習があった。ほかにも、収穫の前にほんの少し刈り取った稲を田の端にかけて祀ったり、家の神さまに供えたりすることがあった。

それが武家や公家にも伝わり、八朔に進物することが定着し、さらに主筋に贈品して返礼品をいただくことも当たり前のようになっていた。

家光もおびただしい贈り物を目の当たりにしたのではないか。諸大名や旗本に返した品物はどれほどの数にのぼったのだろう。

もともと八朔に総登城するようになったのは、天正十八（一五九〇）年のこの日に、徳川家康が千代田《ちよだ》城に入った、めでたい日だからである。

「お客さんはどちらからいらしたんですか。土地の人ではないですよね」

「上方からだ」

小女がぼうっとして左門を見る。

「この世の人ではないのではないか、と思ってしまいました」

「この世の者さ」

左門はおどけるようにいい、袴をぴしりと叩いた。

「こうして足もちゃんとある」

「いえ、幽霊などではなく、天からおりてきた人のような感じがします」

左門は苦笑した。

「そんなに上品な者ではないよ」

腹を手のひらで押さえた。

「こうして腹の虫も鳴くし」

「ああ、すみませんでした。今すぐお持ちします」

「気にすることはない。呼びとめたのは、俺だから」

その声が届かなかったように、小女は二枚のすだれがかかっている奥へと姿を消した。

「お待たせいたしました」

風が三度ばかり外のよしずを騒がせていったあと、小女が戻ってきた。広口の湯飲みと大ぶりの粟餅が二つのった皿が、長床几に置かれた。きなこがまぶされた粟餅は、大判にふくらみを持たせたような形をしている。

ありがとう、といって左門は笑みを浮かべた。

「とてもうまそうだ」

「はい、おいしゅうございます。どうぞ、お召しあがりください」

串が添えられている。左門は突き刺し、粟餅を口に運んだ。

米の餅のようにもっちりとやわらかく、そのなかにぷちぷちとした歯応えが感じられる。きなこにやや塩気があり、噛んだことで出る粟餅の甘みを際立たせている。飲みこむとき、それが味がしつこくなく、すっと口のなかで溶けるように切れてゆく。それがとても心地よい。

麦湯を喫した。あたたかさが胃の腑にじんわりとしみてゆく。それが全身に行き渡る。これがために、夏の暑いときに飲んだあと、涼しく感じられるのだ。

「いかがですか」

心配そうに見ている小女がきいてきた。

「うまい。すばらしい粟餅と麦湯だ」

左門は偽らざる思いを述べた。

「この店が、近くにあったらどんなにいいだろうと思うよ」

「お客さんは上方とおっしゃいましたけど、上方のどちらですか」

「興味があるのかい」

「はい。上方といえば、なんといっても京の都ですから。それに、奈良もありますよね。大仏さまをこの目で一度、見たいなあって思っています。以前、上方に行った人が、すごいっていっていたものですから。——お客さんは大仏さま、ご覧になったこと、ありますか」

「うむ、ある」

「近いのですか」

「うむ、四里ばかりだ。行こうと思えばすぐだな。だが、大仏は今、野ざらしも同然なのだ。大伽藍が焼けてしまったから」

「えっ、焼けた。それはいつのことですか」

「二十七年前の慶長十五年（一六一〇）に豊臣家の手で伽藍が再建されたが、それもすぐに大風で倒れてしまったからだ」

「大風で。――伽藍は、また建てないんですか」

奈良から遠く離れた上州高崎で、東大寺の大仏の話をする不思議を感じつつ、左門は答えた。

「建てるとなれば、今のこの国のあるじである徳川さまの仕事ということになろうが、果たしてどうかな」

「ご公儀はされないのですか」

「野ざらしはあまりにむごい、という気持ちがあれば、いずれ取りかかるかもしれぬが、今はやらぬのではないかな」

「どうしてですか」

もう少し徳川の世が安定してきたら、そちらにまわすだけの金と余裕ができるだろう。だが、今はまだ日本中に、隙あらば幕府を引っ繰り返そうと目をらんらんと光らせた多数の敵がいる。

　大仏殿の造営に、家光の目が向けられることはまずないのではないか。

　麦湯を飲み干した左門は小女にそっと目を当てた。小女の頰が赤らむ。

「どうして公儀がやらぬのか。なんとなくそんな気がするだけだ。答えになっておらぬかな」

「そんなことはございません」

　左門は長床几から尻を離し、小女の前に立った。

「いくらかな」

　小女がさびしそうにする。

「はい、十六文になります」

　声が悲しげだ。

「安いな」

　心付けを込みで、左門は財布から四文銭を五枚取りだし、支払った。

　茶店が茶代を取ることはない。茶代と称しているのは、客を休息させることや厠《かわや》を貸すこと、荷物を預かること、道を教えることなど、こういった気配りや心尽くしに対する代価である。

「ありがとうございます」

　受け取った小女が小腰をかがめる。

「また寄るやもしれぬ。またうまい粟餅を食べさせてくれ」

「はい、承知いたしました。是非おいでください」

小女が左門をじっと見ていった。

左門はよしずの陰から外に出て、道を踏み締めた。木々のあいだに見えている高崎城の三層の櫓《やぐら》を目指して、歩きだす。

ふと目を感じて、左門は振り返った。先ほどの小女が見送っている。左門が手を振ると、笑顔で振り返してきた。

いい子だな。

ああいう明るい娘と気楽でたわいない話ができる。それだけで、旅というのはとてもいいものだ、と感じられる。

茶代には、気のよい娘と話ができるというのも含まれているのであろうな。

高崎城下に再び足を踏み入れた左門は、間近に見える城を見つめた。かたく腕組みをする。

――もしや木村助九郎が忠長公の脱出に関わっていたのではないか。

そんな思いが、わきたつ雲のようにふくらんできた。

いや、そうではなく、別の誰かが手を貸したのだろうか。

忠長が死んだことになっているのは、四年近く前である。

木村助九郎であれ、ほかの誰かであれ、高崎のあるじである安藤家の者でない人物が忠長の脱出に手を貸したのは、まちがいないだろう。

落ち着きのある城下という風情を見せているこの町に、四年近く前に見慣れぬ者が、あるいは見慣れぬ者たちがあらわれたのは、疑いようがない。

忠長の脱出という重要事を、一人でしてのけられるとはとても思えない。やはり、少なくとも何人かがこの町に送りこまれたにちがいなかった。

その者たちの人相風体を、左門は知りたかった。

だが、今からそのことをきいてまわったとしても、四年近く前のことを詳しく覚えている者にぶつかるのは、よほどの幸運をともなわなければ無理であろう。

おのれを、強運の持ち主でないと左門は思ったことはないが、剣のことならともかく、探索仕事において、そこまでの幸運がめぐってくるとは思えない。

ききまわるだけ、骨折り損のような気がした。いかにも怪しげな者が城下にあらわれたり、宿場に逗留したりしたことなど、覚えている者などまずいないだろう。

それならば、と左門は考えた。忠長公の脱出が一人でやれることでないのなら、安藤家中の者で、手を貸した者はいないのか。

内輪の者の手引きがなければ、やはり脱出は無理なのではないか。外からやってきた者がいくら力を尽くしてみても、内側から導いてくれる者がいないと、むずかしいのではないか。

左門は大手門から高崎城内に入り、昨日、会ったばかりの家老の安藤拓馬《たくま》と座敷で顔を合わせた。

　相変わらず垂れた目をしている。瞳に光が宿っているのも同様だ。

「さっそくですが」

　挨拶もそこそこに、左門は本題に入った。

「忠長公が自裁されたあと、ご家中のなかで、暮らしぶりが急に変わったというような者はいませんでしたか。生活が派手になったとか、金遣いが荒くなったとか」

　拓馬が、どうしてそのようなことをきくのかという思いでいるのが、わずかにあらわれ出ている表情から知れた。

　首をひねってから、拓馬が語りだす。

「大きな声では申せぬが、我が主家は貧しゅうござる。もし家中にそのような者がおれば、目立ってなりませぬ」

　左門は少し思案した。

「でしたら、暮らしぶりに限らずともけっこうです。安藤どのの脳裏に強く残っていることをしたような者はおりませぬか」

「そういうことでしたらば、よく覚えていることが一つござる」

　左門は身を乗りだしたかったが、ぐっと我慢した。

「忠長公が亡くなったあと、致仕《ちし》した者がござった」

「致仕ですか。わけは」

拓馬がかぶりを振る。

「それがはっきりとした理由は一言もいうことなく、ここ高崎を風のように去っていったのでござる。理由を知っている者は誰一人としておらぬでござろう」

「その者の名を教えていただけますか」

よろしゅうござる、と拓馬があっさりといった。

「湯之島丙三郎《ゆのしまへいざぶろう》という者にござる。丙三郎は我が殿の馬廻りにござった。殿もかわいがっておられた。それゆえ、どうして致仕するのか、誰もが首をひねったものにござる」

「湯之島どのがどこに行ったか、ご存じですか」

「それがしは知りもうさぬ。ただ——」

拓馬がもったいをつけるように間を置いた。

「一家で、尾張名古屋へ行ったという噂がござる」

和歌山同様、徳川の御三家が治める町である。今の当主は、家康の九男の徳川義直だ。和歌山の頼宣と同じく、名君として知られている。

名古屋には、柳生兵庫助利厳《ひょうごのすけとしよし》がいる。石舟斎《せきしゅうさい》の長男厳勝《よしかつ》の次男である。左門の父の宗矩《むねのり》は石舟斎の五男だ。兵庫助は宗矩の甥に当たり、左門にとっては従兄である。

「耳寄りなことがござる」

不意に拓馬が声をひそめた。

「なんでしょう」

左門は興味を惹かれた。

「湯之島丙三郎の妹は殿中の奥づきの腰元で、忠長公の身のまわりの世話をした一人にござる」

これには、左門は腰が浮きかけた。忠長の脱出と関係がないはずがなかった。

「どうして昨日、そのことをお話しくださらなかったのか」

拓馬が唇を曲げるような笑いを見せた。

「左門どのが、おたずねにならなんだゆえ」

そういうことか。左門はしてやられたような気分になった。

第二章

一

あのときは悩んだ。

両肩にずしりと岩がのしかかったような重みを感じた。

左門《さもん》のまぶたの裏に、ありありと当時の光景がよみがえってくる。

三年前の寛永十一年（一六三四）八月のことである。

左門は、主君である徳川家光に一人、呼ばれたのだ。

場所は、駿河《するが》の久能山東照宮《くのうざんとうしょうぐう》の御膳所《ごぜんしょ》。京から江戸へ戻る帰路だった。

旅のあいだ、父の宗矩《むねのり》もずっと一緒だったが、家光には呼ばれなかった。

一段上がった御簾《みす》の向こうで、家光は上機嫌だった。じかに顔を見ずとも、左門にはそれがわかった。家光の発する気が、そうであると伝えていた。

家光と一夜をともにした小姓はいくらでもいるが、これだけ家光の気というものを感じ取れる者は、自分以外にいないだろうという自負が、左門にはあった。

「左門、よく来た」

明るい声が発せられるや、御簾がするするとあがり、満面に笑みを浮かべた家光の顔が左門の瞳に映った。家光の両側には気に入りの小姓が二人控えており、真剣な眼差しを左門に注いでいた。

「左門、疲れておらぬか」

脇息《きょうそく》からぐっと上体を乗りだして、家光がねぎらう。

左門は微笑した。

「お気遣いいただき、まことに恐れ入ります。それがしは大丈夫にございます。上さまこそ、いかがにございましょうや。お疲れではござりませぬか」

ふと、家光の目に油を垂らしたようなぎらつきが宿った。これは、左門を求めるときの目だ。

唐突に目から力を抜き、家光が深く息をする。今はそのときではない、と心を落ち着けていた。背筋を伸ばし、ゆったりとした笑みを浮かべる。

「うむ、余は疲れておらぬ。すがすがしい気分だ。ほかに言葉はない」

晴れ晴れとした表情でいった。

寛永十一年の上洛は、家光にとって三度目に当たり、過去の二度の上洛と同じように三十万七千といわれる大軍を率いて京にのぼった。

元和《げんな》九年（一六二三）及び寛永三年の上洛は父秀忠に連れられたも同然だったが、今回は父秀忠亡きあと初めての上洛で、家光が父から受け継いだ権威、威光というものを朝廷に見せつけるためのものだった。

それだけでなく、確執というまでにぎくしゃくしている朝廷との関係修復をはかる目的もあった。

家光は朝廷に対しておびただしい贈り物をし、できるだけ親睦を深めようと努力もした。京、奈良、大坂の市井《しせい》の者に徳政も行った。

朝廷からは返礼の意で、家光に太政大臣就任の要請があった。

しかし、家光はそれを固辞している。自ら生まれ変わりと信じている祖父の家康も父の秀忠も太政大臣に就任したにもかかわらず、どうして断ったのか。

朝廷との融和を求めるというのなら、任官したほうがよかった。

左門は、なんとなくそうではないかという理由を察してはいたが、確信はなかった。

家光が左門をじっと見ている。心の動きを読もうとする目だ。

「なにを考えておる」

かすかに首をひねった家光に問われた。

左門は思い切って口にすることにした。自分ならなにをきこうと、家光の怒りを買うことは決してないと、うぬぼれでなくわかっていた。

「太政大臣の一件にございます」

家光がにこりとした。

「左門、そなたならすでにわかっているであろう」

「では、やはりお歳のことでございますか」

家光が深くうなずく。

「そうよ。余は三十一。太政大臣に任官するには、まだ早い。早すぎる」

家康が太政大臣になったのは七十五のときであり、死の直前だった。

なんにしても、家康のやり方を踏襲するのが家光のやり方で、祖父と異なる道を行くのはことにいやがった。

ここ久能山東照宮も家康が薨去《こうきょ》して葬られた地であり、その後、家光によって日光東照宮に遺骸は改葬されたが、家康の遺品が数多く残り、初代将軍のにおいが色濃く感じられる場所である。

久能山には久能寺という名刹《めいさつ》があった。戦国のとき、今川家を追い、駿河を領有した武田信玄が寺を他へ移し、久能山上に城を築いた。武田家が勝頼の代で滅亡したのちに家康が手に入れ、城の整備につとめた。

家康が江戸に幕府をひらき、秀忠に将軍を譲ったあと駿府《すんぷ》に移り、いわゆる大御所政治を行った際、家康は久能山城を、駿府城の本丸である、とまでいいきるほど気に入っていた。この地をこよなく愛していたといってよい。

家康の死後、亡骸《なきがら》をこの地に葬ったのは、遺命であり、家康にしてみれば自然な流れだったにちがいない。

家光は江戸下向の折の宿所として、家康の隠居城である駿府城でなく、家康の遺骸が葬られたこの地を選んだのだ。

「さて、左門」

家光が身じろぎし、脇息にゆったりと身を預けた。

「そなたを呼んだのはほかでもない」

どんな用かわかるか、ときたげな目で家光が左門に目を当てる。

だが、左門は心中、首をかしげるしかなかった。家光が自分のことを誰よりも大事に想ってくれているのはよくわかっていたが、左門はすでにこのとき二十一になり、夜、家光のそばにはべることはほとんどなくなっていた。

左門の代わりに寵愛がことのほか深いのは、家光の背後にじっと控えている二人の小姓である。

「上さま。まことに申しわけないことにございますが、それがしにはとんと見当がつきませぬ」

左門は率直に告げた。

二人の小姓の瞳に、勝ち誇ったような色が宿る。

左門はそれを目の当たりにしても、腹を立てるようなことはなかった。ときが移ったにすぎない。

家光の欲望が向いているのは左門ではなく、ほかの小姓たちであるということでしかない。いま得意げな顔をしている小姓にしてもいずれ、家光の関心は薄れ、別の者に気持ちは移ってゆく。

家光が死ぬまで、おそらくこの繰り返しだろう。

不意に家光が小姓を振り返った。左門から見えたわけではなかったが、家光が家康譲りとおぼしき、ぎろりとした目つきをしたのが、うかがえた。

「いい気になるでない」

家光が厳しい声音で二人にいった。

「余にとって、左門は無二の者よ。無礼な真似は許さぬ」

ははっと二人が畏《おそ》れ入って平伏する。額をぴたりと畳に貼りつける。

「下がれ」

二人が驚いたように顔をあげる。

「下がれと申しておる」

静かな口調だが、迫力に満ちていた。二人の小姓が顔を伏せ、体を岩のようにかたくした。

「行け」

その一言で呪縛が解けたように立ちあがり、退室した。二人とも泣いているように見えた。

「これでよい」

舞良戸《まいらど》が音もなく閉じられたのを横目で見て、家光がにっこりする。

なにもなくとも、もともと家光は人払いするつもりでいたようだ。

「あとであの二人には、余からよくいっておくゆえ、心配はいらぬ」

そのやさしい言葉に、左門は安堵の息をそっと漏らした。

家光がほほえむ。どこか春のようなのどかさをはらんでいる。

これは心を許した者だけに見せる笑みだ。こういうものが人の気を引きつけて離さないのである。

左門は頭を下げた。畳の目を見つめつつ、じっと思案する。

それにしても、家光はいったいなんの用なのか。人払いしたことが気になる。

まさか、ここで家光に組み敷かれるというようなことはあるまい。

ここは神聖な場所でもある。

だが、家光には気まぐれなところがある。権威など、まったく気にかけないところもある。それは、三十路に入った今でも変わっていない。

急にその気になり、たまらなくなって左門を呼びだしたというのも考えられないわけではなかった。

家光が左門をのぞきこんでいる。

「ふむ、わからぬようだの」

その温厚な口調に、その気がないことが知れ、左門は紅顔した。

「申しわけないことにございます」

「左門、このようなことで謝らずともよい」

家光が手をひらひらさせて鷹揚《おうよう》にいった。

「顔をあげよ」

左門はいわれた通りにした。

「四万石を加増する」

「えっ」

左門はあまりの驚きに、勢いよく腰が浮いた。

「わからぬか。そなたに四万石を与えようというのだ」

あわてて座り直す。

「どうしてでござりましょう。上さま、それがしには加増の意味がわかりかねます」

「そなたは今、二千石であったな。それに四万石を加え、大名にしようというのだ。不満か」

「滅相もない。不満など一切ござりませぬ。しかし、それがしはこたびの上洛で、上さまから徒頭《かちがしら》から従五位刑部少輔《ぎょうぶしょうゆう》にしていただいたばかりでございます」

声がかすれそうになっていた。

「それにもかかわらず、ここでまた四万石とはどういうおぼし召しなのか、それがし、とんと理由がわかりませぬ。上さまにおかれましては、どうしてそのようなことを、突然にお考えになったのでござりますか」

宣するようにいって、家光が自らの顎をなでさする。

「これまでずっと考えていたことよ。そなたは長年、身命をなげうって余に仕えてくれた。それに対する礼である。左門、まさか断りはしまいな」

見据えられた。兄の十兵衛《じゅうべえ》ににらみつけられると、蛇の前の蛙同然に身動きができにくくなるが、家光の前ではさすがに息がしにくくなる程度だ。

それでも威厳だけで人を押さえつけることができるのだから、家光という男はやはりただ者ではない。

「はっ、そのようなことはいたしませぬ。謹んでお受けいたします」

家光にこうまでいわれては、断れるものではなかった。左門はかしこまり、畳に両手をそろえた。

このとき左門は家光から、四万石を与えるという御墨付をもらった。それは、柳生《やぎゅう》の屋敷に大事にしまいこんである。

だが、いくら家光の寵愛が他の者とは比肩できないほど深かったとはいえ、あれはまずかった。

今こうして穏やかな日の光を浴びて歩いていても、冷や汗が背筋を這ってゆく。

なにしろ、大目付をつとめて諸国の大名ににらみをきかせている父宗矩の禄は、一万石でしかない。

せがれとして父の禄を超えるわけにはいかず、左門は四万石の御墨付の始末には窮したのである。

かといって、御墨付を返上するわけにはいかず、むろん勝手に破ってしまうわけにもいかない。

病と称して、左門としては役目を致仕し、柳生に引き籠もる道を選ぶしかなかった。

実際、この御墨付による心労がこたえたのか、本当に肝の臓がおかしくなっており、静養が必要になっていた。

御墨付の件は、柳生にいても、左門の心に棘《とげ》のようにずっと突き刺さっていた。ときおりしくしくと痛み、気がかりで仕方なかった。

だが、柳生に籠居《ろうきょ》したあと、家光はなにもいってこなかった。

そのままなにごともなく、三年のときがすぎたのである。

四万石の加増の話は立ち消えになったのではあるまいか、と左門の期待はいやが上にも増した。

だが、執念深さでは余人とはくらべものにならない家光が、御墨付のことを忘れているはずがなかった。いずれ、なんらかの沙汰があるにちがいない。

そんなことを考えつつ、左門はひたすら足を速めている。

今、上州高崎から尾張名古屋へと歩を進めている最中である。

高崎城に幽閉されていた松平忠長が替え玉を立てて脱したとき、力を貸したのではないかと思われる腰元がいた。

その腰元は一家ごと姿を消していたが、その向かった先が名古屋ではないかと思える節があり、左門は今いちずに目指しているのである。

高崎城で家老の安藤拓馬が、一家で尾張名古屋へ向かった噂がある、といったのである。中山道を東上し、信濃国は通りすぎた。国は美濃に変わり、左門はすでに鵜沼宿《うぬまじゆく》近くまでやってきている。

中山道の御嶽宿《みたけじゆく》、伏見宿と来、次の鵜沼宿に行くためには土田と善師野《ぜんじの》を経て、内田の渡しで木曾川の右岸に渡る必要があるが、名古屋へ向かうのに鵜沼宿まで行く必要はない。善師野から犬山を通り、まっすぐ南にくだればよい。

ちなみに、中山道が御嶽宿、太田宿と来てうとう峠を越え、鵜沼宿という道筋となるのは、寛永十八年（一六四一）以降のことである。

右手に犬山城が見える。犬山三万五千石の成瀬家の居城である。

居城といっても、成瀬家は大名ではない。尾張徳川家の付家老《つけがろう》である。

犬山城の天守は三重五層で、天文年間につくられた建物の上に成瀬隼人正正成《なるせはやとのしょうまさなり》、正虎《まさとら》父子によって、元和六年（一六二〇）前後に望楼が築かれ、天守の形をなしたと左門は耳にしている。

できれば、城のなかに入ってみたかった。天守にのぼれば、このあたりの地勢は一望だろう。きっと息をのむような眺めにちがいない。

成瀬家の者に知り合いはいないが、柳生家の者であると名乗れば、入城するのはさほどむずかしいことではないのではないか。天下流の流れを汲む者というのは、大きな力を持っている。

左門は生まれつきなのか、高いところが好きでならない。目のくらむ感じがことのほか気に入っている。不思議と怖いと思わないのだ。

しかし、今は遊山の旅ではなく、一刻もはやく名古屋に着かなければならない。高崎から消えた腰元一家を、探しださなければならなかった。

犬山城への未練を押し殺し、左門はさらに足を速めた。

名古屋が近いせいか、街道は多くの人が行きかっている。名古屋の殷賑《いんしん》ぶりが目に見えるようだ。

さすがに御三家の一つで、六十二万石を誇る大身の家だけのことはある。

尾張徳川家を興したのは、家康の九男の義直だ。義直の義は、新田義貞《にったよしさだ》から取ったものときいている。新田家は、徳川家が祖とあがめている家である。

にぎやかな街道も歩き続けるうちに、不思議に人影が途切れることがある。

今もどこを探しても人の気配はない。夕方の雰囲気が徐々に立ちこめはじめた頃のことだった。

左門は足をとめかけた。いきなり殺気に包まれたからだ。

強烈な気にさらされ、左門はがんじがらめにされたように、身動きがしにくくなった。

泥をたっぷりとなすりつけられたように足が重い。

はっとする。

体が鉄の板でも貼られたようにかたくなってゆく。笑みをつくろうとしたが、顔が氷を押しつけられたようにこわばっただけだ。

目の前にすっくと立ちふさがり、表情のない目で左門を見据えていたのは、兄の十兵衛三厳《みつよし》だった。

二

左門《さもん》は息をのんだ。

かろうじてできたのは、これだけだ。ほかのことはまるでできない。息を吐くことすら忘れそうだ。

十兵衛《じゅうべえ》が瞬きのない目で、じっと見ている。

飢えた獣のようにぎらつく瞳は人離れし、城壁を射抜くような鋭利さがある。

並外れた両眼の力のせいで、左門は金縛りに遭ったかのようだ。なにしろ足の指さえも動かせないのである。がっちりと土を嚙んで、それきりだ。

十兵衛から放たれる殺気は、あたりに濃密に満ちたままである。

相変わらず兄は他を圧する力を有している。さすがに父の宗矩《むねのり》の跡継《あとつぎ》だけのことはある。

宗矩の跡継に選ばれたのは、長子だから、という理由ではない。

自分にはとてものこと、この迫力は真似できるものではなかった。

今にも両断されるのではないかという恐れのなかで、左門は冷静にそんなことを感じた。

ようやく息を吐きだすことができた。目の前の十兵衛の顔がぶれることなく、はっきりと眺められる。

太い眉は目にくっつきそうな場所にあり、それがために彫りが深く見える。浅黒い顔に鼻筋が通って、顎《あご》ががっしりと張っている。兄とはいえ、ほれぼれするような精悍《せいかん》な顔つきだ。

自分とはあまり似ていない。これは母がちがうこともあるだろう。

十兵衛の母はおりんといい、松下之綱《まつしたゆきつな》の娘である。

之綱は、その昔、駿府のあるじだった今川家の武将で、若い頃の豊臣秀吉が仕えたことで知られる。

永禄十二年（一五六九）に今川家が滅びたのち徳川家康をあるじとしたが、天正十一年（一五八三）、織田信長の死を契機に天下人へと飛翔を遂げた豊臣秀吉の家臣となり、上方に所領を与えられた。

之綱は今から四十年近く前の慶長三年（一五九八）に、六十一であの世に旅立った。

左門にとってあまりに遠い昔のことで、宗矩と之綱がどういう知り合いでどんなつき合いがあったのか、そしておりんを室に迎えるのにどのようないきさつがあったのか、耳にしたことはない。

之綱が伊勢、河内といった、柳生《やぎゅう》にほど近い場所を所領としていたことから、宗矩と浅からぬ縁があったのかもしれない。

すぐ上の兄とはいえ、十兵衛に最後に会ったのはいつだったか。

もう三年以上、たつのではないか。しかし、あまりなつかしいという気分にはならない。

幼い頃、ともに遊んだとか、剣の稽古をしたという記憶はほとんどない。

冷たい目をした十兵衛が足を踏みだし、ゆっくりと近づいてきた。

ほんの一尺ばかり進んだだけで、体が一気に倍ほどに大きくなった。

左門はあとずさりたくなった。だが、体は磔《はりつけ》にでもされたかのように動かない。わずかに動いているのは、背筋を這う汗だけである。

「左門」

低い声で呼びかけられた。

「はい」

かろうじて、つっかえずに答えることができた。

「ここはどこだ」

一瞬、なにをきかれているか、左門はわからなかった。とりあえず馬鹿正直に答えようとした。

すぐに思いとどまった。ここが名古屋であることを十兵衛が知らぬはずがない。

左門は問いの意味を考えはじめた。ちらりとまわりに目を流す。

街道には、先ほどから人けがまったくない。通行する者すべて、まるで神隠しに遭ってしまったかのようだ。

「はい、ここは柳生ではございませぬ」

病の療養を理由に引き籠もった故郷を勝手に抜け出たことを、兄上は咎《とが》めているのだろう、と左門は判断した。

「そうだ。ここは名古屋だ」

十兵衛が顎をあげ、しゃくった。

「来い」

脇道に入ってゆく。道の奥は、深い木々が続いている。

斬られるのか。

左門の首筋に脂汗が浮いた。

もしそうならば、これまでの命だったということだ。

左門は覚悟を決めた。十兵衛に逆らう気はない。兄相手ならば、いつでも命を投げだす腹づもりはできていた。

それとは裏腹に、ここはどんなことがあっても生き抜かねばならぬ、ともう一人の左門がいっている。なんといっても、自分は家光の命で動きまわっているのだから。

ここで命を散らしてしまったら、働きは中途で終わってしまう。それはすなわち、主命に背くことになる。不忠以外のなにものでもなかろう。

さて、どうすればよいか。

十兵衛が歩を進めてゆく。左門はそのあとをついてゆくしかなかった。

不意に木々が切れた。樹木がまわりを囲む草原だった。差し渡し四間ほどの円形をなしており、一尺ばかりの高さの草が生い茂っている。

草が足にまとわりつくが、十兵衛はなにもないようにずんずんと歩いてゆく。むろん、左門も同じである。

十兵衛は草原の中央で歩みをとめた。体を返し、仁王のように立つ。眼差しが左門を鋭く射た。

「おぬし、いったいなにをしておる」

十兵衛が叱責する。こめかみに青筋が立っている。

「どうして柳生を出た」

どういえばいいのだろう。

左門は迷った。

家光に頼まれて忠長《ただなが》の行方を捜していると、正直にいえばよいのだろうか。

家光は、このようなことはそなたにしか頼めぬ、と文で告げていた。

十兵衛も、家光の小姓をつとめていた。しかも今は致仕《ちし》しており、自由に動ける身である。実際に十兵衛は柳生家の耳目と化して、諸国をめぐっている。

それなのに、十兵衛ではなく、故郷に籠もっていた左門を家光は名指ししてきた。このことが、家光が十兵衛を信用していないということを意味するわけではない。十兵衛が国々の情勢を探っては、宗矩に知らせていることは家光も承知の上だろう。

左門は、これが家光が自分に最も信頼を寄せている証《あかし》であろうと感じている。

その信頼を裏切ることはできない。

しかし、ここでなにもいわずに十兵衛が解き放ってくれるはずもない。

「人を捜しています」

考えた末にいった。

「誰を」

「それは申しあげられませぬ」

「なぜだ」

「他言無用をきつくいわれているからでございます」

十兵衛が目の光をゆるませる。わずかに人なつこさがあらわれた。

「上さまに命じられたのだな」

これをいわれるのは、予期していた。左門が必死に働く命をだす者がこの世に一人しかいないことは、誰だって想像がつく。

「上さまか……」

十兵衛が空を見あげてつぶやく。数羽の小鳥が鳴きかわしながら、樹間を戯れるように飛びすぎていった。

目を左門に戻した。

「捜しているのは忠長公だな」

ずばりいわれて左門ははっとした。そうか、とすぐさま納得する。

これまでの動きは、すべて十兵衛に知られているのだ。十兵衛がめぐらせた諜報の網は、全国に広がっている。左門が忠長のことを調べているということは、すでに露見しているのである。

「上さまは、忠長公が生きていると思われているのだな。なにを証左にそのようなことをおっしゃっている」

勘である、というのはたやすい。だが、左門はいいがたかった。

十兵衛がにやりとする。

「いえぬか。ふむ、上さまのことだ、勘がお働きになっただとか、夢をご覧になっただとか、いずれそのようなことであろう」

さすがだな、と左門は感服せざるを得ない。家光のことを熟知している。だてに幼い頃から家光の小姓をつとめていない。

「どうしてそのようなことを思いつかれたのか定かではないが、上さまの勘は昔からよく当たるゆえ、決しておろそかにできるものではない」

それは、左門が一番よく知っている。だから、必死に動いているのだ。

「左門」

十兵衛が厳しい口調で呼びかけてきた。

「四万石の御墨付の件は、まことのことか」

寛永十一年（一六三四）のことだ。八月に左門は家光から四万石を与えるという御墨付をもらったのだ。

その話はたちまち広がり、左門が柳生本家とは別に新たな家を興す、という噂となって駆けめぐった。

それは、まちがいなく宗矩の耳に届いたはずだ。

父上の逆鱗《げきりん》に触れたのではないか。

そう考えた左門は、御墨付のことをうやむやにするために家光のもとを辞し、病と称して故郷に引き籠もったのである。

家光の厚意をきっぱりと断ることなどできるはずもなく、左門はこういう形を取るしかなかったのだ。

それ以来、宗矩とも十兵衛とも会っていなかった。

それがついに、十兵衛が詰問にやってきたのだろう。くるべきときがきたのである。

「まことのことにございます。それがし、御墨付を受け取っております。お断りできることではございませぬゆえ」

嘘をいっても仕方ない。十兵衛のことだ、しっかりと裏づけを取って足を運んでいるはずだ。

十兵衛ががっしりと腕組みをする。

「四万石を受けるつもりか」

「滅相もない」

左門は即答した。

「その気はありません」

「まことだな」

「はい」

「新たな家を興す気はないのだな」

「ありませぬ」

十兵衛が体から力を抜く。

「それをきいて安堵した」

その言葉とは裏腹に、十兵衛がにらみつけてきた。

「おぬし、本当にわかっているのか」

「なにがでしょう」

「もし受けたら、おぬしには死が待っているということだ」

それは、宗矩や十兵衛に誅滅《ちゅうめつ》されるということだろう。

十兵衛が左門の表情を見て、小さく首を振った。

「やはり、勘ちがいしているようだな。父上や俺が、おぬしを殺すとかそういうことではない」

　左門は目を瞬いた。

「どういうことかわからぬか。四万石の御墨付のことをきいて以来、俺はずっと気にかけていた」

「なにをでしょう」

　十兵衛が渋い顔をする。

「鈍いやつだ」

「はあ、すみません」

　十兵衛が居ずまいを正す。そばに誰もいないのに、声をひそめる。

「よいか、四万石をたまわったら、おぬしは殉死せねばならぬ」

　殉死といえば、と左門は考えた。

「上さまが、はかなくなられたときのことにございますね」

「そうだ。四万石の恩がある以上、おぬしも上さまのあとを追ってあの世に旅立たなければならなくなる」

　そういうことか、と左門は思った。気づかなかった。

「あの、兄上はそれがしのことを心配してくださって――」

「そうだ。おぬしをここで待ち構えていた」

「俺だけではない。父上もおぬしのことを案じておられる」

「父上も。ありがたいことです」

十兵衛が、左門の顔をじっくりと見つめてきた。

「しかし、おぬしのことだから、上さまが亡くなられたとき、すぐにあとを追う覚悟はできていような」

「はい、それはもう」

「左門、だが死ぬな。これは俺だけでない。父上のお気持ちでもある」

左門は微笑した。

「柳生家には兄上がいらっしゃいます。それがしの下には弟が二人もおりますれば」

「大丈夫と申すか」

「はい、なんら案ずることはないものと」

十兵衛がかぶりを振る。

「父上や俺は、柳生家の行く末を案じているわけではない。おぬしのことを案じておるのだ」

「この上ないお言葉、それがし、心より感謝いたします」

「感謝などよい。死ぬなと申しているのだ」

左門は黙っていた。

「さようでしたか」

「おぬしをとめることができるのは、父上や俺ではないのか」

十兵衛のいうように、もし家光に殉死は許さぬといわれたら、左門は命通りにするしかない。

気を取り直したように十兵衛が体に力をこめ、真顔になる。

「刀を抜け」

「えっ」

「腕を見てやる」

「真剣ですか」

「怖いか」

「いえ」

「さすが左門だ」

十兵衛がほめる。

「俺も真剣でかまわぬが、やはり使い慣れたものがよかろう。ちと待っておれ」

十兵衛がつと右側に向かって歩きだす。草原の端に立つ欅《けやき》の大木の向こう側にまわりこんだ。

なにをしているのだろう、と左門が思うまでもなく、十兵衛が再び姿をあらわした。二本の竹刀《しない》を手にしている。

「ほら」

目の前に戻ってきた十兵衛の手には、見慣れたものが握られていた。

「袋竹刀ですか」

三尺三寸の長さの竹を八つに縦に切り割り、馬や牛の革をかぶせた竹刀で、その上に赤い漆が塗ってある。漆は、革が破れにくくするためだ。

袋竹刀を用いる流派は少なくない。そのなかでも、柳生新陰流《しんかげりゅう》の袋竹刀は鍔《つば》がなく、軽い。重さは刀の鞘《さや》とさして変わらないだろう。縫い目があるのは、それを刃になぞらえているからだ。

十兵衛が鼻の下をさする。

「待ち構えていたといっただろう。用意しておいたのだ」

左門は袋竹刀を手渡された。軽く振ってみる。風を切る音が心地よい。

「相変わらずいい音をさせる」

十兵衛がうれしげな笑みを頬に刻む。

「腕は落ちておらぬようだ」

「兄上におっしゃっていただけると、心が弾みます」

「よし、やるぞ」

十兵衛が袋竹刀を正眼に構える。

左門も同じ構えを取った。

十兵衛が足の小指分だけ、前に出てきた。左門は親指分、進んだ。

それだけで、互いの竹刀の先端が触れそうになる。

十兵衛がすっと竹刀をあげ、顔に振りおろしてきた。左門は受けとめた。

鍔迫《つばぜ》り合いになる。

十兵衛がうしろに下がる。すかさず左門は下段から袋竹刀を振りあげていった。

十兵衛がさらに下がり、それをかわす。すぐさま左にまわりこみ、上段から袋竹刀を落としてきた。

左門は十兵衛の小手を押さえるように狙った。だが、十兵衛が右肩を落とすことでそれをはずしてきた。

袋竹刀が下段から迫ってきた。一瞬、見えにくかった。

かろうじてかわした。突きがきた。左門は姿勢を低くしてそれを避けた。

竹刀を強く握りこみ、再び攻勢に出ようとした。

「そこまでだ」

十兵衛が竹刀を引く。

左門も動きをとめた。

十兵衛がにやりとする。

「動きは悪くない。むしろよい。病の前ほどではないが、さほど時を置くことなく本来のおぬしに戻ろう」

兄にそういうふうにいわれると、さすがに安堵する。十兵衛は、これからもしっかりとした働きができるかどうか、左門の様子を見てくれたのである。

「しかし兄上」

「なんだ」

「兄上も腕は落ちていらっしゃいません」

そうか、と十兵衛がいった。

「おまえにいわれてうれしいよ。――ほら、よこせ」

左門は袋竹刀を渡した。十兵衛が二本の袋竹刀を無造作に脇に抱えこんだ。

「ではな。また会おう」

十兵衛が歩きだす。先ほどの欅のほうに向かってゆく。欅にたどりつく直前、左門は目を疑った。十兵衛の姿が宙にのみこまれたように消えたのだ。

左門はそこまで早足で歩いていった。どこに行ったのか、さっぱりわからない。まるで忍びのような消え方だ。

「怖いなあ」

とにかく、父と兄に私欲のない男と信じてもらえていたのは、ありがたかった。うれしくてならない。

元気が出た。

左門は名古屋の町に入った。巨城が眺められる。金のしゃちほこも見えている。天守が大きいだけに、やけに小さく感じる。

小さいといっても、左門の背丈をはるかに上まわる、一丈四尺ばかりの高さがあるのだ。

慶長大判にして二千枚近くの金が使われているという。

それだけの金があれば、これから先、遊んで暮らせるが、金に飽かせた暮らしというのがさほど楽しいようには思えない。

今の暮らしのほうがさまざまな危機が待ち構えていることもあって、ずっと楽しく感じられる。怖さがないこともないが、わくわくする気持ちのほうがずっと強い。

左門はなおもにぎわう町を歩き続けた。人の多さは江戸に引けを取らない。さすがに御三家の城下だけのことはある。

日が西の空に没しつつある。町は薄闇に包まれようとしている。

左門は武家屋敷が建ち並ぶ町に足を踏み入れた。

このあたりのはずだが。

初めての町だが、一度、絵図を目にしており、それはしっかりと頭に入っている。

ふむ、ここか。

眼前に、長屋門を持つ屋敷が建っている。ひっそりとし、人の発する物音はほとんどきこえてこない。

左門は一つ息を入れた。

そこは、左門の勘ちがいでなければ、柳生兵庫助《ひょうごのすけ》の屋敷である。

三

門は大きくひらいていた。

来る者はなんぴとたりとも拒まないといいたげな、あけっ広げな感じを左門《さもん》は受けた。このあたりは柳生兵庫助利厳《やぎゅうひょうごのすけとしよし》という、柳生きっての天才の余裕ではないか。ここが兵庫助の屋敷であると左門は確信した。

これだけあけっ広げにしているならば勝手に入ってても別段かまわぬだろう、と左門は判断し、邸内に足を踏み入れた。

長屋門の真下で立ちどまり、墨を流しこんだように黒い口をあけている長屋の入口に目を転じた。人がいるような気配は感じられない。

前方を見透かした。濃くなろうとしている闇のなか、うっすらと白く光る石畳が、蛇行《だこう》して母屋にのびていた。

母屋には長屋と同じように、人が動いているような気配はない。

出払っているのか。そうだとして、どうしてなのか。

理由がわかるはずもない。左門はかまわず敷石を踏んで母屋の前に進んだ。

玄関の前に立ち、訪《おとな》いを入れる。しかし、応えはない。式台に人があらわれるような雰囲気はなかった。

さすがに勝手にあがりこむわけにはいかない。あがったところで、屋敷内には誰もいないだろう。

式台の右側に衝立《ついたて》が置かれている。松の大木にとまった一羽の鷹が描かれていた。練達の鉄砲放ちを思わせる目の鋭さと、がしっと枝をつかんだ足のたくましさが、なんとなく兵庫助を思わせた。

それにしても、と左門は首をひねった。どうしてこんな刻限に誰もいないのか。夕餉《ゆうげ》の刻限ではないのか。

腹が減っている。ここまで来ればなにか食べさせてくれると期待して足を運んだわけではないが、武家屋敷がかたまっている一画ということもあり、そこかしこから漂ってくるだしのにおいで、空腹は耐えきれないものになっている。

ここは出直すしかなさそうだ。どこかで腹ごしらえをしてから、また来るのがいいだろう。

左門はきびすを返した。敷石を踏んで長屋門のほうに戻ろうとした。

背筋にぞわっと寒けが走った。全身が殺気に包みこまれる。

容赦ない斬撃が背後から浴びせられたのがわかった。左門は刀を抜きざま、体を旋回させた。膝を折り、下段から刀を振りあげていった。

振りあげると同時に、首を小さく傾けた。最後のこの動きは、自分でも説明がうまくつかない。獣の勘としかいいようのないものだ。

しかし、相手の刀も速かった。しかも左門の振りあげを恐れることなく、十分に踏みこんできている。場数を踏んだ相当の遣い手だ。相手の斬撃をよけられたかどうか、左門には判断がつかなかった。

刃は、左門の耳をかすめるようにして通りすぎていった。首をかしげたのが、利いたようだ。それでも、耳をちぎられたのではないかと思えるほどの痛みがあった。それは一瞬で消え去った。斬撃によってわき起こった強烈な風に、耳が持っていかれそうになったにすぎない。

左門の刀は、相手の脇腹をわずかにかすめていった。それは手応えからわかった。しかし、着物を半寸ばかり斬り破っただけだ。

左門はすぐさま次の攻撃に備えた。すばやく立ちあがるや、上段に刀を構えたのである。

相手も同じように上段に刀を振りあげた構えをしている。

左門は瞠目《どうもく》した。互いに、紛れもなく斬釘截鉄《ざんていせってつ》の剣をもって、相手を誘おうとしていた。斬釘截鉄は打ちこみを誘い、それを半身になって避けて、相手を斬り伏せようとするものだ。

木村助九郎ではないか。そんな気がして、左門は濃さを増した闇を透かして見た。

ちがう。助九郎よりずっと歳がいっている。五十代半ばといった風情か。剃《そ》りあげてはいないが、坊主頭だ。

にこりとした。途端に、人なつこい笑みがあらわれた。くりっとした幼子のような明るい瞳が目を惹く。

左門は目を凝らした。目の前に立っているのは、もしや――。

「兵庫助どの」

相手の頰に微笑が広がった。

「左門どの、久しいな」

兵庫助が刀をおろした。いや、刀ではなかった。柳生の袋竹刀《ふくろしない》である。

斬撃のあまりの鋭さと強烈さに、まさか竹刀であるとは気づかなかった。

兵庫助からは、もはや殺気は感じ取れない。全身にたたえられた穏やかな気が、左門の気持ちをほっとさせた。温厚な僧侶という雰囲気になっている。

「どうして」

そのあとは言葉が続かなかった。まだ驚きが去らない。

「このような真似をした、と左門どのはいいたいのかな」

兵庫助が引き取る。

左門はこくりと顎を引いた。

「いたずらよ」

左門は怪訝《けげん》な目を向けた。

「いたずらで、兵庫助どのは先ほどのような真似をされたのか」

「怒ったかな」

いえ、と左門は言葉短く答えた。

「腕を見てやろうと思ったのよ」

さらりといった。

「城下に左門どのらしい者があらわれたという知らせがあってな。その報がまちがいないのであれば、左門どのは必ず我が屋敷にあらわれるであろうと踏んだのだ。わしは屋敷の者をすべて外にだし、一人、これを手にひそんだ」

兵庫助が袋竹刀を軽く持ちあげてみせる。

「そこへ、それがしはのこのこと入ってきたというわけですね」

まあ、そういうことだ、と兵庫助がうなずく。

「もし左門どのが式台から屋敷にあがってきたら、わしは斬りかかろうと思っていた。だが、左門どのはそのような不作法な真似はしなかった」

左門は苦笑せざるを得なかった。

「兵庫助どのがひそんでいることに気づかなかっただけです。それがしは未熟です」

ふふ、と兵庫助が声にだして笑う。

「ひそみ方がうまかったとほめてほしいな。とにかく左門どのは背中を見せた。わしはそこを狙った」

「礼を申したほうがよいのでしょうね」

「なにゆえ」

兵庫助が不思議そうに問う。

「兵庫助どのは手加減してくださったのでしょう。ですから、それがしはよけることができた」

意外なことをきくとばかりに、兵庫助が首を横に振る。

「手加減など、わしはそんな無礼な真似はせぬ。どんなときでも、できうる限りの力を尽くすのを信条としている」

「では、手加減などなかったと」

そうよ、と強い口調で兵庫助がいった。

「正直、殺してもよいと思ったほどよ。これ以上は考えられぬほど有利な条件で繰りだした斬撃を避けられたのは、わしの未熟さゆえよな」

今度は左門がにこりとする番だった。

「それがしのよけ方がよかったとほめていただけませぬか」

「確かにな。最後に首をかしげたところなど、天性のものであろう。あれがなかったら、こいつはおぬしの頭を確実に打ち据えていた」

袋竹刀を軽く振った。

もしあの強烈な振りおろしが当たっていたら、と左門は思った。こうして兵庫助と話はできていないだろう。死ぬことはないだろうが、昏倒していたにちがいない。

しばらく目を覚まさなかったのではあるまいか。起きだすことができるのは、明日の朝だっただろう。

刀を握ったままなのに気づき、左門は鞘《さや》に静かにおさめた。再び苦笑が口の端から漏れた。

「なぜ笑うのかな」

「それがしの真剣による斬撃など、ものともしない自信が兵庫助どのにはおありだったことを覚ったゆえ」

兵庫助が照れくさそうに鬢《びん》をかく。

「まあ、そうだな。仮にどんな不利な体勢になろうとも、わしにはおぬしに倒される場面を思い描くことはできなかった」

傲岸《ごうがん》さ、傲慢《ごうまん》さなど微塵《みじん》もない、自然な口調でいった。

「しかし、やはり左門どのは強い。わしの必殺の斬撃をよけられる者など、そうはおらぬ。しかも背後から襲ったというのに。鼻っ柱をへし折られたような気分よ」

兵庫助が光る目で左門を見据えてきた。不意に目から光を消した。

「ふむ、しばらく柳生に籠もっていたときいたが、だいぶ鍛錬したようだな」

「ほかにすることもないゆえ」

「わしはこのところしばらく帰っておらぬが、あの里は剣の鍛錬をするには、もってこいの場所だ」

まったくその通り、と左門はいった。

「風の便りで病ときいたが」

「ご覧の通り、本復いたしました」

「それは重畳《ちようじよう》」

表情を和ませた兵庫助が、ふとまわりを見渡した。

「すっかり暗くなっておるな。いつまでも立ち話もなんだ、入ろうではないか」

左門は母屋の座敷の前庭に導かれた。いつしか、屋敷内に人の気配があふれている。奉公人たちが戻ってきたのだ。

左門のもとに、若い女の奉公人が水をたっぷりと張ったたらいを運んできた。樽のような体つきをしており、重いたらいを抱えているにもかかわらず、まったくふらついていない。駄馬のように強い体をしているのが、一目で知れた。

たらいを濡縁《ぬれえん》の前に置いた。左門はかたじけない、と礼をいい、濡縁に腰かけた。まず草鞋《わらじ》を脱ごうとした。

「あたしがやりますよう」

弾む鞠《まり》を思わせるようなかわいらしい声で女中がいって、いそいそと草鞋の紐を解きはじめた。

すまぬ、と左門は軽く頭を下げた。

「いいんですよう。あたしはこれが楽しいんですから」

女中が、当然という顔で左門の足をていねいに洗いはじめた。

「いや、それは自分でやろう」

「これもあたしの大事な仕事ですから、続けさせてくださいよう」

左門は、座敷に正座している兵庫助に目をやった。それでよい、というように兵庫助が小さく顎を上下させた。

左門は甘えることにした。女中があらためて洗いだした。その心地よさにたまらず目を閉じ、息をついた。

「すばらしいであろう」

兵庫助が目を細める。

「そのおなごは、おわかと申すのだが、足洗いの名人じゃ。大事な客人にはいつもさせておる。皆、今のおぬしのような顔つきに必ずなるな」

「とろけます」

そうであろう、と兵庫助が満足そうにいった。

「そのうち、大きらいな客人にもさせてみようと思っている」

どうしてでございましょう、と左門はたずねた。

「おわかに足を洗われている最中、相手はきっと油断するであろう。そこを叩き斬ってやるのだ」

いやですよう、とおわかが声をあげた。

「殿、あたしの前で、そのようなことはせんでください」

「おわかはいやか」

「いやでございますよう。あたしが血を見るのがきらいなのは、殿はよくご存じのはずにございます」

そうであったな、と兵庫助がいった。

「では、おわかに足を洗わせているところを斬るような真似は決してせぬ」

おわかがほっとした顔をつくる。

「兵庫助どのならば、相手を油断させる必要はありませぬ」

左門は兵庫助に向かって告げた。

「しかし、油断させねば斬ることのできぬ者が皆無というわけではないぞ」

それは誰のことをいっているのだろう、と左門は考えた。まさか父上のことではないだろうか。

左門の父親の宗矩《むねのり》と兵庫助は叔父と甥という関係にもかかわらず、仲がよくないときく。いや、険悪といったほうがよいかもしれない。

それは、以前、不縁になった妹を兵庫助に相談なく、宗矩が家臣である佐野主馬に嫁がせたからだといわれている。

佐野主馬というのは、朝鮮からの渡来人で、李朝においてはもともと奴隷だった。豊臣秀吉の朝鮮攻めを、李朝の苛斂誅求《かれんちゅうきゅう》の政と下賤の者をひどく卑しむ身分制を抜けだす好機と見、鍋島《なべしま》家の軍勢にくだったのだ。その剣の才に驚嘆した鍋島家の当主の勝茂《かつしげ》が、さらに磨きをかけるようにと、柳生石舟斎《せきしゅうさい》に預けたのである。石舟斎亡きあとは、そのまま宗矩に仕えている。

今は柳生姓も許されて、老職の一人となっている。

宗矩が一言の断りもなく主馬に妹を嫁がせたことに、兵庫助は激怒したのだ。相手が朝鮮の者だろうと誰だろうとそれは関係なく、おのれの面子を潰されたと兵庫助は考えたのである。

そして、いくら佐野主馬が能ある人物だとしても、当てつけのように宗矩が柳生姓を与え、柳生主馬として厚く遇しはじめたことにも腹を立てたのだ。

以来、兵庫助と宗矩のあいだにつき合いはまったくない。

それがために、江戸と尾張の関係も不和といってよい。

江戸の柳生家は柳生の宗家ではあるが、柳生新陰流の正統は尾張柳生家であるという複雑な形になっていることも、両者の反目をあおっている。

江戸の柳生宗家は将軍家の剣術指南役にもかかわらず新陰流の正統でなく、そのことに大きな不平がある。

尾張柳生家のほうは、柳生の生命といってよい剣で正統にもかかわらず、宗家ではないがために、江戸柳生の下風に立たなければならないという不満がある。

こういう状態で、仲よくなれというほうが無理だった。

どうしてこのようなことになってしまったのか。

宗矩の父であり、兵庫助の祖父である石舟斎は宗矩に柳生の正統を継がせなかった。剣の才がなかったからではない。戦国という乱世を柳生家が生き延びるために必要な政の才能を、宗矩が生まれながらにして身につけていることを知ったからだ。むろん、それ以上に宗矩の八つ下の甥である兵庫助に剣才を見いだしていたこともあった。

兵庫助の父親である厳勝《よしかつ》が合戦で重傷を負って柳生に引き籠もったとき、石舟斎は兵庫助を手元で育てた。

そして、二人して稽古を繰り返すうちに、兵庫助には自分以上の剣の才能が眠っていることを見抜いた。兵庫助は性格があまりにまっすぐで、政治向きのことはまったくできない。しかし、このまま世間に名をださせることなく朽ち果てさせるのはあまりにもったいない。

考え抜いた末、石舟斎は宗矩に江戸で政《まつりごと》のことを担わせ、剣の才でまさる兵庫助には柳生新陰流の正統をまかせることにしたのである。

そのような仕儀に相成ったとき、江戸の宗矩と尾張徳川家に仕えた兵庫助のあいだで確執が起きるなど、生前の石舟斎は考えもしなかったのだろうか。

戦国時代の真っただなかである天正七年（一五七九）にこの世に生を享けた兵庫助は元和元年（一六一五）、当時駿府の家康のもとにいた、のちの尾張太守である徳川義直に仕えたが、そのだいぶ前、関ヶ原の合戦あとの慶長七年（一六〇二）に肥後の加藤清正に招かれて五百石を給され、家臣の列に名を連ねたことがある。そのとき石舟斎は兵庫助のことを、一徹の短慮者であるからしくじりを犯しても三度までは命を取らずに見逃してくれるように、と書き記し、清正に依頼している。石舟斎はできることなら、兵庫助を外にだしたくなかったのである。

そういう祖父の配慮があったものの、兵庫助は一年ほどしか熊本にいなかった。出奔したのである。

肥後の加藤領で一揆が起き、そのとき兵庫助は清正の命で、一揆勢に苦戦している鎮圧軍の援軍として赴いた。だが、鎮圧軍の指揮を執る清正の家臣の伊藤長門守は、新参者である兵庫助を馬鹿にし、献策を用いようとしない。

すべてをまかせるからなんとかせよ、と清正に厳命されていた兵庫助は業を煮やし、伊藤長門守を一刀のもとに斬り伏せた。そのまま鎮圧軍を率い、一揆勢をあっという間に殲《せん》滅《めつ》した。

一揆勢を鎮圧したはよいものの、新参者が清正の重臣を斬り殺したことが大きな問題にならないはずがない。それがいやで兵庫助は加藤家を出奔したのである。

もっとも、出奔の理由は伊藤長門守を斬ったことでなく、一揆の百姓衆を根切りにしたことがあるのではないか、とひそかにいわれている。

根切りということは、一揆に加わった一村の者、すべてを残さず殺したということである。

主命とはいえ、さすがにそこまでやらなければいけなかったことに、兵庫助は暗澹《あんたん》たる気持ちを抱いたのではなかったのだろうか。

いま目の前に正座し、穏やかな微笑をたたえている兵庫助に、人にはいえない暗い過去がある。人というのは、やはりわからないものだ。

「どうした、左門どの」

兵庫助が小首をかしげている。

「もう足は洗い終わったのであろう。あがらぬか」

左門は、乾いた手ぬぐいできれいに足をふきあげてくれたおわかにあらためて礼をいって、濡縁から座敷にあがりこんだ。兵庫助の前に正座し、深々と一礼する。

「ご無沙汰いたしておりました」

「それをいま申すのか」

「はい、申しあげるのが遅れました。申しわけないことにございます」

「そのようなことはよい。歳が離れているとは申せ、わしらは従兄弟同士ではないか」

おわかが白湯を持ってきてくれた。飲んでくれ、という兵庫助の言葉に左門は甘え、茶碗を手にした。

「うまい。甘みがありますね。名古屋の水はよろしゅうござる」

「相変わらず世辞がうまい。しかし、左門どの、いつ以来かな」

「兵庫助どのが、柳生にいらっしゃったときではないでしょうか」

兵庫助が考えこむ目をする。

「あれは、十年ばかり前か」

「はい、正しく申せば、十一年前になります」

「あれからもうそんなにたつか。そういえば、おぬしも大きくなった。わしが歳を取るはずよ」

「兵庫助どのはおいくつになられましたか」

「五十九よ」

「お若うござる。半ばに見えもうした」

兵庫助がにっこりとする。

「もう世辞はよい」

真顔になった。

「それにしても左門どの、どうして急に名古屋にやってきた」

いきなり本題に入った。

ごまかす気などもとよりない。左門は率直に用件を話した。

ほう、と兵庫助が息を漏らした。

「高崎から腰元一家を捜しに来たのか」

兵庫助の目にきらりと光が宿る。上州の高崎には松平忠長が幽閉されていたことに思いが至ったようだ。

「どうして捜しているのかな」

口調はやわらかだが、目は鎧を射抜くのではないかと思えるほど鋭い。

「それは……」

左門は言葉を濁した。

そうか、と兵庫助が苦笑混じりにいった。

「いえぬか。となると、誰に頼まれて捜しているのか、それもいえぬということだな」

そうはいうものの、左門が誰の命で動いているか、とうに見当がついているという表情だ。

「承知した。さっそくその高崎の腰元一家を知っていそうな者を捜しておこう」

その夜、いかにも兵庫助の屋敷らしい質素な夕餉のあと、左門は兵庫助の屋敷に泊まった。布団も薄っぺらなものだったが、ゆっくりと眠ることができた。

四

肌で感じた。

左門《さもん》はそっと目をあけ、刀の鯉口を切った。刀は就寝中も常に抱いている。

何者かが忍び寄ってきている。左側の襖《ふすま》の向こう側で息を殺している。

兵庫助《ひょうごのすけ》どのだろうか。

だが、醸《かも》しだす雰囲気がちがう。あの老成した感じはない。もっと生々しさがある。それに、兵庫助はすでに左門の腕試しを終えている。二度目の必要はあるまい。

誰であれ、とにかく左門が与えられた寝所に忍び寄ってきている者がいる。

夜は明けようとしているようだ。部屋は暗いが、襖の合わせ目にできたわずかな隙間から幾条かの光が忍びこもうとしていた。

左側の気配がふっと消えた。おっ、と思う間もなく頭側の襖が音もなく横に滑った。半尺ほど動いて襖がとまる。

何者かはそこから、じっとのぞきこんでいる。左門は視線を向けることなく、そちらの気配をうかがった。

ずいぶんと小柄な感じがする。女か、と一瞬、左門はいぶかった。

まさかお久ではないのか。だが、お久が兵庫助の屋敷にいるはずがない。

となると、誰か。女ではないようだ。

意を決したか、敷居を越え、するりと入りこんできた。刀を手にしているらしい。すでに抜き身のようだ。

この兵庫助の屋敷の者だろうか。これも腕試しの類なのか。だが、いったい誰がこんな真似をしようとしているのか。

考える間もなく答えがひらめいた。左門は抱いている刀をぱちりと鞘《さや》におさめた。

その音がきこえたか、忍び足で近づいていた影がぴたりととまった。と思うや、畳をするすると近づいてきた。

袋竹刀が、左門の顔めがけて振りおろされる。

当たるぎりぎりまで待ち、左門は軽く首を動かした。びし、っと音とともに枕がはねあがった。

同時に左門は体を跳びあがらせた。影を飛び越え、背後にふわりと着地する。羽交い締めにしようとしたが、そのときには影は横に逃れていた。

左門は追った。こちらに素早く向き直った影が袋竹刀を払う。これも鋭い振りだったが、左門は読んでいた。上に跳んで軽々と避けた。腕を伸ばして影の襟首をつかもうとしたが、影も左門の動きは読んでいたようだ。

空中にいる左門に向かって、きれいに体のしなりを使い、連続技の突きを見舞ってきたのだ。左門は体をひねって、その突きをかわした。ひねりをきかせた勢いのまま、影の背後に降り立った。

影は前に体を投げだそうとしたが、左門は許さなかった。今度こそがっちりと小柄な体を羽交い締めにした。まだ筋骨はできあがっていないが、若鹿のようなしなやかさを秘めている。

影は一瞬、身もだえしたが、左門の腕がしっかりと急所を押さえているのを覚り、おとなしくなった。腕から力が抜け、袋竹刀が畳に転がる。

「兵助《ひょうすけ》どのだな」

左門は声をかけた。兵庫助の三男だ。母は、石田三成の謀将《ぼうしょう》、懐刀として知られた島左《しまさ》近《こん》の娘である。左門にとって、初めての対面となる。

「左門どのはすごい」

顔をねじ曲げて、見あげてきた。感嘆の思いが素直に言葉として出ているのがわかる。花が咲いたような華やかな笑顔をしている。

左門は、これから急速にたくましさを増してゆくはずの体をそっと放した。にこやかな笑顔はそのままに、兵助がこちらに向き直る。目は鋭く、人をひれ伏させるような威厳があるが、いまだに幼さを残し、人を惹く色がある。歳の離れた親子だが、そのゆったりとした笑顔には、父親の兵庫助に通じるものがあった。

まだ十一、二歳にすぎないはずだが、技の切れはすばらしい。驚嘆以外のなにものでもない。これも父親譲りだろう。

幼い時分から天才と謳《うた》われ、これからの柳生を背負って立つ逸材といわれている。兵庫助の高弟である高田三之丞の教えを受けているときいている。すくすくと伸び盛りなのだろう。きっと、教えているほうも楽しいにちがいない。

のちの柳生連也斎《れんやさい》である。正室の腹の兄である利方《としかた》がいるにもかかわらず、兄に代わり、尾張柳生の正統を継ぐことになる男だ。

「それがしも、左門どののようになりたい」

左門は柔和に目を細めた。

「兵助どのなら、なれるさ。というよりも、俺などよりすぐに上に行ける」

「さようですか」

目をきらきらとさせている。まぶしいくらいだ。兵庫助の血を引いたこのまっすぐさ、素直さが、剣を健やかに伸ばしている大きな要因にちがいなかった。

いきなり兵助が正座した。深々と頭を下げる。額が畳につきそうだ。いや、実際についている。

「どうされた」

左門は驚いてたずねた。

「いや、初対面なのに、まだ挨拶もすんでおらぬことに気づき……」

「ああ、そのことか」

左門も正座した。こうべを垂れる。

「お初にお目にかかります」

年少者に対してだが、ていねいにいった。

「こちらこそ。しかし、まこと、ご無礼をつかまつりました」

「なんでもないことですよ。それがしが兵助どのの立場なら、まったく同じことをしたはずだ」

「まことにございますか」

うれしげに顔をあげる。

「まことです。強いと評判の者に腕試しを仕掛けたくなるのは、柳生の血だろう」

「まこと。昨日、父上の背後からの斬撃をものの見事にかわしたとのお話をうかがい、それがし、どうしても我慢がきかなんだ。気づいたら、袋竹刀を手に敷居際にかがみこんでおりもうした」

さようでしたか、といって左門はにこやかに笑った。

その後、朝餉《あさげ》になった。兵助をまじえて、とても和やかなものになった。

兵助が左門の寝起きを襲ったときいて、さすがの兵庫助もびっくりしたようだが、左門が兵助の腕をほめたたえると、うれしそうな笑顔になった。しかしそれも一瞬で、すぐに厳しさを顔に宿した。

「兵助、おぬしの剣はまだまだよ。天狗《てんぐ》になるたちではないのはわかっているが、ほめられて有頂天になっているようでは、先が知れておる。さらに精進することだ」

はい、と兵助が明るく答える。

朝餉が終わると、兵庫助がすぐさま左門に伝えてきた。

「じき客がある」

なんの客か、きくまでもなかった。高崎からやってきた一家のことを知っている者が、足を運んでくるのだ。

待つほどもなく、兵庫助の家臣が、きびきびとした身ごなしでやってきた。兵庫助のかたわらにひざまずき、いらっしゃいました、と告げた。

「客間にお通しいたしました」

わかった、と小さくうなずいた兵庫助が左門に顔を向けてきた。

「おききの通りだ。さっそく案内しよう」

左門は、兵庫助自らの導きで座敷に向かった。昨日、兵庫助と会話をかわした座敷である。陽射しが障子に当たり、中はすがすがしい明るさに満ちていた。

「矢島どの」

兵庫助が声をかけ、襖を横に滑らせた。座敷には、猫背で丸顔の男がちんまりと座っていた。やや緊張しているようで、鼻の頭に汗を浮かべていた。手ふきでしきりに首筋の汗をぬぐっていたが、失礼いたします、と左門たちが座敷に入ってゆくと、手ふきをあわてて袂《たもと》に落としこんだ。

「矢島どの、わざわざご足労をおかけして痛み入る」

兵庫助がやさしくいって辞儀する。

「ああ、いえ、兵庫助さまのお呼びだしなら、拙者、いつでも駆けつける所存」

また兵庫助が頭を下げ、左門を矢島に紹介した。

「ありがたきお言葉」

「左門どの、こちらは矢島宏右衛門《ひろえもん》どのにござる」

左門は宏右衛門と挨拶をかわし合った。それにしても、と思った。さすがに兵庫助は動きがはやい。疾風を思わせるものは、剣だけではない。

矢島宏右衛門は、尾張徳川家の勘定方の役人とのことである。領内の商家とのつき合いが頻繁にある役職に就いているという。

「それがしは席をはずすとしよう。そのほうが話をしやすかろう」

席を立った兵庫助が襖をあけて出ていった。襖を閉める際こちらを見たので、左門は感謝の意味をこめた目礼を送った。

「前置きなしにうかがわせていただきます。例の一家はまだこちらにおりますか」

高崎にいた忠長《ただなが》の身のまわりの世話をしていた腰元は、おれいという。名字は湯之島である。

宏右衛門が残念そうにかぶりを振る。

「湯之島の一家はとうに当地にはおりませぬ」

やわらかな口調だが、きっぱりといった。

「一時期、垂水屋《たるみや》という商家に世話になっておりました。それは紛れもない事実にござる。そして、湯之島一家が高崎からやってきたというのも、疑いようのないことにござる。これは垂水屋の手代から、拙者、じかに聞きもうしたゆえ」

さようですか、と左門は答えた。

「垂水屋というのは、何者でしょう」

「もともとは駿河《するが》の出のようにござる。駿府に本店を置き、南蛮との交易をしていたと、きいておりもうす」

南蛮に何艘かの船をだし、物品の売買で利をあげていたという。

「垂水屋の者に会えましょうか」

また宏右衛門が首を横に振った。

「いえ、垂水屋も南蛮との交易が途絶えると同時に、名古屋からいなくなりもうした」

「消息は」

「それがまったく知れませぬ」

「垂水屋と湯之島の者たちは、一緒に姿をくらましたのですか」

宏右衛門が首をかしげる。

「そういうことかもしれませぬ。それがしにははっきりはわかりもうさぬが」

「湯之島一家や垂水屋の者たちが姿を消したのは、いつのことでしょう」

宏右衛門は少し考える仕草をした。

「かれこれ三年はたちもうそうか」

さようか、と左門は相づちを打った。

「垂水屋と湯之島家とは、どのようなつながりでしょう」

「それが、つながりは不明なのでござるよ。垂水屋がもともと駿府で商売していたことは先ほど申しあげたが、忠長公の改易《かいえき》後に名古屋に店を移してきたのでござる」

「忠長公の改易後に……」

この時期に名古屋にやってきたというのは、なにか意味があるのだろうか。

うだ。

宏右衛門に話をきき、垂水屋があった場所に行ってみた。熱田湊《あつたみなと》の近くに店はあったそうだ。

前の建物は取り壊され、今は新しい商家に生まれ変わっている。その商家は摂津屋《せっつや》といった。

歳のいった番頭に会って話をきいたが、垂水屋のことは覚えていなかった。


水のせせらぎが至るところからしている。耳にやさしい音だ。

評判にたがわぬな、と左門は町を見渡して思った。駿府は水に浮いているような町である、と以前からきいていた。水脈が地下を縦横によぎっており、そこかしこから音を立てて水が湧いているのである。

大御所だった家康が隠居城としてこの町に居城をつくり、江戸にもにらみをきかせていた頃は江戸をもしのぐ繁栄を見せていたらしいが、今はもうその面影はほとんど失せている。

ただ、行く人たちの表情はひじょうに明るい。陽射しもつややかで、よく澄んでいる風がさわやかに吹き渡り、風光明媚《ふうこうめいび》という言葉がぴったりくる町だ。

家康が今川家の人質時代に暮らしていたこの町を、隠居の地と定めた気持ちがよくわかるような気がした。

左門は垂水屋のことを調べに駿府にやってきた。

名古屋からおよそ四十七里。ふつうの者なら最低でも五日かかるところを、二日でやってきた。もう体は完全に大丈夫だろう。こういうことができるのなら、全快したといってよい。

夕刻に駿府に着いた左門は、旅籠《はたご》に投宿することなく、垂水屋があったという場所に足を向けた。

店がどこにあったのか、だいたいの場所は矢島宏右衛門が知っていた。

宏右衛門の説明には、ほとんどまちがいはなかった。東海道沿いにある今宿《いまやど》という、旅籠が軒を連ねる町にあったらしい。

垂水屋は戦国の頃、この駿府のあるじだった今川家の家臣で、主家の滅亡後、商人になったということまでは、名古屋で調べがついた。

左門が駿府できこみを行うと、今川家には牧野《まきの》家《や》という御用商人がおり、垂水屋はその一族だったのが知れた。

牧野家は今川家に玉薬《たまぐすり》やら鹿革《しかがわ》を納入する一方、南蛮とも交易を行っていたという。もともとは隣国甲斐《かい》の者らしい。南蛮だけでなく、堺《さかい》の商人衆ともつき合いがあったとのことだ。

今川家の御用商人だった松木家《や》、友野家《や》にも足を運んでみた。

しかし、垂水屋のことを覚えている者は一人もいなかった。

収穫はなしか。さすがに左門の肩が落ちそうになる。だが、こんなことでへこたれてはいられない。前を向かなければならない。なんとしてもこの手で忠長の謎を解き明かさなければならなかった。

「いい面構えをしておるの」

いきなり横合いからしわがれた声がした。

一人の年寄りが陽射しを避けるように友野家の軒下に立ち、にこにこと左門を見ていた。

異相だ。額が前に飛び出ている。頭のうしろも同じようになっている。額が広すぎて、月代《さかやき》は剃っているものの、どこまでが額なのか、さっぱりわからない。鼻筋をはさんで両目は寄り気味で、眉毛は八の字を描いている。唇は薄く、少し酷薄そうな感じを与える。

年寄りが前に出て、左門に近づいた。

わずかに残る頭髪はきれいに白くなり、穏やかな陽射しを浴びて、銀色につやつやと輝いていた。

それにしても、これだけの才槌頭《さいづちあたま》は久しぶりに見た。才槌とは小さめの木槌のことをいうが、確かにこの男の頭はそんな形をしている。

「それがしのことかな」

左門は目の前の年寄りにきいた。

「おうさ」

年寄りが瞳を光らせて元気よく答える。

「柳生左門どののことを知らぬようでは、ここまで歳を取った甲斐がないというものよ」

名を呼ばれ、左門はじっと見返した。この年寄りに見覚えはない。これが初対面のはずだ。

年寄りはにこにこしている。左門にやさしい眼差しを注いでいる。これは孫を見る目そのものではないか。

「ふむ、女のようにかわいい顔をしているが、遣い手というのも納得じゃ。なにより、どんな危難からも決して逃げだしそうにない肝っ玉の太さがある。逃げだすよりむしろ立ち向かっていきそうじゃものな。昔はそんな男がどこにでもいたが、最近では滅多に見ることがなくなった。嘆かわしいことじゃのう」

年寄りは、七十を優に超えているだろう。だが、元気である。歯もそろっている。いかにもかくしゃくとしていた。

「ご老人、お名をうかがってもよろしいか」

左門にきかれ、年寄りがしわを深めて、にっとする。

「名乗るような者ではないよ」

年寄りがすっと歩きだした。一間ばかり先の路地に入る。左門が追いかけたときには、消えていた。

いったい何者だ。

戦国の頃の生き残りか。それはまずまちがいあるまい。今の身のこなしからして、名のある忍びだろうか。

「左門」

またも呼びかけられた。今度は黄色い声である。害意など、かけらも感じられない。

左門はそちらに目をやった。橙色がまず目を撃った。

「おう、お久」

「久しぶりね、左門」

左門は不思議そうにお久を見た。

「どうしてそんな顔、しているの」

「いや、いま隙があったのに、襲ってこなかったな、と思ってな」

「いま襲っても、駄目だったわよ。隙があったといっても、私にはわからなかった」

「ほう、そうか」

「ええ、そうよ」

お久がにこりとする。

「ねえ、左門。いいこと、教えてあげようか」

「いらぬ」

にべもなくいった。

「どうしてよ」

「お久、むきになるとかわいいな」

「ほんとう」

うれしそうだ。左門は眼前の高い鼻を指で弾いた。

「本気にするな。それでお久、いいこととはなんだ」

「なんだ、ききたいんじゃない」

「うむ、ききたい」

「じゃあ、話してあげようかな」

「うん、頼む」

お久が深くうなずく。軽く息を吸ってから続けた。

「何年か前に、ここ駿府で、首なしの死骸が四つも出たらしいの」

「首なしか」

左門はつぶやいた。

「まことのことか」

「私が嘘をついても仕方ないでしょ」

「それは道理だな。だがお久、どうやってそのことを知った」

「たやすいことよ。茶店でのんびりとお茶をすすっているお年寄り何人かと知り合いになって、駿府での噂話をきいただけよ。お年寄りっていっても、すごいわよ。ほんと、たくさんのことを昨日のことのように覚えているもの。話が上手で、おもしろいの。お年寄りって侮《あなど》れない」

「首なしの死骸の話はいつのことだ」

「七年前よ」

この首なし事件の一件は、忠長となにか関わりがあるのではないか。

左門はお久とともに、駿府町奉行所に向かった。

「私はここまででいい」

門のところまで来て、お久がいった。

「どうして」

「町奉行所って、なんとなく苦手なの」

「おまえ、なにか悪さをしているんじゃないだろうな」

「なにもしてない。ただ苦手なの」

いやだというのを、無理強いすることはできなかった。

「ここで待っている」

その態度に、けなげさを覚えた。

「そうか。では、すぐに用事を済ませてくるゆえ、待っていてくれ」

左門は一人で門をくぐった。

事件を担当した駿府町奉行所の同心とはすぐに会えた。いかつい感じの男で、いかにも老練そうだ。目が鋭いが、やさしげな光が瞳の奥に垣間見える。そのあたりはきっと人柄を映しているにちがいない。

「大榎謙ノ助《おおえのきけんのすけ》にござる」

名乗り、ていねいに頭を下げる。にこりとする。笑顔になると、駿河人らしく、人のよさそうなところも見えてきた。

左門もあらためて名乗った。柳生ときいて、少しだけ謙ノ助の体がこわばった。

左門はさっそく、七年前の事件のことをたずねた。できるだけ懇切な口調を心がける。

七年前の事件ときいて、謙ノ助がむずかしい顔になった。

「あれは、いまだに下手人はあがっておりません。無念なことにござる」

死骸の四人の男に首はなかったが、いずれも歳の頃は似ているような気がしたという。

駿府で起きたのが寛永七年（一六三〇）のことだった。

この町に忠長がいたときだ。

この事件が、忠長とつながりのないはずがなかった。

五

あれはなんだ。

街道を行く足をゆるめることなく、左門《さもん》は前方を見据えた。

距離は一町もない。深い森が両側から迫り、くねくねと曲がっていた街道がちょうどまっすぐになって、二町ばかり先まで見通せるようになっている。

夕暮れ間近になり、薄暗さが澱のようにたまりはじめた森のなかで、二人の男がもつれ合っていた。

男たちのそばに、駕籠が無造作に置いてある。駕籠かきが相棒同士、喧嘩でもしているのか。二人の男は、ぼろ切れのような着物をまとい、あとは下帯だけで、ほとんど半裸といってよい。

いや、もつれ合っているのではない。もみ合っているのだ。

しかも、男同士ではなかった。女を、あいだにはさんでいる。赤と橙がちらりちらりとひるがえるように見えるのは、女が身につけている小袖ではないか。

やめなさいよ、いい加減にしないとお役人を呼ぶわよ、という女の声が耳に届いた。悲鳴のような甲高さはなく、むしろどこか冷静さがうかがえる。それだけでなく、気の強さも感じ取れた。

うるせえ、黙れ。黙らねえと、痛い目に遭わせるぞ。

雲助《くもすけ》と呼ばれる駕籠かきが、女客に狼藉《ろうぜき》をはたらこうとしている。それしか考えられなかった。

天下は太平になりつつあるとはいえ、あの手の連中はいまだに減らない。旅人は難儀の連続だ。

もちろん放っておくことなどできず、左門はさらに足を急がせた。

まわりの景色がびゅんびゅんとうしろに飛んでゆく。女を救わんとする火急のときだが、袋竹刀《ふくろしない》を手に里を走りまわっていた小さな頃を、左門は思い起こした。

やめなさいっ。ばしん、と小気味よい音がきこえた。女が駕籠かきの頰を張ったのだ。

おお、痛え。笑いながら駕籠かきがいう。こいつぁ、久しぶりに歯応えのある女じゃねえか。このくらいのほうが楽しみがあるってものだぜ。なあ、おい。まったくだ、きれいな顔しているのに、気が強え。ぞくぞくしてくるぜ。

六尺棒を手にしたまま駕籠かきたちは女を軽々と担ぎあげ、森のなかに引きずりこもうとしていた。

一人がどっこいしょ、と声をあげ、女を反対の肩に乗せ替えた。おろしなさいよ。女が足をばたつかせる。薄暗さのなかに浮かんだ太ももの白さが、左門の目を撃つ。

雲助どもの力は強靱で、女の体は肩に貼りついたままだ。

本当にやめなさい、こんなことして、ただじゃすまない。磔《はりつけ》になりたいの。首を持ちあげて女が必死に叫ぶが、その声は雲助どもの心を浮き立たせる効果しか生んでいないだろう。下品なにたにた笑いが目に見えるようだ。

駕籠かきの一人が、先導するように茂みを破った。女を担いだ男が、そこにずいと体を入りこませる。生い茂った草木がばさりと落ちて、三人の姿が幕がおりたように見えなくなった。

あとに残ったのは、駕籠だけである。

左門は駕籠の脇を抜けると、一気に茂みを突き破った。

茂みを突き抜ける寸前、罠にはまったのではないか、という気がした。茂みの向こう側で、油断した左門がまったく構えのない状態で突っこんでくるのを、何人もの遣い手が待ち受けているのではないか。

それは杞憂に終わった。

女が草むらに横たわっていた。一人が女の両肩を押さえつけ、もう一人が帯を取ろうとしている。

女が、肩を押さえつけている男にがぶりと嚙《か》みついたか、いてえ、という声が森にこだました。このあまっ。男が怒り、女を殴りつけようとする。

その手が、がしっと宙でとまった。どうしてそういうふうになったのか、男にはわからなかったようだ。

「そこまでだ」

左門は、駕籠かきの腕を握ったまま静かにいった。

「やめておけ」

男が、ばっと振り返る。顔面が真っ赤になっていた。

「なんだ、てめえは」

男が声を荒らげたが、もう一人の男は女の小袖をむくことに夢中になっており、左門に気づかない。

「放しやがれ」

男が左門を殴りつけようとした。左門は、腕を軽くねじりあげた。それだけで、いててて、と男がだらしない声をあげた。

同時に、左門はもう一人の男の脇腹を蹴りあげた。そんなに強い蹴りではなかったが、正確に急所をとらえており、男が、ぎゃあと悲鳴をあげて飛びのいた。

左の脇腹を手で押さえ、なにが起きたのか、わからないといった顔をしている。きょろきょろとあたりをさまよった目が一点でとまる。

「てめえか、今のは」

怒りの形相でいった。

「ほかにおるまい」

「邪魔する気か」

「察しがよいな」

左門はにこりとした。そのあいだも男が左門の手から逃れようとするが、少し動いただけで鋭い痛みが走るようで、すぐにおとなしくなった。

「痛い目に遭いたくねえなら、お侍、とっとと立ち去りな」

立ち上がり、もう一人の男がすごむ。

左門はゆっくりとかぶりを振った。

「俺は女に不埒《ふらち》をはたらくような男は大嫌いなんでな、その気はない」

男がかたわらの六尺棒をつかんだ。さすがに筋骨はがっちりしており、力は相当強そうだ。腕をつかまれたままの男が、体をねじって左門の顔面を殴りつけようとした。

左門はよける仕草を一切見せずに、男の首に手刀を入れた。

男の体からすっと力が抜ける。左門が腕を放すと、男はわかめのようにくにゃりと体を折り曲げた。仰向けになって地面に倒れこみ、それきりぴくりともしない。白目をむいていた。

もう一人が、この野郎っと叫んで六尺棒を見舞ってきた。左門はわずかに体を低くしただけでかわし、拳を突きだして腹にめりこませた。

鎧で覆われているようなかたい腹をしていたが、左門の拳は胃の腑を砕くような打撃を与えたはずだ。それだけの手応えは伝わってきている。

案の定、六尺棒を投げ捨てるようにすると、男はうっとうなって両膝を地面についた。そのまま前倒しになり、顔から地面に突っこんでいった。溺れる者が助けを求めるように手で土をかいたが、すぐに静かになった。

二度とこんな狼藉ができぬよう腕の一本も折っておいたほうがいいのかもしれないが、それも少しかわいそうな気がした。

左門は女に目を向けた。座りこんだ姿勢で少し離れたところに下がり、女は瞬きのない大きな目でこちらをじっと見ている。森の暗さに負けることなく、海に映る太陽のように瞳がきらきらと光を放っていた。

身なりからして、どうやら武家の者のようだ。町家の者には見えない。手甲脚絆《てっこうきゃはん》をつけていた。

「大丈夫か、怪我はないか」

左門はいたわりの声を投げた。

「ええ、大丈夫です」

か細い声で答える。

「立てるか」

女がおそるおそる身じろぎをする。すぐに顔をしかめた。右の足首をそっとさすりだした。

「いえ、駄目みたいです。地面に放りだされたとき、足をくじいたようでございます」

左門は女をじっと見た。むろん、これが狂言ではないか、という疑いは解いていない。この女は実は刺客ではないのか。下手に背中を見せて、首をかかれるようなことにはならないのか。

女は二十四、五くらいだろうか。足首がどきりとするほど細く白い。濡れたような目には男を手玉に取りそうな妖艶な光がたたえられ、ほっそりと高い鼻は高慢さを感じさせるが、それが逆に男を惹きつけるのではあるまいか。触れればぷるんと震えそうな桜色の唇には少女のような可憐さがあるが、同時に成熟した大人の色香も覚えさせる。

女を手込めにすることは犯罪であるが、いまだに目を覚まさずに横たわっている二人の雲助の気持ちも、わからないではない。この機会を逃したら、次はいつこんないい女にめぐり会えるものか。

「おぬし、名は」

唇がそっと動く。

「ゆめ、と申します」

「おゆめどのか。どのような字を当てる」

ようやく落ち着いてきたか、それとも左門に気を許しはじめたか、おゆめが揺らめくように微笑する。

「平仮名にございます」

おゆめが見あげてくる。

「お侍は」

俺か、と左門はいった。

「俺は柳生左門だ」

「柳生左門さま」

おゆめが、おしろいを塗ったように白い首をかしげる。

「天下流の柳生さまとは、ご関係がおありでございますか」

「ないことはないな。俺は柳生の出だから」

女がにっこりする。

「だから、とてもお強くいらっしゃるのでございますね」

「雲助相手なら、侍であれば、誰でもこのくらいやれよう」

「とんでもない」

おゆめが大きく手を振る。

「戦国の頃ならいざ知らず、今はもうふにゃふにゃのお侍が多くなりました。雲助に脅されれば、しっぽを巻いて逃げてしまうような侍です」

左門はおゆめをあらためて見つめた。おゆめが少しまぶしそうな顔になる。

「もしや連れの侍がいたのか」

「おりました。しかし、あっという間に逃げ去りました」

「ご亭主か」

「許嫁《いいなずけ》でございます」

左門はあきれた。

「許嫁がそなたを守ることなく、逃げたというのか」

はい、とおゆめがうなずいた。

「供の者も逃げ去りました」

「しかし、その、なんだ。許嫁にしてはそなた、その」

おゆめが、ほほほ、と笑う。その声が深閑とした森に吸いこまれてゆく。

「独り身にしては、歳がいきすぎているとおっしゃりたいのでございますね。実は二度目の婚姻を控えていたのでございます。一度目は十八のときに死別しました」

「それはすまぬことを申した」

「いいえ、いいのでございますよ。二度目は、この分ですと、ありませんね」

左門が女でもそう思う。女を守れない男に価値はない。

「家は甲府にあるのか」

「さようでございます。岩窪町というところでございます」

左門はむろん知らない。

「駿河にでも行った帰りか」

左門たちがいるのは、駿河と甲斐を結ぶ、甲州街道と呼ばれる道である。もっとも、甲斐の者はこれを駿州往還と呼んでいるという話をきいたことがある。この街道は富士川沿いをずっと走っている。

おゆめが深く顎を引く。

「はい。久しぶりに駿府見物にまいりました。買物も楽しんできたのでございますが、それらの品物は供の者が持ち去りました」

「そなた、武家だな」

「はい、岩窪家と申します」

「岩窪町の岩窪家か」

「はい、地侍でございますから」

そうか、と左門はいった。

「しかし、いつまでもここで話をしているわけにはいかぬな」

左門はおゆめに背中を見せて、しゃがみこんだ。まだおゆめに気を許したわけではないが、足をくじいて立つことができないという以上、こうするしか手立てがなかった。

「落ちぬように、遠慮なくしがみついていてくれ」

こういっておけば、背中の上で妙な動きはできまい。

「本当によろしいのでございますか」

「ああ、かまわぬ」

左門は、雲助の二人にちらりと目を流した。

「その二人を起こし、駕籠を担がせてもよいが、まだふらふらしているだろう。駕籠を引っ繰り返されてもたまらぬ。俺がおぶってゆくのがよかろう」

ますますあたりは暗くなってきている。森のなかは、夜のはじまりとでもいうべき暗みがぽつりぽつりとできだしていた。

「では、ありがたくお言葉に甘えさせていただきます」

意を決したようにいい、おゆめが体を傾けてきた。意外に豊かな肉置《ししお》きをしているらしく、考えていた以上の重みが左門にかかった。

しかしこのくらいでは、左門はびくともしない。本復した今では、なおさらである。なんとおゆめを軽々と背負い、左門は歩きだした。首筋のあたりに甘い吐息がかかる。なんともいえない心地よさに包まれ、頭がくらくらしそうだ。

まさか、この息に毒が仕込まれているというようなことはないのか。よもやそんなことはあるまいが、それとは別に、おゆめという女の持つ毒に侵されてしまうのではないか。

左門はそんなおそれを抱いた。お久のことがちらりと頭をよぎる。あの娘に悪い。お久はついてきているのだろうか。

この姿を見られてはいないだろうか。見られているとするなら、ばつが悪い。

俺はお久に惚れているのか。こういう気持ちになる以上、そうなのではないかと思うが、ちがうかもしれない。

人の感情というのは、たやすく推し量れるものではない。自分などかなり単純なのではないかと思うが、これはこれでけっこう複雑にできていたりするものだろう。

街道をひたすら歩き続け、甲府の町に入った頃には、とっぷりと日が暮れていた。

暗い町だな、と左門は思った。弦歌さんざめくとはいわないまでも、もっと明るい町を想像していた。なんといっても、戦国の頃はあの名将信玄が率いる武田家の本拠だったのだから。

闇に覆われている町を見渡しても、あまり灯火が見えない。提灯《ちょうちん》を下げて道を行く人もほとんどなかった。

なんとも寂しい町よな。

これは、左門にとって意外でしかなかった。もっとも、武田家にしても、武田信玄にしても、心のなかにあまり明るい情景は描けない。武田家には暗さがふさわしい。この暗さは当然なのかもしれなかった。

「岩窪町というのはどこだ」

左門は左手に甲府城の影を眺めつつ、背中のおゆめにきいた。

返事がない。ぐっすりと眠りこけている。腕だけはしっかりと左門の胸の前にまわしていた。

起こすのもかわいそうで、近くの飲み屋に入り、手持ちぶさたげな小女にたずねた。十畳ばかりの土間にいくつかの長床几《しょうぎ》が置いてあるだけの飲み屋に客の姿はなく、閑散としていた。奥の厨房で、あるじらしい男が暇そうに煙草をふかしていた。

小女の話だと、ここからまだ半里近くはありそうだった。

さすがに、旅姿の侍が若い女を背負っているのは珍しいようだ。小女は目をみはっていた。

礼をいって飲み屋を離れ、左門は再び暗い道を歩きだした。おゆめは安らかな寝息を立てている。

左門は甲府城を振り返った。あの城には天守がない。立派な天守台があるとはきいている。

豊臣恩顧の武将だった浅野長政《あさのながまさ》、幸長《ゆきなが》父子が初めてあの場所に大規模な城を造った。築城が開始されたのは、文禄二年（一五九三）といわれている。築城されたときには天守があったと左門はきいた。その後、落雷か失火で天守は失われたらしい。

甲府城に今、城主や城代という者はいない。いるのは、在番衆である武川衆《むかわ》である。武川衆はもともと武田家臣で、武田家が滅びたときに徳川家康に仕えた。武川衆は十二人の地侍から成っており、その十二人が順繰りで城の番をつとめている。

左門は背中を揺らさないように気を配りつつも、早足で歩いた。

甲府城が背後に遠ざかってから、四半刻ばかりで岩窪町に着いた。これからどこかに出かけるらしい提灯を下げた若者にきいたら、そこがすでに岩窪町だったのだ。

若者は腰に脇差を帯びている。身を守るためには、夜間、無腰で出るわけにはいかないのだ。いまだに夜盗のような連中がごろごろしているのだろう。

若者は背中になにか背負っている。風呂敷に包まれたものだ。背中の荷物を届けに出るところかもしれない。

左門は、ついでに岩窪家のことを問うた。場所はすぐに知れた。

岩窪屋敷には立派な冠木門《かぶきもん》が設けられ、屋敷前にやってきた者を睥睨《へいげい》している。屋敷内は真っ暗だが、それでもなかからかすかな光が漏れている。刻限は五つになっていないだろう。書見でもしている者がいるのか。

相変わらずおゆめは、左門の背中で眠ったままだ。

しかし、ここはもう起こさないといけない。

「さあ、着いたぞ、おゆめどの、目を覚ましてくれ」

左門は軽く背中を揺すぶった。

おゆめが目をあけた。

「ここはどこ」

「寝ぼけんでくれ。おぬしの屋敷だ」

おゆめが冠木門にぼんやりとした目を当てる。

「ああ、本当だ」

おゆめがはっと体をかたくする。

「左門さま、ごめんなさい。私ったら、ぐっすり寝ちゃって」

「いや、いいんだ」

おゆめがあわてておりる。いたずらっぽく笑った。

「左門さまの背中、寝心地がよすぎるんですよ」

「そいつは初めていわれたな」

おゆめが冠木門に近づき、脇のくぐり戸をほたほたと叩いた。

すぐに応えがあり、お嬢さまですか、としわがれた声がきいてきた。

「その声は権爺《ごんじい》ね。そうよ、私よ。ゆめよ」

「お帰りがあまりに遅いので、心配しておりました」

ほっとした声とともにくぐり戸がひらきはじめた。

くぐり戸に気を取られた瞬間、左門は背中に殺気を覚えた。

びっ、と鋭い音が耳に届く。

──矢だ。

直感した。

かわすのはたやすい。だが、いま体をひらいたら、まともにおゆめの背中に突き立つ。

刺客はその瞬間を、まさに狙ったに相違なかった。

矢は至近から放たれている。十間もないのではあるまいか。

左門は刀を引き抜きざま、体をひるがえした。矢はもう寸前までやってきていた。刀を采配のようにさっと動かし、ぎりぎりで弾いた。びしっという音とともに矢が地面に叩きつけられる。

すでに二の矢が飛んできていた。左門はそれも弾き落とした。

横からも飛んできた。左門はそれも刀で払った。

敵がどのくらいいるか、知れたものではない。忠長《ただなが》の息がかかっている者たちであるのは、疑いようがない。これまで幾度か命を狙われたが、飛び道具は初めてではないか。鉄砲でないだけましだ。鉄砲ならよけられなかったかもしれない。

ただし、鉄砲は火縄の煙のにおいで覚られるおそれが大きい。左門は幼い頃から、鉄砲の煙を嗅ぎ分ける技を叩きこまれてきた。

うしろからどす、と肉を突き破る鈍い音が耳を打った。

きゃあ。悲鳴が闇をつんざく。

「おゆめどの」

左門はおゆめを見た。さらに矢が放たれる。左門はそのすべてを弾き落とした。

「お嬢さま、しっかりなさってください」

権爺の声がきこえた。

「早くなかに入れろ」

左門は飛来する矢を弾きつつ、叫ぶようにいった。

「おっ、お嬢さま」

権爺《ごんじぃ》がおゆめをずるずる引きずっている光景が目に浮かんだ。手伝いたかったが、そんなことをすれば、矢が体に何本も突き立つだろう。

「入れました」

権爺の声が背中にかかる。

「閉めろっ」

「しかし、お侍は」

「いいんだ」

左門は怒鳴りつけた。

「早くしろ」

「はっ、はい」

背後でくぐり戸が閉まった。おゆめの様子は気がかりだが、とりあえずこれで自由に動ける。

矢の数からして、正面には四、五人。左には二、三人。右側も同じくらいの人数だろう。ざっと見て、十人前後が今この瞬間、矢を放っているということだ。

そのくらいならなんとかなる。いや、なんとかしてみせる。

左門は姿勢を低くするや、だっと地を蹴った。正面の敵めがけて突っこんでゆく。矢があわてたようにばらばらと打ちかけられる。払い、弾き、打ち落としながら、左門は前に進んだ。

矢をつがえようとしている敵の姿が見えた。やはり五人ばかりだ。

一人、見覚えのある男がいた。先ほど左門が岩窪屋敷の場所をきいた若者である。背負っていた風呂敷包みには、弓矢がしまわれていたのだろう。

あと三間ばかりというところまで左門が迫ったとき、その若者も含め、放ち手たちがいきなり体をひるがえした。弓矢を放り投げ、駆けだす。闇に紛れこもうとしていた。

いくら人数をそろえたところで、刀では左門と勝負にならないことはわかりきっており、うまくいかなかった場合には、無理せずその場をあとにするように命じられていたにちがいない。

逃げ方にまったく躊躇がなかった。その場に踏みとどまろうなどという気は一切感じさせず、あっさりと退散していった。他の放ち手たちもすでに姿を消したようだ。

左門に追いかける気はない。追ったところで、この闇の深さでは一人もつかまえられないだろう。夜目が利くといったところで、限界はある。

それに、ここはまったく土地鑑のない土地である。どんな罠が仕掛けられているか、わかったものではない。深追いは禁物だ。

おゆめのことも気になる。まさか死んでしまったなどということはないだろうか。

岩窪屋敷の前に戻った。塀の向こう側に、何人かがじっと息をひそめている気配がある。

「あけてもらえるか」

左門は声をかけた。まだ刀は握り締めたままだ。

「おゆめどのをここまで連れてきた者だ。おゆめどのは無事か」

「いま手当を受けていらっしゃいます」

これは権爺の声だ。

「医者がいるのか」

「ちょうどいらっしゃっているところでございました」

どんな理由かわからないが、医者がこの屋敷に来ていたのは幸いだった。

「矢はいかがにございますか」

「もう誰もおらぬ。静かなものだ」

くぐり戸がひらきはじめた。

「どうぞ、お入りになってください」

左門は一度、背後をうかがった。殺気は漂っておらず、矢が再び放たれるような気配もなかった。

刀を鞘《さや》におさめてから、左門はくぐり戸にそっと身を沈めた。

六

背後で、くぐり戸が音を立てて閉まる。

左門は軽く息を吸い、胸を張った。

左門の前には、貧しい身なりをした数人の男が立っていた。いずれも、探るような目でこちらを見ている。瞬きがなく、感情をどこかに置き忘れたような瞳をしている。

こういう目をした者は、百姓衆にことのほか多い。全部で六人いた。刀こそ帯びていないが、全員が手槍を握り締めていた。戦国の遺風を、いまだにがっちりと手放さずにいるのが知れる。

男たちのうしろでは篝火《かがりび》が二つ、煙を盛大に立ちのぼらせている。闇に穴をあけた炎が、背後の母屋をぼんやりと浮かびあがらせていた。建物自体は相当古そうだが、いかにも地侍が暮らすのにふさわしい宏壮さを誇っている。

左門は目を戻し、眼前の男たちに眼差しを向けた。篝火のせいで逆に影になって顔つきは見えにくいが、若い者もいれば、壮年の者、年寄りもいるようだ。

年寄りは三人いた。左門はそのうちの一人に目をとめた。笑いかける。

「おぬしが権爺《ごんじい》だな」

呼ばれた年寄りが、驚きの表情をしわ深い顔に刻んだ。

「よくおわかりで」

しわがれた声で感心したようにいった。

他の二人の年寄りよりも、よく光る瞳をしていたからだ。いかにも気働きができそうで、おゆめが信頼しているのはこの男だろう、と見当をつけたのである。

歳は六十をいくつかすぎているだろうか。小柄だが、筋骨は張っている。まん丸の目と潰れたような鼻が愛嬌を醸《かも》しだしている。削げた頰に、なんとなくだが、凄みのようなものを漂わせていた。

「権ノ助と申します」

深く頭を下げてきた。他の者たちも次々に名を告げ、辞儀してきた。左門もあらためて名乗り返した。

権ノ助が一歩、踏みだしてきた。

「柳生左門さまとおっしゃいますと、確か但馬守《たじまのかみ》（宗矩《むねのり》）さまのご次男がそのようなお名だったと記憶しておりますが」

「うん、おぬしのいう通りだ。俺は柳生家の次男だよ」

「さようにございましたか」

感嘆の目で見つめてくる。

「お強いのも当然でございますな。ところで、襲ってきた者どもはいったい何者にございましょう」

左門は頬を指先でかりかりとかいた。無精ひげが伸びてきている。それを一本、ぷつんと抜いた。

「俺の命をほしいという者がいるらしいのだが、まだ正体はつかめておらぬ」

「左門さまのお命を……」

左門は権ノ助の顔をのぞきこんだ。

「おゆめどのはどうされている。巻き添えを受けて、怪我をされてしまった」

「今、お医者の手当を受けておられる最中にございます。ほんのかすり傷にございます。命に別状はございませんとお医者はおっしゃっています」

さようか、と左門はいった。

「腕のよいお医者なのかな」

「はい。それはもう。外科を得手とされているお医者で、今日は夕刻、勝手のほうでやけどを負った下女がいたものですから、たまたまいらしていたのです。ただ……」

権ノ助が顔を曇らせる。

「お嬢さまですが、熱が出てきているとのことで、それが心配にございます」

「どうした」

「熱が。案内してくれるか」

左門は権ノ助の先導で母屋にあがった。

おゆめは、奥の座敷に寝かされていた。縫腋《ほうえき》を着こんだ坊主頭の男が、こちらに背中を見せておゆめの脈を取っている。そのかたわらで、助手らしい若者が薬研《やげん》を使って、ごりごりと薬の調合をしていた。擂《す》り具は小気味よく生薬を擂り潰している。

助手の横に火鉢が置かれ、薬缶《やかん》がのせられている。薬缶の口から、細い湯気が出ていた。座敷には、甘さを覚えさせる薬湯のにおいが充満していた。

おゆめの布団のまわりに、この屋敷の奉公人らしい者たちが息を詰めて座りこみ、心配そうな目で女あるじを見守っている。左門はそのいちばんうしろに控えた。薬湯のにおいと湯気、それに人いきれで座敷は蒸し暑かった。

背筋を伸ばすと、人の頭の向こうに横たわるおゆめが見えた。おゆめは眉根を寄せて、かたく目を閉じている。うっすらと汗をかいている顔は青白く、唇がかさついているが、その表情は美しく、どこか仏に通じるものがあった。

まさかこのまま仏になってしまうようなことはないと思うが、呼吸はひどくせわしく、ときおりまぶたがぴくぴくと引きつる。

矢に毒が塗られていたようだな。

左門は、しくじった、と舌打ちしたい気分だった。自分は、松平忠長《まつだいらただなが》一派と思える者たちに命を狙われている身の上である。悪辣《あくらつ》な雲助《くもすけ》どもから救いだしたとはいえ、ここまで同道することでおゆめを陰謀の渦に巻きこんでしまったのは紛れもない。やはりどんなことがあろうとも、関わりを持つべきではなかったのだ。

荒く浅い息を吐きつつ、こんこんと眠っているおゆめを見つめて、しかし、と左門は考えた。雲助どもの狼藉《ろうぜき》から助けないわけにはいかなかったし、足をくじいた女を見捨てて先に進めるはずもなかった。こうなったのは、避けようがない運命だったのだろう。

「先生、できあがりました」

擂り具を持つ手をとめた助手が、医者に声をかける。

「よし」

深くうなずいた医者は薬研から、できあがったばかりの薬をさじで量り、小さな紙の上にのせた。これでよし、と低くつぶやき、手にした紙を斜めにする。薬がさらさらと音を立てて、薬缶に静かに入ってゆく。ぽっという音とともに、薬缶から湯気があがった。最初から薬缶に入っていた薬湯と新たな薬とが入りまじり、甘ったるい香りがさらに濃くなった。

薬缶はしゅるしゅるという音を発し続けた。

頃はよし、と見たか、医者が薬缶を火鉢からはずし、薬湯を細長い湯飲みに半分ばかり注ぎ入れた。薬缶を火鉢に戻し、湯飲みの薬湯をさじですくって、においを確かめる。またもうなずき、薬湯が冷めるのを待ってから、おゆめの半びらきの口元にさじを持っていった。

おゆめは眠ったままだが、医者は形のよい唇のあいだにそっと薬湯を流しこんだ。おゆめの唇が動き、喉が上下した。うまく飲んだのが左門にもわかった。

この医者がどんな薬を処方したのか、わからないが、手際は目をみはるほどすばらしく、これは効くのではないかという期待を左門に抱かせた。

「このまましばし、様子を見ることにいたしましょう」

おごそかな口調で、医者がまわりの者たちに宣した。

「薬が効いてくれば、桶の水をかぶったように汗をかきます。汗はかかさずにふいてあげてください。およそ半刻で熱は徐々に下がってくるはずです。そのことはすなわち、毒が汗と一緒に外に出はじめていることを意味します。そうなれば、しめたもの、まず大丈夫でしょう。遅くとも三日後には、おゆめどのは起きあがれるようになるはずです」

それをきいて、ほっとした空気が座敷に流れる。医者の額の汗を、助手が手ぬぐいでていねいにふいた。

「体に入った毒が少なかったのが、たいへんよかった。もし多かったら、とんでもないことになっていましたな」

それは命の危険があったということだろう。

医者が座敷を見まわし、奉公人たちの顔を順繰りに見る。

「このことを町奉行所には届け出たのですかな」

「はい、明日朝早く、届け出るつもりでいます」

権ノ助が答えた。

「さようですか。まあ、考えてみれば、これから届け出ても、町奉行所が動いてくれるのは明日でしょうから、それも仕方ありませんな」

医者が座ったまま体の向きを変える。その目が左門を捉えた。左門は初めて、医者の顔をはっきりと見た。

くぼんだ目、高い鼻、分厚い唇がまん丸の顔にのっている。真っ白な眉毛の端のほうが垂れ下がり、額と目尻に渓谷のような深いしわが走っていた。声は若々しいが、意外に歳がいっているようだ。医者の瞳が、この男か、と語ったように見えた。

「この者たちの話によると、あなたが何者かに襲われたそうで、おゆめどのはそのあおりを食っただけとのことでございますが、まちがいありませんか」

医者は責めてはいない。ただ淡々と事実を確かめるような口調である。

「その通りです」

顎を上下させて左門は答えた。

「おゆめどのには、まこと申しわけないことをしたと思っております」

「しかし、どうしてそのような次第に。襲ってきた者たちというのは、いったい何者ですかな」

なんといえばよいものか、左門は迷った。しかし、ここで正直にわけを口にするわけにはいかない。

「何者が襲ってきたのか、それがしにはわかりませぬ」

眉根を寄せた医者が鋭い目でじっと見る。これまで人の死を何度も目にしてきたからか、医者の目には凄腕の侍のような迫力が宿っている。

「お名は」

静寂を破るように医者がきいてきた。

「ああ、このお方は柳生左門さまとおっしゃいます」

権ノ助が左門の代わりに答えた。

「ほう、柳生どのか」

まばたきのない目で医者がじっと見る。

「将軍家の耳目となって諸国を見まわっているという話もききますが、甲斐へはそのために見えたのかな」

左門はにこりとした。

「そういうわけではござらぬ」

「襲われたのは、将軍家のお仕事絡みではありませぬか」

「さて、どうでしょう」

さすがにしつこすぎたと思ったか、医者が苦笑を頬に刻んだ。

「失礼いたしました。手前が踏みこんではならないことでしたな」

医者が奉公人を見まわす。権ノ助に目をとめた。

「三日分の薬を置いてゆくゆえ、おゆめどの目が覚めたら、朝と晩に飲ませるようにな。頼みますぞ」

「承知いたしました」

「なにかあったら、すぐに呼ぶように。飛んでくるゆえ」

「ありがとうございます」

権ノ助がていねいに頭を下げる。他の奉公人もそれにならう。

医者が帰り支度をはじめ、助手がそれを手伝う。

「では、これにて失礼する」

医者が立ちあがり、助手が続いた。頭を軽く下げてから、二人は座敷を出ていった。権ノ助をはじめ、数人の奉公人が見送るためについてゆく。

正座したまま左門はおゆめを見つめた。おゆめの呼吸は規則正しいものになりはじめている。昼のかさつきも取れてきて、しっとりとしたものが見えつつあった。これなら大丈夫だな、と左門は安堵の息を漏らした。薬が効いたのはまちがいない。

それにしても、下女のやけどの手当に来て、解毒の薬の調合がすぐさまできるなど、なかなか用意がいいものだ。

そのことを、座敷に戻ってきた権ノ助にきいた。

「ああ、それですか」

権ノ助が小さな笑みを浮かべる。

「このあたりはまむしが多くて、咬まれる者があとを絶ちません。そのために観安《かんあん》先生は、今のお医者さまですが、常に解毒の薬を持ち歩かれています」

「おゆめどのに使った薬は、まむし用の薬なのか」

「はい、おそらくは。しかし、他の毒にも効くようですね」

そうか、と左門はいった。

「まむしに咬まれて命を落とす者は数知れぬのだろうが、観安どの処方する薬は効き目があるのだな」

「はい、それはもう。おかげでこのあたりの者は、まむしをさほど怖れてはいません。まむしに咬まれると、とにかく腫れがひどいのですが、手当は早いほうがよいのは当たり前です。手当が遅れると、さすがに厳しいものになってしまいます。山奥で咬まれたときなど、間に合わない場合もありますね」

権ノ助がふと気づいたようにきいてきた。

「左門さまは、もしやお食事はまだではありませんか」

「むろんその通りだが、食べさせるというのなら、遠慮しておこう。さして腹も減っておらぬゆえ」

これはやせ我慢などではない。

「いえ、そういうわけにはまいりません」

権ノ助が唾を飛ばすような勢いでいう。

「左門さまはお嬢さまをお助けくださった大切なお方。夕餉《ゆうげ》を振る舞わなかったなどと、お嬢さまがもし知ったら、手前どもが叱られます」

それでも、ここは遠慮したほうがいいような気がした。甲府はなにも知らない土地である。どこに敵がいるか知れたものではない。知り合ったばかりの者に、食事を馳走になるような真似はしないほうがよい。まず考えにくいが、毒を盛られないとも限らない。権ノ助には悪いが、ここは致し方ない。左門は固辞した。

「さようにございますか」

権ノ助は残念そうだ。気を取り直したようにきく。

「お泊まりはどちらにされますので。もう決まったお宿がおありでございますか」

「決まった宿というのはないが、甲府の旅籠《はたご》に泊まろうと思っている」

「今から甲府に行かれるのでございますか。おやめください。先ほどの者どもが、また襲ってくるかもしれません。今宵はこの屋敷にお泊まりくださいませ」

権ノ助が切々という。左門はゆっくりとかぶりを振った。

「世話になりたいのは山々だし、権ノ助の気持ちはありがたいことこの上ないが、ここは甘えんでおく。今日のところは旅籠を取り、明日、またあらためてこちらにやってこよう。おゆめどのに、しっかりと謝りたいしな」

左門は、昏々と眠っているおゆめに目を移した。荒く浅かったおゆめの呼吸は、穏やかなものに変わろうとしている。

これならば本当に大丈夫だろう、命に別状はない、と左門は確信した。明日、この屋敷を訪れたときには、ふつうに話ができるのではないか。

「では、これにて失礼する。明日、またまいる。俺が頼む筋合いではないが、おゆめどのをよろしく頼む」

「承知いたしました。では、明日お待ちしております」

おゆめに黙礼してから左門は母屋を出て、がっちりと閉められている門のところにやってきた。まだ二つの篝火は燃えている。風にそよぐように、炎が権ノ助のしわ深い顔を暗く揺らめかせていた。

外で誰も待ち構えていないのは気配からわかっているが、油断はできない。左門は刀の鯉口を切り、腰を落としてしばらく外の様子をうかがった。

「いかがですか」

権ノ助が押し殺した声できいてくる。

「まさか待ち受けている者がいるなんてことはありませんか」

「誰もおらぬ。これは念のためだ。俺は臆病者ゆえ、特に用心深いのだ。まだ死にたくないからな」

「左門さまが臆病者ということはございますまい」

「いや、俺は本物の臆病者さ。小心、怯懦《きょうだ》が着物を着て歩いているようなものだ。俺から臆病さが消え、もし向こう見ずの勇敢さに酔うようなことになったら、最期を迎えるのはそう遠くなかろうな」

脳裏に、才槌頭《さいづちあたま》の老人が浮かんできた。あの年寄りには肝が太いといわれたが、そんなことはない。

「臆病こそ、長生きの秘訣だと俺は信じている。常に剣が上達するようにと念じているのも臆病がゆえよ。剣を手にした者たちと対するのが怖くて怖くてならぬから、常にもっと強くなりたいと思っている。――権ノ助、あけてもらえるかな」

「はい、ただいま」

権ノ助の手で桟が持ちあげられ、くぐり戸があけられる。わずかにきしむ音が闇に響いた。強い風が流れこんでくる。外はひどく暗い。篝火の炎は届かず、黒漆を流したような深い闇が、泥のごとくに横たわっている。

「甲府まで道案内をいたしましょうか」

権ノ助が申し出る。

「いや、それには及ばぬ。その代わり、提灯《ちょうちん》を貸してくれるとありがたい」

「はい、こちらに用意してございます」

門の脇にかがみ、提灯を拾いあげた権ノ助が、火打道具で手際よく火を入れてくれた。どうぞ、と手渡してくるのを、手まわしがよいな、といって左門はありがたく受け取った。

「では、明日な」

「はい、お待ちいたしております」

左門はくぐり戸を抜けた。権ノ助が顔をのぞかせている。

「お気をつけて」

左門は歩きはじめた。振り返ると、くぐり戸から突きだされた権ノ助の顔が、うっすらと浮いて見えた。

それにしても、このあたりの夜の深さはどうだろう。おびただしい物の怪に注視されているような怖さがある。提灯の明かりは心許ないが、これが闇に唯一穴をあけてくれるものだと思うと、頼もしさすら感じられる。

こんなことを思うなど、やはり自分は小心だ。ときおり吹き渡る風に追われるように、左門は急ぎ足で歩いた。しばらく行ってまた振り向いてみたが、おゆめの屋敷は夜に溶けていた。

甲府の町は夜の底に沈んでいた。夜明けまで、この町が浮かびあがってくることは決してない。

灯火はほとんど見えない。時刻は五つといったところか。町には、かろうじて人の行き来があった。わびしい提灯の明かりが、ときおり目につく。

迂闊《うかつ》だったのは、甲府のどこに行けば旅籠があるのか、知らないことだった。おゆめの屋敷を出る前に権ノ助にきいておくべきだったが、甲州街道沿いに宿場があるのはまちがいないのだから、甲府に行きさえすればわかるものと高をくくっていた。

すまぬが、といって左門は提灯をやや高く掲げ、道を行く一人の男に声をかけた。男は行商人のようだ。荷物を背負っている。この刻限に町を歩いているなど、今日は遠くまで足を延ばしたのではあるまいか。

いきなり提灯が近づいてきた上、暗闇から声が発せられて、男はぎくりとした。背中の荷物を取り落としそうになりながら、必死にあとじさった。

この姿を見る限り、夜の町の安寧というのは江戸の町と同じでまだまだなのだろう。辻斬りや物盗りなど、行商人はこれまでも怖い目に遭っているのかもしれない。

「驚かせてすまぬ」

左門は謝り、提灯であらためて自らの顔を照らしてみせた。

「決して怪しい者ではない」

甲府のどこへ行けば旅籠に泊まれるか、たずねた。震え声で行商人の男が口にしたのは、柳町という町だった。道順もきき、行商人に丁重に礼をいって左門は柳町を目指して歩を進めた。

先ほどの行商人によれば、柳町には本陣、脇本陣がそれぞれ一軒ずつ、旅籠は二十一軒あるとのことだ。それだけ旅籠があれば、必ず泊まれるにちがいない。飯にもありつけるだろう。

先ほど、権ノ助の前では腹が空いていないといったし、それは事実だったが、おゆめが大丈夫だと知れたこともあってか、甲府の町に入る頃には、空腹に耐えきれなくなっていた。どこか飯屋はないかと思いつつ歩を進めていたが、夜にひっそりとうずくまっているような町はどこもとうに戸をおろし、飯屋を示す提灯や煮売り酒屋など、一軒たりとも見つけることはかなわなかった。

それでも、空き腹を抱えて歩いて、左門が甲州街道に出たときにはいくつかの灯火が見えた。柳町を示す明かりだった。

柳町には、この刻限にようやく着いた旅人がけっこうおり、今宵の宿と飯にありつける喜びを旅塵にまみれた顔に、素直にあらわしていた。

左門は、柳町の通りを少し進んだところにある、さほど大きくない旅籠を選んだ。街道で客引きをしていた女中が、待たせることなく夕餉をだすといったからだ。きれいな湯を張った風呂にも入れるし、布団もよく日に当てたふかふかのいいものを用意するという。

旅籠には、目立つところに表札がかかっていた。これは、飯盛女のいる旅籠でないことを意味している。平旅籠である。飯盛女のいる旅籠には、表札がかかっていない。

旅籠は多摩《たま》乃《の》屋といって、部屋の数は十ばかりである。飯盛女がいないこともあるのか、そんなに客が入っておらず、静かだった。最近では飯盛女のいる旅籠が男たちに人気らしく、そちらのほうは相当混んでいるという話もきく。

平旅籠を選んだのは、左門に飯盛女を買う気がないというのがいちばんの理由だが、もしやするとお久が近くに来ているのではないか、という思いもあった。お久に飯盛旅籠に入るところを見られたくなかった。

しかし最近、お久の姿を一向に見ない。今どうしているのだろう。そばにいればいるでうるさいが、気になって仕方ない。

待ちに待った夕餉は粗末なものだったが、部屋に落ち着くや、すぐに出てきたのはうれしかった。ぼそぼその飯で、七割以上が麦だったが、空腹の身にはひじょうに美味に感じられた。味噌汁も薄く、だしなど取っていないも同然だったが、塩けがついているだけでありがたかった。

風呂の湯はいつ替えたのかわからないくらい汚れていたし、布団も薄っぺらで横になる前から汗臭さが漂ってきたが、このくらいで左門が腹を立てるようなことはない。野宿することを考えれば、くらべものにならないほど楽だ。

これならば、よく眠れるのではないかと思ったくらいだ。かといって、油断はできない。多摩乃屋に宿を取ったことを、襲ってきたやつらはとうに知っているにちがいない。熟睡したところを見計らって、襲いかかってくるかもしれない。

それに、甲斐国は元和四年（一六一八）に松平忠長が与えられた国である。忠長自身は江戸にあって甲斐に入ることはなく、家臣たちが代わって政務に就いていた。

左門は、刀を抱いたまま寝についた。

朝餉には、意外にもちゃんとした味噌汁が出てきた。ほかには飯と梅干し、たくあんがあるだけだ。

まちがいなくやつらに居場所がばれている以上、朝餉にも注意を向けなければならない。台所に忍びこみ、毒を飼うことなど、それこそ朝飯前だろう。

左門は、それとなくにおいを嗅いでみた。毒らしいものは感じられない。実際のところ、これまでに毒を盛られたことなど一度もないが、直感で嗅ぎつけられるのではないか、と思っている。

目の前の膳には毒は感じない。大丈夫だろう、と判断して左門は食べた。妙な味もにおいもしない。よく嚙んでから、ゆっくりと喉を通らせる。しばらく待ってみたが、喉や胃の腑が焼け、のたうちまわるようなことにはならなかった。

見た目がすでにうまそうだった味噌汁は、実際に左門の舌を喜ばせた。具の豆腐にこくと甘みがあって、とろりとした辛めの味噌とよく合った。

日があがって間もない刻限に旅籠を引き払った左門は、さっそくおゆめの屋敷に向かった。居心地が悪くなかった旅籠だけにまた泊まってもよかったが、荷物を残しておけば同じ宿に泊まることを狙っている者どもに覚られるおそれがある。そうなれば、細工もしやすくなる。そんな愚は避けるべきだった。

眠気はない。すっきりとしたもので、体も軽い。足が自然に前に出てゆく。

雲は北のほうにわずかにわだかまっているだけで、太陽は東側の山々を越え、ちょうど顔をのぞかせたところだ。つややかな朝日が町屋や木々を照らしだし、街道を行く者たちの表情も心なしか明るくなっている。町には、昨日覚えた、くすんだような感じはほとんどなかった。

ただし、残念ながら富士山は見えない。甲府をぐるりと囲む山々に邪魔されているのである。

昨日は、おゆめをおぶっていたこともあるのか、甲府の町からかなり歩いたような気がしたが、今日は岩窪屋敷は近くに感じられた。あっという間に、屋敷の屋根や塀が見えてきた。

ここまで足を運ぶあいだ、左門は常にあたりに警戒の念を放っていた。しかし、怪しい気配を嗅いだり、いやな目を覚えたりすることはなかった。だからといって、気をゆるめるつもりなど、一切なかった。

屋敷の冠木門《かぶきもん》はあけ放たれていた。左門が訪《おとな》いを入れる前に、屋敷内から権ノ助が息せき切って駆け寄ってきた。

「おはよう、権ノ助」

「おはようございます、左門さま」

権ノ助は左門の前で立ちどまり、にこにこしている。

「朝からご機嫌のようだな」

「ああ、はい。お嬢さまが目をお覚ましになりましたから。食事も少しですが、召しあがりましたよ」

そのことを一刻も早く伝えたかったのだな、と左門は合点した。

「それはよかった」

いいながら、左門は心から安堵の思いを抱いた。

「左門さま、朝餉は」

「宿で食べてきた」

「昨夜は、あれから旅籠がございましたか」

「あの刻限でも、遅く着く旅人はけっこういてな、なんということはなかった」

「それはようございました」

「ところで、おゆめどのには会えるかな」

「もちろんにございますよ」

左門は権ノ助の先導で母屋にあがり、廊下を進んで座敷に向かった。

昨夜、見た以上にこの屋敷は老朽している。壁がところどころはがれ落ちそうになっているし、雨漏りがしているのか天井にはいくつもしみがある。廊下の床板も腐りかけているのか、こんにゃくを踏んだかのような妙なやわらかさで沈みこむ。

奉公人は数多いが、やはり元地侍の家というのは、内情が苦しいのだろう。助けてやりたかったが、左門がしてやれることはなにもない。

「どうぞ、お入りになってくださいさい。お嬢さま、左門さまをお連れいたしました」

権ノ助の手で、襖が静かにあけられる。おゆめが布団の上に起きあがっていた。搔巻をすっぽりと着こんでいる。左門を見つめてにこりと笑い、掻巻の襟元をそっと合わせた。

まだ顔は若干青いが、血色のよさが認められた。

どうぞ、ごゆっくりおすごしください、と一礼した権ノ助が廊下を去ってゆく。襖は閉めず、あけ放したままだ。座敷に女主人と左門を二人きりにするわけだから、これは当たり前のことでしかない。

「ふむ、だいぶ加減はよさそうだ」

おゆめのそばに正座して、左門はいった。

「おかげさまで」

おゆめが深く頭を下げる。

「いや、俺はなにもしておらぬ」

「ご謙遜なさいますな。もし左門さまがいらっしゃらなかったら、私はあのけだもののような者たちの餌食になっていました。手込めにしたあと、やつらは私を殺していたかもしれません。そのあと左門さまが襲われて私が怪我を負ったのは、ただ運が悪かったということでしょう」

おゆめが妖艶な笑みを見せた。

「私はもともと運が悪いのでございます。私を見捨ててゆくような許嫁《いいなずけ》のこともそう。ですので、私が怪我を負ったことで、左門さまが気に病まれることはございません。私には災難がつきものですから。ですので、本当に気になされないでください」

おゆめが明るくいった。

「具合はよさそうに見えるが、実際のところどうだ」

「はい、薬が効いたのでございましょう。もう寝ているのはいやなくらいでございます。起きて、歩きまわりたいくらい」

「朝餉も召しあがったそうだな」

「はい。私はもっと食べたかったのですけど、権爺に、これ以上は体に障りますから、と引かれてしまいました」

おゆめが少し悔しそうにする。すぐに気づいたように話題を変えてきた。邪気のない顔で左門にたずねる。

「ところで左門さまは、なにかご用があって甲府に見えたのですか」

「うむ、まあ、そうだ」

「どんなご用です」

おゆめが小首をかしげてたずねる。すぐに気づいて言葉を継いだ。

「あっ、失礼を申しました。私、気になったことはなんでも口にしてしまうたちなんです。お答えできないのなら、別にそれでけっこうですから」

なんというべきか、左門は少し迷った。

「ちと調べ物があってな」

「調べ物でございますか」

おゆめはなにもいわないが、顔には、どんな調べ物でございますか、とくっきりと刻まれている。左門は、ここは思い切っていうことにした。どうせ、誰かにきかなければならないことである。古くからの地侍ならば、土地のことにはことに詳しいのではないか。ちょうどよいと割り切ることにした。

「牧野家《や》のことについて、知りたいと思っている」

おゆめの顔に怪訝《けげん》そうな色が浮かぶ。

「牧野家といいますと、戦国の昔に駿河に店をだした商家のことにございますか」

「ああ、その牧野家だ」

「牧野家のなにをお知りになりたいのでございますか」

今はもうためらっている場合ではない。

「おゆめどのは、垂水屋《たるみや》という商家を知っているか」

「いえ、存じません」

「いま俺はわけあって、その垂水屋という商家のことを調べている。垂水屋はもともと牧野家の血縁で、分家といってよい家だ。牧野家の者が垂水屋のことについて、なにか知っていることがあれば、と思って甲府までやってきたんだ」

「そういうわけにございましたか」

おゆめの顔には、好奇の心の強さがあらわれていた。

「垂水屋というのは何屋さんですか」

「垂水屋も牧野家と同様、駿府に店を構えていた。駿府では南蛮との交易を主に行っていたようだ」

「南蛮との交易にございますか。私も駿府にまいったばかりでございますが、国が閉ざされて以来、駿府の町も往事のにぎわいをすっかり失ってしまったようですねえ」

おゆめが少しあわてた。

「もちろん、これは徳川将軍家がなされたことを批判しているわけではございませんよ。ただ、南蛮との交易が盛んだった頃のにぎわいはすごかったと、いろいろな人にきいているものですから」

「実を申せば、俺もそんなすごかった日々を目の当たりにしたかったと心より思う。異人もやってきていただろう。誰もが生き生きと毎日を暮らしていたのではないかな」

「今も、異国の地で暮らす日本人は多いようにございますな」

「帰ってきたら死罪では、異国にとどまるしかないものな」

「左門さまは、異国に行きたいとお考えになったことは」

「一度もないな。だが、異国に渡ったら、どんな暮らしが待っているのだろうと思うと、胸が躍らぬでもない」

左門はおゆめをあらためて見た。

「おゆめどのは行きたいと思っているのか」

「いえ、そんな大それたことは申しませぬ。ただ、昔のにぎわいを目の当たりにしたいと思うだけでございますよ」

そのとき廊下を滑る足音がきこえた。おゆめが耳を澄ます。

「権爺だわ」

足音がとまると同時に、権ノ助があいた襖のあいだから顔をのぞかせた。頬が紅潮している。

「お嬢さま。お客さまにございます」

声が少しうわずっている。それで、来客が誰か、おゆめは察したようだ。

「越石《こしいし》さまね」

おゆめの声が届いたかのように、どすどすとやや乱暴な足音がきこえてきた。すぐさま三十をいくつかすぎたと思える侍が権ノ助を押しのけるようにして立った。

目が細い割に、白目がだいぶ大きく、黒目が点のように見える。頬が豊かで、口元は少しゆるんでいる。それらは、どこか頼りなさを左門に感じさせた。中肉中背といったところだが、体はかなり鍛えているようで、筋骨はたくましい。腰に帯びた長い刀は業物のようだが、それに見合った腕はしていないように思えた。

「おゆめどの」

越石という侍が甲高い声を発した。

「怪我をしたときいて、飛んできた」

おゆめが不機嫌そうになる。

「飛んで逃げ帰ったの、まちがいではありませんか」

越石がぐっと詰まる。

「なんのことかな」

「おとぼけになりますか。私が雲助たちに絡まれたとき、痛い目に遭いたくなかったらとっとと去《い》ねといわれて、越石さまは供たちを連れてお逃げになったではありませんか」

「いや、あれは、逃げたのではない」

どんないいわけをするのか、左門は興味を抱いた。

「助勢を呼びに行ったのだ」

「白々しい。そんな嘘をついて恥ずかしくないのですか」

「嘘などついておらぬ。助勢を得て、引き返したら、もうそなたはいなかった。わしはあわててあとを追った。だが、そなたは見つからなかった」

「どこのどなたが、あなたさまに助勢してくれたというのですか。そこへ今から私を連れていってください。手間をかけさせたお礼を述べねばなりません」

越石が手を振る。

「礼などよい。わしがたっぷりと払っておいたゆえ。――それよりもこの男は誰だ」

雲助の話題から離れたくて、越石は左門に目をつけたようだ。もっとも、左門のことは、はなから気にかかってはいたのだろう。

おゆめが左門をちらりと見た。教えてもよいか、と目がきいている。左門は別にかまわなかった。軽くうなずく。

おゆめが左門の名を告げた。体を乗りだして、越石が細い目をさらに細めた。胡散臭《うさんくさ》そうに左門を見る。

「柳生家というと、天下流の柳生家か。将軍家の信頼が厚い家ときいている。ほう、左門どのといわれるか。わしはおぬしのことを知らぬのだが、父上はどなたか」

その言葉をきいて、おゆめが啞然《あぜん》とする。

「左門さまは、柳生但馬守さまのご次男でございますぞ」

「ああ、そうか。いわれてみれば、聞いたことがあるような気がするな」

越石がおゆめのそばにどかりと座る。

「それで、どうして但馬守どののご次男がこの屋敷に」

答える前におゆめが、越石のことを左門に紹介した。幹三郎《みきさぶろう》という名で、岩窪家と同じく近くの地侍らしいが、着ているものは上質で、物腰もゆったりとして、どこか裕福そうに見える。

あらためておゆめが、どういうふうに左門と知り合ったかを説明する。

それをきいて、越石が目を丸くする。

「さようか。左門どのがおゆめを救ってくれたのか。かたじけない」

急いで正座し直し、背筋を伸ばして頭を下げてきた。

「おゆめはそれがしの大事な女性《にょしょう》ゆえ。心より御礼、申しあげる」

左門は首を振って微笑した。

「いや、たいしたことはしておらぬゆえ、どうか、顔をおあげくだされ」

越石が素直に左門の言葉にしたがう。

「もうご存じとは思いますが、このおゆめはそれがしの許嫁にござってな」

「その話ですが、なかったことにしてください」

越石の言葉をさえぎるように、おゆめがいい放つ。

「なに」

越石が、耳を疑うといいたげな顔でおゆめを見つめる。

「なぜそのようなことをいう」

「許嫁を見捨てて逃げだすような男を、夫としてこれから先、ともに暮らしてゆけると思いますか」

「だから、見捨てたわけではない。俺は助けを呼びに行ったのだ」

「同じことです。あなたは私をあの場に置き去りにした」

越石がおゆめに顔を近づける。

「置き去りにしたことはすまぬと思っている。だから、そのことを謝りに来たのだ」

「謝りに見えても同じことです。あの一事で、あなたという男がわかりました。私はあなたを見限ったのです」

越石が引きつったような笑いを浮かべて、かぶりを振る。

「一時の気の迷いよ。冷静さを取り戻せば、また前のそなたに戻ろう」

「いいえ、決して戻ることはありません。私はあなたの妻になるなど、まっぴらごめんです」

いい捨てて、おゆめがそっぽを向く。越石が呆然としたが、はっとして左門に目を転じる。

「よもやこちらの左門どのに、岡惚れしたのではあるまいな」

おゆめが馬鹿にしたような表情で見る。

「なに、たわけたことをいっているのです。私は、あなたを見限ったと申しているのです。左門さまはまったく関係ありません。あなたのなんでも人のせいにするところが、とにかく下品にしか思えません」

「下品だと」

「ええ、下劣としかいいようがありません」

くっ、と唇を嚙んで越石がおゆめをにらみつける。火を噴きそうな眼差しを注いでいるが、おゆめは平然と越石を見返している。度胸が据わっているというのか、まったく動じていない。

「越石さま。早くこの屋敷から出ていってください」

「おゆめ。もし俺と切れたら、この屋敷は立ちゆかなくなるぞ。今でも借金まみれだろうが」

おゆめが、ちらりと左門を気にした。

「それらは、越石さま抜きでなんとかいたしますゆえ、ご心配なく」

「そんなことをいって、おゆめ、後悔するぞ。よいのか」

「後悔などいたしません」

ぴしゃりといった。

越石はしばらくおゆめを憎々しげににらみつけていたが、息を大きく腹に入れると、今度は左門に目を当ててきた。

さほど険しい目ではなかった。すぐさまあきらめたように立ちあがり、座敷から姿を消した。荒い足音がしばらく聞こえていたが、やがてそれも届かなくなった。

おゆめが、ほっとしたように肩から力を抜く。

「お恥ずかしいところをお見せいたしました」

「少し驚いたが、おゆめどの、本当によいのか」

「ああ、借金のことにございますか。父が道楽者でございまして、莫大な借財を残して逝ってしまったもので、残された私はたいへんな思いをしています」

それは気の毒な、と思ったが、左門にいうべき言葉はなかった。

「おゆめどの、今ので疲れたのではないか。俺はこれで引きあげよう。おぬしの元気な顔を見られて、安堵した」

「左門さま、牧野家のことはよろしいのでございますか」

左門を引きとめるようにいった。

「牧野家のことを知っているのか」

「詳しくはありませんが、少しは存じています。左門さまは、垂水屋という商家のことを知っている人にお会いしたいのでしょうが、一族である牧野家のことを調べることで、会うことができるのではないかとの期待のもと、甲府まで足を運ばれたのでしょう」

「うむ、その通りだ」

おゆめが天井を見あげ、つぶやくように言葉を口にした。

「牧野家の内情などはまったく知りませんが、牧野家がどこに店を構えていたかは、存じています。以前、父からそのことをきいたことがありますので」


足をとめた。

ここでまちがいないな。

左門はあたりを見まわした。十町ばかり北に、甲府城が望める。縄張は巨大だが、天守がないこともあって、ここからだとあまり迫力は感じられない。

城に近いこともあるのか、ここ上連雀町はかなり繁華で、人通りも多く、あまり広いとはいえない通りを大勢の人が行きかっている。通り沿いに何軒もの商家や宿屋が軒を連ねており、忙しそうに立ち働く奉公人や客たちが絶え間なく出入りしている。

おゆめによれば、この町に牧野家はあったとのことだ。だが、今はもう店はありません、ともいっていた。三十年ばかり前、いずこかに越していったそうだ。

左門は、目の前の通りを東に進んだ。大店と呼ぶにふさわしい間口を持つ店は何軒か目につく程度にすぎない。小さな店や宿屋が寄り集まっている。

おゆめが教えてくれたのだが、連雀というのは、もともと行商人が荷物を運ぶために用いる背負子《しょいこ》のことを指すのだそうだ。行商人そのものをいうこともあるそうで、この町には行商人が泊まる宿が昔は数多くあったことから、この名がつけられたらしい。

角見《かどみ》屋という呉服屋の前で、左門は立ちどまった。間口は五間ばかりあり、大店といってよい構えだ。かなりはやっているようで、客が次々に暖簾《のれん》をくぐってゆく。角見屋という名に似つかわしいというべきか、角地に建っていた。

建物は古く、歴史を刻んできた風格というものが感じられる。店の正面に掲げられた大きな扁額《へんがく》は眼前の通りを睥睨《へいげい》しているかのような迫力があるが、その下で風に揺れる暖簾は明るくやわらかな橙色を基調としており、女客を特にいざなっているように思えた。

角見屋の建物を建てたのが牧野家とのことだ。角見屋さんに長く仕えている古株の奉公人にきけば、牧野家についてなにかわかるかもしれません、とおゆめはいっていた。三年ほど前に死去した父の跡を継いだ角見屋の今のあるじは、まだ三十になったばかりの若さらしい。それゆえ、牧野家についてはなにも知らないのではないか、とのことだ。

左門は、さっそく橙色の暖簾をくぐった。ちょうど広々とした土間から出てこようとしていた二人連れの若い女客が、左門を見て目を大きく見ひらいた。江戸ならばにこやかに笑って、あら、いい男ねえ、と軽口の一つもいうところかもしれないが、やはりここは田舎で、二人の女は驚きの目を見合わせただけだった。ていねいに黙礼して、左門の横を通りすぎてゆく。

いらっしゃいませ、と今の二人の応対をしていた奉公人が寄ってきた。三十半ばといった歳の頃からして、手代だろうか。やや前屈みになって、もみ手をしている。このあたりはどこの商人も変わりはないようだ。

左門は、柳生を強調して名乗った。案の定、手代は畏《おそ》れ入った顔になった。遠慮がちな目ながらも、本当に本物の柳生なのか、といいたげに左門をまじまじと見ている。実際、天下流の柳生一族の顔など目の当たりにすることなど滅多にないだろうから、この機会を逃すまじ、といったところだろうか。

「柳生さま、着物がご入り用にございましょうか」

「いや、着物をあつらえに来たわけではない。牧野家についてききたい」

左門はずばりといった。手代が怪訝そうに首をひねる。

「牧野家さんでございますか」

うむ、と左門は重々しくうなずいた。

「以前、ここには牧野家という商家があっただろう」

ああ、と思いが至ったか手代が声を放つ。

「ええ、うかがったことはございます。なんでも、今のこの建物はその牧野家さんのときのものだとか」

「そうらしいな。おぬし、牧野家について、なにか知っているか」

「いえ、なにも存じません」

一顧だにすることなく、手代が即答する。

「手前はこの店に入って二十年近くになりますが、牧野家さんの名を耳にしたのは、数えるほどしかありませんので」

「牧野家について知っている者はおらぬか。できれば、詳しい者がよいのだが」

手代が少し考えこむ。

「女将さんなら、なにかご存じかもしれません。先代のお内儀にございますが、この店では今いちばんお歳を召しておられますから」

「女将はいくつかな」

「五十五にございます」

それならば、期待は持てる。角見屋がこの場所に移ってきたいきさつだけでなく、その後の牧野家がどうなったかも知っているかもしれない。

「会わせてもらえるかな」

「少々お待ちください。うかがってまいりますので」

少し待たされたが、左門は奥に通された。着座したのは、青々とした畳が敷かれた座敷である。蘭草のかぐわしいにおいが満ちており、左門は深く息を吸った。体が隅々まできれいになるような心持ちになる。

だされた茶を毒が入っていないかどうか確かめてから、喫した。茶はまだまだ珍しい飲み物だが、この店ではよい茶葉が手に入るのか、こくがあって香りがすばらしく立つ。江戸でもなかなか飲める代物ではないな、と感心していると、廊下の奥のほうに人の気配が立ったのを感じた。気配はしずしずと進んできて、部屋の前でとまった。失礼いたしますと女の声がかかり、襖が横に音もなく滑ってゆく。

丸顔の女が、敷居際に正座していた。顔のしわは深くなりつつあるが、血色はよく、黒々とした目が生き生きとこちらを見つめている。瞳には聡明そうな光が宿っていた。これはいい話をきけるかもしれぬ、と左門は期待を抱いた。

「珠江《たまえ》と申します。この店の女将をつとめております。どうぞ、お見知り置きを」

左門も、朗々とした声で名乗り返した。失礼いたします、ともう一度いって、珠江が背筋を伸ばして左門の前に正座した。

「柳生さま。よくおいでくださいました」

「できれば、左門と呼んでくれぬか」

「承知いたしました。あの、左門さま。なんでも、牧野家についてお知りになりたいとか」

「その通りだ。女将、なにか知っていることはあるか」

「いえ、あまりないのでございますよ」

「どうしてこの店がここに移ってきたか、経緯は知っているか」

「はい。そのときには私はこの家に嫁してきていましたから」

珠江の話では、牧野家がこの土地と家を売りにだし、そのことをいちはやく耳にした先代のあるじが、すぐさま購入したとのことだ。

「角見屋と牧野家のあいだには、なにかつながりがあったのか。いちはやく売却の話が耳に入ってきたというのは、そういうことではないかな」

「いえ、つながりのようなものはなかったものと思います。私はそのときに初めて、牧野家さんという名をききましたから。いちはやく売却話が耳に入ってきたのは、周旋《しゅうせん》した口入屋とうちの先代が親しくしていたからだと思います」

そういうことか、と左門は思った。

「牧野家がここを売り払ったのち、どこに越していったか知っているか」

珠江が申しわけなさそうにかぶりを振る。

「いえ、存じません。うちの主人は知っていたかもしれませんが、三年前に亡くなったものですから」

「その口入屋は牧野家について知っているかな」

「ご存じだったかもしれませんが、今はもうそのお店はありません。ご主人夫婦が病にかかって亡くなり、跡取りもないまま、お店は途絶えてしまいました」

そうか、と左門はつぶやいた。

「では女将、垂水屋という名を耳にしたことはないか」

「垂水屋さんですか。いえ、聞いたことはございません」

珠江には嘘をついているとか、しらを切っているとか、そんな感じは一切ない。左門は少し考えてから別の問いを発した。

「牧野家というのは、この町でどんな商売をしていたのだろう」

「この町が武田さまの本拠として揺るがなかった頃は、鉄砲や玉薬《たまぐすり》、鹿革《しかがわ》など戦に使われるものを主に扱っていたと、きいたことがございます。その後も、大坂の豊臣家が滅ぶ頃までは同じ商売を続けていたそうにございますが、戦がなくなり、太平の世に移ってゆく道筋で台所事情がかなり苦しくなったとのことでございます」

珠江がいったん言葉を切る。

「牧野家さんは一所懸命、別の商売をあれこれ探し求めたそうにございますが、いずれもうまくいかなかったそうにございます。ですので、その当時、この土地と建物を売ったのも、やむを得ずというところがあったのではないでしょうか」

甲府をあとにした牧野家の者たちは、駿府に移ったのではないだろうか。牧野家がすでにだしていた駿府の店のほうはすばらしい成功をおさめており、新たに駿府のあるじとなった松平忠長にかわいがられ、重宝されていたとしたらどうだろう。

駿府の牧野家も駿府から姿を消して久しいが、それは甲府の牧野家が消えたのよりもず

なくなった。

っていたはずだ。それが家光の代になって鎖国となり、駿府の牧野家も店を閉じざるを得

ないか。

っとあとのことだ。南蛮との交易が続いている最中は、駿府の牧野家の商売はうまくまわ

おそらく、いま牧野家の者たちは忠長を支援しているのだろう。これまでに貯めこんだ潤沢な金で忠長を支えているのだ。忠長も自分がこの国の舵取りをまかせられたら、必ず国を外に向けてひらくことを約束しているのではないか。

しかし、今の忠長はそれだけのことをやり遂げる力を持っていない。できるようになるには、道は一つしかない。自らが将軍の座につくことである。

つまり、と左門は思った。忠長の目的は自分が将軍となることに、ほかならないのではないか。

そのために家光を殺すつもりでいるのだ。家光を亡き者にすることで徳川幕府を転覆させ、松平幕府を打ち立てようとしているのではないか。

あるいは、理由はそれだけではないかもしれない。忠長本人の家光に対するうらみも、また深いのではあるまいか。駿府五十五万石の大大名から引きずりおろしただけにとどまらず、死を与えようとした家光へのうらみを晴らそうとしているにちがいない。

忠長は生きて、この日の本の国のどこかにいる。見つけだし、陰謀を白日のもとにさらさなければならない。それこそが、柳生左門という男に課せられた使命であろう。

珠江が天井に目を向け、なにかを思いだしたような顔つきになった。

「前に主人がいっていたのですけど」

左門は我に返って耳を傾けた。

「牧野家の在所について、口にしたことがあるような気がするのです」

在所というのは都邑《とゆう》から離れた場所などを指す言葉だが、ふるさとや住みかという意味で使われることもある。

「どこか思いだせるか」

「春日居村《かすがい》のほうだといっていたような気がいたします」

その村はどこにあるのかと問うと、甲府から東へ一里ほど行ったところでございますとの答えが返ってきた。

珠江に礼をいって、ただちに左門は向かった。途中、警戒することを忘れない。一瞬の油断が命取りになるのだから、と自らにいいきかせる。

春日居村はなだらかな稜線を持つ山の麓に広がっていた。山は兜山《かぶと》というらしく、まさに兜をそこに置いたようなこんもりとした形をしていた。春日居村の戸数は、五十ばかりだろうか。

やせた土地を耕している年寄りの村人に、牧野家のことをきいてみた。赤黒く日焼けし、ごつごつした手を持つその年寄りは、牧野家ときいて、目をみはった。

「それはまた、なつかしい名を耳にするものですのう」

「知っているのだな」

「だいぶ昔の話ですので、伝承みたいなものですけども」

その年寄りによれば、確かに牧野家の先祖はこの村の出とのことだ。春日居村でも指折りの富農だったらしい。もう百年近くも前のこと、数年ものあいだ甲斐国全体がひどい飢饉《きき》《ん》に見舞われ、さらに当時の甲斐のあるじだった武田信虎による苛政《かせい》が続いて、村では餓死者が続出した。牧野家の先祖は村を必死に支えていたのだが、財が尽きる寸前までいき、ついに村に見切りをつける形で甲府に出ていったのだそうだ。甲府では行商からはじめ、それが成功して上連雀町に店を構えるまでに至ったとのことである。

「行商というと、なにを売り歩いたのかな」

「塩ときいています」

「塩か。しかし、塩は武田家の強い差配のもと、扱うしかなかったのではないのか。なにしろ甲斐は海のない国だ。人は塩がないと生きてゆけぬ。それだけ大事なものだけに、戦国の頃は特に塩を自由に売買することなどできなかったはずだ。それにもかかわらず、牧野家は甲府に出ていってすぐに塩を売ることができたというのか」

さようにございます、と年寄りはいった。

「この村の富農だったということで、はなから武田さまの勘定方のお侍とつき合いがあったらしいのです。おそらく、塩の行商についてもそのあたりに手をまわしたのでしょう。塩は高価で、とても儲かったときいています。とにかく武田さまから許しを得た上で行商をしていたのは、まずまちがいありません。その後、鹿革や刀槍などを扱うようになり、武田家の御用商人にまでのしあがりました」

しかし、わかったのはそこまでだった。この年寄りだけでなく、他の村人にもききまわったが、牧野家の消息を知っている者は、春日居村には一人としていなかった。

手がかりが切れたな、と左門は思った。これ以上この村にいても仕方なかった。左門は春日居村を出ようとした。

太陽が中天にかかりつつある頃合いで、最初に話をきいた年寄りが昼の休息の最中らしく、道端に座りこみ、煙管《キセル》をふかしていた。左門が、世話になった、と軽く頭を下げて行きすぎようとしたとき、どっこらしょといって立ちあがり、年寄りがきいてきた。

「お侍は、どうして牧野家のことを調べてなさるんで」

「まあ、ちょっとあるんだ」

「あの、お侍。お名をうかがってもよろしいですか」

「はあ、柳生さまですか」

別に秘《ひ》するようなものでもない。左門は名乗った。

年寄りは畏れ入ったような表情を見せた。だが、すぐに好奇の色をあらわにした。

「牧野家がなにか悪さでもしたのですか」

このあたりの遠慮のなさは田舎の年寄りらしいというべきか。

「まあ、いろいろとあるのだ」

「ああ、そうだ。塩のことで思いだしたことがあって、お侍にきいてもらおうと思っていたんですけど、かまわないですか」

意外にこんな話が手がかりにつながることが多いのを、左門は知っている。

「ああ、きこう。なにかな」

「お侍は、塩はどこで取れると思いますか」

「それはもちろん海だな」

「山で取れるという話もあるんですけど、ご存じではありませんか」

「山でだと。きいたことはないな」

「なんでも、岩塩というものがあるそうなんですよ」

これは初耳だった。

「ほう、塩でできた岩か」

「ええ、そうらしいですよ。それは異国での話らしいですけど」

「異国にはそのようなものがあるのか。しかし、おぬし、どうしてそんなことを知っている。まさか、甲斐《かい》に岩塩があるのではないのか」

「いえ、この国にはないみたいですね。調べた者がいるんです。それが牧野家の血縁の者だったんですよ。これも古い話で、信玄公の時代のことなんですけど」

「信玄公か。名将だったゆえ、今も大勢の遺臣が徳川家の旗本や御家人になっているな」

「塩どめを食らったりして、塩の大事さをあらためてお感じになった信玄公が牧野家の血縁の者にお命じになり、探らせたそうにございますよ」

「だが、見つからなかったということだな」

「はい、そういうことにございます。牧野家の血縁の者は、山に特に詳しい者たちだったそうにございますよ」

「ふむ、山にな」

その牧野家の血縁というのは、今どうしているのだろうか。話を聞けるのではないか。

左門はそのことを年寄りに告げた。

「ええ、確かに牧野家の血縁の末裔はいます。しかし、その者たちも今どうしているのか、正直なところ、さっぱりわからないのでございますよ。つい最近までは、どうしているか、ときおり風の便りに耳にしたりしていたのですが、行方知れずになってしまったようなのです。大久保《おおくぼ》石見守《いわみのかみ》さまの代官衆とともに消えたといわれています」

意外な人物の名をきいた、と左門は思った。まさかここで、その名を耳にすることになるとは思わなかった。

「大久保石見守どのというと、天下の総奉行と呼ばれた大久保どののことか」

「はい、さようにございます」

大久保石見守長安《ながやす》。天文十四年（一五四五）に播磨《はりま》国で生まれたといわれている。実際のところははっきりせず、出生は甲斐国であるともいわれている。父は猿楽師で、甲斐国においてその芸を武田信玄に見こまれて、召し抱えられた。

石見守長安は信玄に目をかけられ、猿楽師としてではなく、家臣として信玄に仕えた。金山を新たにひらいたり、土木や普請に力を発揮したり、検地を行ったりなどして、信玄の治世に多大な貢献をし、厚い信頼を寄せられた。

武田家の滅亡後、石見守長安は徳川家康に見いだされ、家康の有力家臣である大久保忠《ただ》隣《ちか》の下に配された。石見守長安は遺憾なく手腕を振るい、忠隣は信頼の証に大久保姓を名乗るように命じた。石見守長安は日本国中の金山、銀山開発において特に能力を発揮し、江戸城の金蔵にはおびただしい量の大判、小判が積まれることになった。

家康に絶大なる寵愛を受けて重用され、佐渡金山奉行、石見銀山奉行、伊豆代官、美濃奉行、所務奉行、年寄など重要な職務すべてを兼任し、天下の総代官とも呼ばれ、さらに百五十万石といわれる家康の直轄地の差配をまかされた。東海道などの一里塚の整備を行い、江戸城、駿府城、名古屋城の築城にも加わった。

その権勢は並ぶべき者がないほどのものだったが、ときを経るにつれて各地の金山、銀山からの掘採量《くっさい》が減り、そのことで家康に疎《うと》まれてゆくことになった。しかし、実際には家康が石見守長安の驕奢《きょうしゃ》ぶりに嫌悪の思いを抱いたというのが真相のようだ。家康から立て続けに各奉行職を取りあげられ、慶長十八年、六十九歳で失意のうちにこの世を去った。没後、不正を行って財を貯えたという理由で家は廃絶の憂き目に遭い、七人の男子はすべて死に追いやられ、石見守長安自身、墓をあばかれて、駿府を流れる安倍川の河原に首をさらされた。

その石見守長安の代官衆と牧野家の血縁の者がともに姿を消した。どこへ行ったのか。

じっと考えこんだ左門を、年寄りがどうしたのだろうという顔で見ている。

「大久保石見守どのの代官衆というと、駿河大納言（忠長）さまの家臣に列した者たちのことだな」

左門は年寄りに確かめた。

「はい、さようで」

江戸で暮らしていた忠長は甲斐国に入ることはなく、地生えの家臣たちがこの国を治めた。その者たちが代官であり、元は石見守長安の家臣がほとんどである。

石見守長安の旧臣たちは、徳川二代将軍秀忠の命により、甲斐における新たな金山を探していたとの噂を、左門は耳にしたことがある。しかし、武田家と石見守長安によって甲斐の金山は掘り尽くされ、見つからなかったという話も聞いている。

「駿河大納言さまには石見守どのの旧臣が大勢つけられていたというが、その者たちは駿河大納言さまが所領を没収されたあと、この地に残ったのだな」

「はい。駿河大納言さまが駿府城のあるじになられたとき、大勢の者が駿府へまいりましたが、罪を得られた駿河大納言さまが所領を取りあげられた上に上野《こうずけ》の高崎にいらしてしまえば、行き場をなくした者たちはこの地に戻ってくるしかありません。しかし、その者たちの姿が最近、さっぱり見えないとの風評があるのでございます」

そういえば、と左門は思った。上野国には桐生《きりゅう》という、石見守長安が町づくりを行った町がある。その地でもともと盛んだった絹織物は、幕府直轄領ということもあって奨励され、今は高級品として取引されているようだ。桐生と高崎は、五里程度しか離れていない。忠長の高崎城脱出に、石見守長安の旧臣が手を貸したと考えても不思議はない。

「石見守どのの家臣たちが、今どこでなにをしているのか、わからぬのだな」

「はい、まったく。神隠しにでも遭ったのではないか、ともいわれていますが、果たしてどうでしょうか」

姿を消した者たちは、松平忠長の陰謀にまちがいなく荷担している。今どこでなにをしているのか。

それを突きとめることができれば、忠長の居場所につながるだろうか。

大久保石見守の家臣たちの痕跡を、調べる必要があった。

それには甲府の町がよかろうと考え、左門はその日のうちに再び戻ってきた。

甲府では、さまざまな者に話をきいた。大久保石見守は、甲斐の者にはよく知られていた。天正十年（一五八二）京の本能寺で織田信長が死んだのち、甲斐国をめぐっての戦いが徳川家と北条家とのあいだで起きたが、結局、徳川家の勝利に終わり、家康が甲斐を掌中におさめた。

家康のもとには多くの武田家の遺臣が集まったが、当時、土屋長安と名乗っていた石見守長安もその一人だった。石見守長安は家康にすぐさま能力を認められ、武田家滅亡後の混乱によって荒れ果てていた甲斐国の復興を果たした。

しかし、その家臣たちの痕跡を見つけることは、左門にはかなわなかった。

日が暮れはじめ、さすがにわずかな疲れと空腹を感じた左門は、そろそろ今宵の宿を見つけねばならぬなと考えて、甲府柳町に再び足を向けようとした。

途中、空腹に耐えきれず、だしのいいにおいをさせているうどん屋の暖簾をくぐった。すぐにもたらされたざるうどんはやや細いが、歯応えは十分にあった。細いうどんにつゆがよく絡み、なかなか美味だった。うどん一杯くらいにとどめておけば、旅籠の夕食も腹に入るだろう。小腹を満たすのにはちょうどよかった。

代を払う際、愛想のいい小女に石見守長安のことでなにか知っていることがあるか、左門はきいてみた。

石見守さまのお墓でしたら近くにございますよ、との答えをきいて、左門はすぐさま足を運んだ。そこは甲府緑町で、大久保石見守の墓は尊躰寺という寺にあった。

まずは、銀杏の大木が覆うようにしている山門の前に立った。山門には、功徳山深草院尊躰寺という扁額《けいがく》が掲げられている。浄土宗を宗旨としている寺のようだ。

左門は山門から境内をのぞいてみた。なかなか広く、ぐるりをめぐる土塀が、遠くに見える。歴史がありそうな本堂が石畳の突き当たりに建ち、右手に鐘楼《しょうろう》があり、納所《なっしょ》と庫裏《くり》らしい建物は左側に並んでいた。緑が深く、特に本堂横の五本の杉の大木は天を突くかのようだ。人影はない。本堂の裏手のほうから、土を掃く音が聞こえている。

歩を進めた左門は、箒を手に掃き掃除をしている寺男に、大久保石見守の墓の所在をたずねた。寺男は手をとめ、こちらでございます、と自ら案内してくれた。

そこには、卵の形をした塔身がのった、石づくりの無縫塔が建っていた。慶長十九年につくられたものとのことで、この下に大久保石見守の遺骸はないのだという。家康の命でこの墓があばかれ、遺骸は駿府に運ばれたからだ。

「どうして大久保石見守どのは、こちらのお寺を、自らを葬る場所に選んだのかな」

こうべを垂れて合掌した左門は、頭に浮かんだ疑問を寺男にぶつけた。

「それは、大久保石見守さまが当寺に帰依《きえ》されていたからでございます。然誉上人、このお方は当寺の第四世のお坊さまにございますが、大久保石見守さまと親しいお付き合いがあったそうにございます。当寺は、大久保石見守さまから、さまざまな援助を受けた由にございます」

寺男の答えは明快だった。

「大久保石見守どのの旧臣も、墓参に来たりするのか」

「以前はしばしばお見えになりました。しかし、ここ最近、とんとご無沙汰のようにございます」

「いま旧臣たちがどうしているか、知っているか」

「いえ、存じません」

「ご住職なら、旧臣のことをご存じだろうか」

寺男はかぶりを振った。

「いえ、親しくされているお方はいらっしゃいません。ご存じではないのではないかと思います」

しかし、左門にここであきらめるつもりは毛頭ない。

「ご住職に会わせてもらえぬか」

寺男が、実は、と口をひらいた。

「今、いらっしゃらないのでございます」

「出かけているのか」

「はい。遠出をしておられまして、戻られるのは、五日後の予定になっております」

「五日後——。住職はいったいどこへ行かれたのかな」

「はい、増上寺へいらっしゃいました」

「増上寺というと、江戸のか」

「さようにございます」

増上寺は浄土宗の大本山である。ちなみに浄土宗の総本山は京の知恩院だ。総本山のほうが地位は高く、大本山は末寺を統轄する役目を負っている。

「そうか、ならば仕方あるまい」

礼をいって左門は寺男と別れ、境内を歩きだした。いよいよ日暮れが迫ってきており、あたりは薄暗くなっていた。境内には、先ほどまでなかった人影が見えていた。ぽつんと小さな影が、鐘楼を見あげている。

――おや。

左門はその人影をじっと見た。頭にずいぶんと特徴がある。額と後頭部が突きだしている。あれだけ比類のない才槌頭の持ち主を忘れるはずがない。

「つけているのか」

左門は近づき、声をかけた。

年寄りが気づいたようにこちらを向いた。

「おっ、これは左門どのではないか」

にかっとする。

「奇遇じゃの」

「相変わらず白々しいことをいうものだ」

「左門どの、つけているといわれたな。それはちがうぞ。たまたまわしの行くところにおぬしがいるだけじゃよ。あそこの墓の主とは、昔、会ったことがあるゆえな」

大久保石見守の墓を指さす。

「大久保石見守を知っているのか」

「天下随一の権力を握っていたお方だが、気さくでいらっしゃった。わしのような者でもたやすく会えた」

「おぬし、いったい何者だ」

「こんな年寄りの正体など、興味を持つものではないぞ」

「そういわれても知りたいものは知りたい」

「まあ、そのうちわかろう」

軽くいって年寄りが歩きだす。もう闇はだいぶ濃くなってきている。今度は撒《ま》かれるものか、と左門はうしろについた。

どこに行くのかと思ったら、年寄りは大久保石見守の墓の前に来た。膝を折り、手を合わせる。ずいぶん長いこと、そうしていた。かたまったように動かなかったが、やがて合掌を解くと、すっくと立ちあがった。身ごなしはずいぶんと若い。

「では、わしは帰るぞ」

左門を振り向いて告げた。

「どこへ」

にこりとした。人を惹く笑みをしている。

「左門どのに教える必要はないの」

年寄りが山門に向かって、進みはじめた。左門は一間ばかりの距離を置いてついてゆく。

年寄りが境内を突っ切り、山門のところで体の向きを変え、本殿に向かって一礼した。

体を返して山門を抜ける。

参道は、すぐ左右に延びる道にぶつかった。路上に人けはほとんどないが、風に揺れる提灯が右と左にそれぞれ一つずつ見えている。

年寄りが左に向かって歩を踏みだした。左門は離れずついてゆく。

そのまま柳町にやってきた。板丸屋《いたまる》という旅籠の前で年寄りは足をとめた。

「わしはここに宿を取っておる。左門どのもそうされるか」

「いい宿だな」

「ああ、まだ新しいからな」

「いや、やめておこう」

「なぜかな」

得体の知れない男の泊まる宿では、なにがあるかわからない。

「わしが怖いのかな」

「ああ、怖い」

ふっと年寄りが笑う。

「正直よな。肝っ玉は据わっているが、それはいざというときのためだものな。ふだんは小心くらいがちょうどよいものだ」

年寄りが暖簾をくぐる。左門はあとに続いた。

なかは大勢の旅人でにぎわっていた。どうやら人気のある宿のようだ。これでは泊まれたとしても、相部屋だろう。

一瞬、左門の思案が年寄りから離れたが、その隙を衝かれたようだ。年寄りが視野から消えていた。

やられた。

左門はあたりを捜したが、年寄りはどこにも見当たらなかった。くそっ、と地団駄を踏みたかった。二度もしてやられるなど、どうかしている。柳生左門らしくない。

宿の者をつかまえ、才槌頭の年寄りについてたずねてみたが、泊まり客にそのような方はいらっしゃいません、という答えが返ってきた。

いったいあの年寄りは何者なのか。

それにもまして、左門の頭を占めているのは、どうして大久保石見守長安の代官衆はいなくなったのかということだ。

石見守長安といえば、金山や銀山などの開発でつとに知られている。その技術を持った者たちがいなくなったのだ。

これは、なにかあると考えないほうがおかしかった。

まさか先ほどのあの年寄りが関係しているのではないか。

謎は深まるばかりだった。

七

そのまま板丸屋《いたまる》に宿を取ろうかと思った。謎の年寄りが泊まっていないのなら、別にこの宿でいけない理由はない。

しかし、夕餉(ゆうげ)のことを考えると、この宿は避けたほうがよさそうだった。この宿に左門(さもん)が泊まることを想定し、もしあの謎の年寄りが誘いこんだとしたら、夕餉に毒を入れるなど、たやすいことだろう。それだけの準備を行う時間は十分にある。

　夕餉だけではない。この宿は新しいこともあってひどく混んでいるだけに、まちがいなく相部屋になるだろう。敵の手に買収された宿の者が、意図して刺客のいる部屋に左門を通すおそれがあった。相部屋の者すべてが刺客だったら、さすがに逃れるすべはないのではないか。

　左門はすぐさま別の旅籠《はたご》を見つけ、そこに部屋を取った。その宿は池上屋といって、甲府柳町のはずれにあった。

　こぢんまりとした宿で、五部屋ばかりしかないのが外からも眺められただけに、もうとっくに部屋はふさがっていると思っていたが、奉公人によると、まだ部屋は空いているとのことで、しかも相部屋を避けることができた。左門は、二階の最も奥の間に通された。

　部屋は畳の香りがするような新しさで、どこもぴかぴかに磨きあげられていた。

　夕餉の前に風呂に入った。風呂も小さかったが、きれいな湯というのがうれしかった。いつ湯を換えたかわからないような旅籠が多いなか、これはすばらしかった。左門は風呂に刀を持ちこんではいたが、一人、すっかりくつろぐことができた。あの謎の年寄りに撒《ま》かれた悔しさが、少しは晴れた。

　部屋に戻ると、すぐに夕餉になった。質素なものだったが、心がこもっていることがわかる食事で、とてもおいしかった。このあたりは、小さな宿のいいところだろう。

夕餉のあとに布団が敷かれ、左門は横たわった。

枕元に行灯《あんどん》をともしたまま、天井を見あげた。天井も掃除が行き届いており、木目がはっきりと見えた。

松平忠長《まつだいらただなが》は生きている。

左門はそんなことを思った。

確実に生きている。生きて、この日の本の国のどこかにいる。それはもう紛れもないことだ。

左門はあらためて確信した。

七年前の駿府で出た四体の首なしの死骸の意味はなにか。

左門はそのことについて考えはじめた。といっても、もうとうにそうではないかという結論を得ていた。

忠長が治めていた駿府の町に、忠長によく似た者が集められたとしたらどうか。その数はおそらく五人。

忠長にそっくりの五人の男が諸国から集められ、駿府に連れてこられたのだ。

五人は時間をかけて吟味された。その結果、そのうちの四人はよくは似ているものの、忠長に瓜二つではないという理由で、無慈悲に殺された。

忠長によく似た四つの首を人目にさらすわけにはいかない。切り取り、どこかに捨てたか、埋めたかしたのは当然のことだろう。

駿府に連れてこられた五人のうち、一人だけが生きて残された。この一人は、忠長にひじょうによく似ていたはずだ。忠長本人も、自分は双子ではないのかと疑ったほど、そっくりだったのではないだろうか。

駿府を離れて甲府に押しこめられた忠長がさらに高崎へと連れていかれ、いよいよ自害するという最後の段階に至ったとき、最後の一人が殺されて忠長の身代わりとされ、死骸は城内に残された。

忠長は城内の者の手引きを得て、高崎城を脱出した。

つまり、と左門は思った。忠長はずいぶん前から、家光によって殺される日が到来することを予想していたことになる。自分が生き残るための段取りを、かなり前からはじめていたのである。

でなければ、自分によく似ている五人の男を集めることなど、できるはずもない。

いま忠長はどこにいるのか。

忠長は家光にうらみを抱いている。それは疑いようもない。

殺す気でいるのか。もちろんその気だろう。実の兄弟だろうと関係ない。実際、忠長は家光に殺されそうになっているのだから。

そして、忠長の狙いは、おそらく家光を殺すだけではない。幕府の転覆を企んでいる。

そのために、大久保《おおくぼ》長安《ながやす》配下だった者たちを引き連れてどこかに去ったのではないか。

甲斐には、信玄の隠し金の噂がある。莫大な金が眠っているといわれる。これを掘りだすために長安配下の者たちは消えたのか。

だが、それはないだろうな、と左門は思う。信玄の隠し金があれば、武田家は滅亡することはなかったはずだ。武田家は金が尽きたから、信玄の跡取りだった勝頼の代に滅びたともいえるのだ。

あるとするのなら、と左門は気づいた。大久保長安の隠し金ではないか。そちらのほうがずっと考えやすい。

長安が貯めこんだといわれる金は、莫大なものだ。その多くは幕府に没収されたらしいが、長安が死ぬ前に幕府に奪われることを察知し、この甲斐国のどこかに埋めたとしたら、どうだろう。

長安配下だった者たちはそのありかを知っているのではないか。

長安配下の者たちは、長いこと不遇だった。それはもう紛れもない。忠長は自分が天下を取ったら、またおまえたちに日の目を見せてやる、と厚遇を約束し、一党に引きこんだのではないか。

長安の隠した埋蔵金を手中にできれば、徳川幕府を倒すだけの矢銭に十分になると見こんでいるのか。

戦に勝つには、まず金だ。金さえあれば、勝利はぐっと近くなる。

長安の隠した埋蔵金がどのくらいの額か、左門には見当もつかないが、天下の総代官といわれた男が遺した金である。半端な額でないのは確かだろう。

家光の住まう千代田城には何百万両もの金が蔵に蓄えられているという噂を聞くが、あるいはそれに匹敵する額かもしれない。

それだけの金があれば、徳川幕府と家光が相手といえども、忠長が勝利に至っても不思議はない。

なんとか阻止しなければならぬ。そのためには、なんとしても忠長の行方を突きとめなければならぬ。

それにはどうするか。

今できることは、地道に忠長の足取りを追ってゆくことしかない。

まだまだ長い道のりになりそうだ。

急に疲れを覚え、頭をあげて左門は行灯を吹き消した。考え続けたせいか、さすがに眠気にあらがえなくなってきている。

枕に頭を預け、真っ暗になった部屋を見まわした。すでに闇に目は慣れており、壁などがよく見えている。

もしここを襲われたら、どう動くべきか。

左門はそんなことを考えた。刀はいつものように胸に抱いている。柳生新陰流は狭い場所での争闘も想定し、その手の太刀筋はいくつもある。

とにかく囲まれるのは避けなければならない。敵は廊下に面した襖《ふすま》と南側の襖を突き破って突っこんでくるのではあるまいか。そのときはすぐさま立ちあがり、東側の壁を背にするしかないだろう。

壁を背にしさえすれば、まわりこまれることはない。なんとかできるのではないか、という思いがわいてきた。

これで眠れると思ったが、再び大久保長安のことが頭に浮かんできた。

まさか長安が生きてこの世にあるということはないだろうか。あの謎の年寄りが長安ということはないだろうか。

あり得ぬ、と左門は思った。長安は慶長十八年（一六一三）に死んだといわれているが、そのときすでに六十九だった。もう二十五年ばかりも前のことだ。

もし今も生きているとしたら、九十三ということになる。

あの謎の年寄りはそこまでの歳ではない。

あの年寄りはいったい何者なのか。

しかし、いまこうして寝床に横たわったまま考えたところで、答えが出るはずもなかった。

いつしか左門は眠りに引きこまれていた。

ふと眠りが浅くなり、目をあけた。

寝入ってから、どのくらいたったものか。

あたりは静かなものだ。なんの気配も感じない。

しかし、こうして目覚めたということは、獣の勘がなにかの気配を得たということにほかならない。

刀の鯉口を切り、左門はいつでも起きあがれる体勢を取った。そのままあたりの気配を嗅ぐ。

なにも感じ取れない。静寂が支配している。

おかしいな。勘ちがいだったのか。

左門は小さく首をひねった。

しかし、どうしても勘ちがいとは思えない。気を休めるわけにはいかない。

そのまま一刻ばかり、左門はまんじりともしなかった。

外は暗いままらしく、夜が明ける兆しはない。刻限は八つくらいか。目を覚ましたのは、九つすぎだったのだろう。

気を張っていることにも疲れ、また眠気が襲ってきた。左門は目を閉じた。すぐにも眠りの海に引きずりこまれそうな感じで、とても心地よい。

いきなり背筋がびくりとし、目がぱちりとあいた。ほぼ同時に廊下に面した襖がばりっと破られ、影が躍りこんできた。暗闇に白刃がきらめく。それがまっすぐ左門の布団に突き立てられようとした。

左門は布団をはねあげた。敵の刀が角度を変え、袈裟《けさ》に振りおろされた。布団がすぱりと二つに割れ、その割れ目から刀の切っ先が突きだされた。

そのときには左門は抜刀していた。敵の刀を横に払う。鉄の音が響き、火花が闇に散った。

敵の刀が上段から見舞われる。左門は敵の脇の下に隙を見た。姿勢を思い切り低くし、その隙をめがけ、刀を振りあげていった。

しかし、あっさりと刀は空を切った。誘われたことを左門は知った。

敵の刀は振りおろされず、宙でとまっている。左門は、刀が袈裟に振られるという幻影を見せられたのだ。その姿勢で、敵は左門の動きを冷静に見つめていた。舌なめずりをしたように感じた。

背筋がすっと冷たくなった。左門の体は完全に伸びていた。敵に隙だらけの姿をさらしている。自分にここまでの醜態をさらさせるだけの腕前の者は、まず限られている。しかも、眼前の敵の太刀筋は、まちがいなく柳生のものである。

今度は幻影ではない本当の刀が振られた。狙い澄ました袈裟斬りだ。

左門はなにも考えなかった。体内に棲む獣が勝手に動くのにまかせた。自分の刀がすっと引き戻されてゆくのを、平静な目で見つめていた。

敵の刀が左門の左肩に届こうとした。しかし、その一瞬前、左門の佩刀《はいとう》の柄頭が敵の刀を打った。

敵の刀は横にぶれ、左門の肩に触れることはなかった。

かろうじて危地を脱したのを左門は知った。だが、すぐさま反撃に移らなければならない。敵は必殺の太刀をかわされ、わずかに構えが遅れている。

瞬きをする程度の遅れにすぎないが、遣い手同士の戦いでは、瞬時の遅れが命取りになる。

左門は刀を逆胴に振っていった。敵はかろうじてよけてみせたが、畳の上を右足がかすかに流れた。

——これは罠ではあるまい。

そう判断した左門は刀を袈裟に振りおろした。敵が刀を頭上にあげ、左門の刀を受け流そうとしている。受け流した上で、左門の首に斬りつけようとしていた。

しかし、この袈裟斬りは左門の仕掛けた幻影だった。左門は、敵のがら空きの胴に刀を払っていった。

敵がそれに気づき、刀を必死に引き戻す。自分の刀が敵の胴を切り裂く寸前、左門はがつ、という音を耳にした。次の瞬間、左門の刀は畳を打っていた。

敵も柄頭で、左門の刀を上から打ち落とすようにしたのだ。

このあたりはさすがとしかいいようがなかった。これだけの腕を持つ者といえば、やはり木村助九郎《きむらすけくろう》ではないのか。

敵は忍び頭巾《ずきん》のようなもので顔を覆っているが、体つきは助九郎に似ている。頭巾をしていること自体、左門の知った者ということを意味するのではないか。

左門はさらに攻勢に出ようとした。自分の持ち味は受けではない。攻めだ。攻めて攻めまくるのが本領である。

しかし、敵は左門の意を察したように、うしろにはね跳び、距離を取った。頭巾からのぞく二つの目がじっと左門を見ている。

その瞳は、やはり助九郎にそっくりに見えた。

「きさま、木村助九郎ではないか」

それを聞いて、敵が薄く笑った。

——ちがう。助九郎どのではない。

助九郎はあんな酷薄そうな笑いはしない。目の前にいるのは、助九郎に似てはいるものの、別人だ。

「きさま、何者だ」

左門は鋭く声を放った。しかし、敵は答えない。

頭巾をはぎ取って正体を見極めたい衝動に駆られ、左門は突っこもうとした。だが、冷静ななにかがそれを押しとどめた。ここで無理して突進すれば、陥穽《かんせい》にはまるという予感があった。

敵はなにかを用意して待ち構えている。それがなにかはわからない。もしやすると、こちらにそういうふうに思わせているだけかもしれない。

きっとそうなのだろう。この男に用意しているものなど、なにもないのだ。腕はまさしく互角である。

こういう場合、先手を取ったほうが圧倒的に有利なのはまちがいない。実際に目の前の敵は、一度は先手を取ったのだ。しかし、左門を殺すことはできなかった。

となると、こちらのほうがわずかながらも腕は上か。

よし、仕掛けてやる。

左門は心中ひそかに決意した。この思いを敵に気取られてはならない。じっと動かずに対峙していると見せかけて、一気に突っこむのだ。

しかし、その思いが瞳にでもあらわれたのか、敵が体をひるがえした。あっと左門が思ったときには、敵の姿は宿内の闇にのまれていた。

くそう。

左門は自らに毒づいた。

いったい自分はなにをしているのか。こちらの意図を感づかれるなど失態以外のなにものでもない。今の男を捕らえることができれば、忠長の居場所を吐かせることができたかもしれない。あれだけの腕を持つ男は常に忠長のそばに侍《はべ》っているのではないか。

左門は敵が去った闇をにらみつけた。今の男が戻ってくることは、まずないだろう。左門は刀を鞘《さや》におさめた。

ふう、と息をつく。どこにも傷はないようだ。あれだけの遣い手を相手に無傷なら、上出来だろう。

左門はもう一度息をついた。ふと、気配を感じ、あたりを見まわした。口の端から苦笑が漏れ出る。

宿の泊まり客や奉公人たちが、いったいなにが起きたのだろう、とこちらをおそるおそるうかがっていた。

起こしてしまって悪かったな、と左門はいおうとしたが、言葉は出てこなかった。

喉が干あがったようになってしまっている。敵と刀を合わせたのはほんの数合にすぎないが、それだけの激闘だったことを、思い知らされた気分だ。

これからも今の男はあらわれるのだろうか。あらわれないと考えるのは、愚か者のすることだろう。

おそらく、もっと手のこんだ方法を用いて、狙ってくるのではないか。

来るなら来い、と左門は強い気持ちで思った。今度こそ引っ捕らえ、忠長の居場所を吐かせてやる。

八

下紙をあらわにして破れた襖が、牙をむいたように折れ曲がって倒れている。刀に真っ二つにされた布団は、なかの綿が散乱している。左門の振り分け荷物も、部屋のあちこちに飛ばされていた。

これでは寝ることなどできないが、左門にもはや眠る気はなかった。

「あの、これはいったい……」

小柄だが、ややでっぷりとした体軀《たいく》の者がこわごわと廊下をやってきた。ここ池上屋の主人だろう。困惑と恐れの色を顔に浮かべている。うしろに、腰をかがめた番頭が続いている。主人の持つ手燭《てしょく》の火が、左門が握る刀の身に映り、妖しく揺らめいている。その明かりは、大嵐に遭った直後のあばら屋のような部屋を遠慮がちに照らしだした。

「俺にもよくわからぬ」

刀を鞘にしまいこんだ左門は申しわけないと思いつつも、嘘をついた。命を狙われているなど、口にすることはできない。

「たいして持っておらぬが、懐の金を狙われたのかもしれぬ。それにしても、あるじ、なんともひどいありさまになってしもうた。見舞金を払おう」

主人があわててかぶりを振る。

「いえ、押し込みのような者が入りこむのを許したのは、手前どもの責任でございます。襲われたお客さまに、そのようなことをしていただくわけにはまいりません」

「いや、襲われたのは俺に隙があったからに相違ない。そこを賊に見透かされたのだ。つまりは俺が悪いのだ」

左門は懐から財布を取りだし、あるだけの金をつかみだして主人に手渡そうとした。

「いけません」

「いや、いいのだ」

拒む主人に無理に握らせた。

「部屋を元通りに直すのにこれで足りるか」

手のうちを見ることはなかったが、主人が申しわけなさそうにうなずく。

「十分すぎるほどでございます」

「ならばよい。安堵いたした。あるじ、迷惑ではあろうが、夜が明ければ出てゆくゆえ、朝までいさせてくれるか」

「もちろんでございます。いま布団をお持ちいたします」

「いや、そのようなことはせずともよい」

荷物をさっさとまとめた左門は階段を下り、土間で草鞋《わらじ》を履《は》いた。式台の端に腰をおろし、そこで刀を抱いて目を閉じた。眠る気はないが、こうしているだけで先ほどの激闘の疲れは取れてゆく。

二階から物音が降ってきた。宿の者の後片づけがはじまったようだ。

夜が明ける半刻ばかり前に、左門は池上屋をあとにした。主人たちが見送ってくれる。すまぬな、と左門は心のなかで謝った。

提灯《ちょうちん》を灯《とも》して、暗い道を行く。甲府の町は靄《もや》のなかにあった。甲州街道には、ちらほらと旅姿の者が見える。それ以外に人けはほとんどないが、すでに起きだしている町の者も少なくないようで、まわりの家屋や店などから気配や物音がしている。ひそやかな声もする。笑い声もかすかに響いてきた。

甲府の者に限らず、人というのは寄り添い合って生きている。だが、自分はいま一人だ。お久《ひさ》のことが思いだされた。ここ最近、顔を見ない。どうしているのだろう。ときにうるさく感じることもあるが、いなければいないで、やはり寂しいものがある。

こんなに長いこと、顔を見せないのは珍しい。お久の身になにかあったのだろうか。

いや、あの娘のことだ。大丈夫だろう。意外にしっかりしているのだ。なにか危険な目に遭う前に逃れるすべをよく知っている。そのあたりは紛れもなく柳生の女である。

俺もお久を見習わなければいかんな、と左門は思った。自分はこれまでずっと狙われ通しで、敵の気配を察知することなど全然できていない。まったく柳生の者らしくない。

左門は空が白んできたのを見て、提灯を消そうとした。はっとして、足をとめた。一瞬、明かりのなかに忠長《ただなが》の顔が浮かんだからだ。憎々しげにこちらを見ていた。むろん、幻である。

左門は提灯を折りたたみ、荷物のなかにしまった。これからどこへ行くべきか。どこに忠長はいるのか。何度も考えたが、いまだに答えは出ない。

とにかく甲府は離れるべきだろう。この町にはいない。

その前に、左門はおゆめの顔を見に行くことにした。

まだ床から起きあがってはいなかったが、おゆめは元気だった。顔色はだいぶよくなって、もとのつやつやとした色を取り戻しはじめている。

「うむ、実に治りが早いな」

枕元に座って左門はいった。こんなにすばらしい快復の仕方を見せられると、自然に笑みがこぼれてしまう。

「さようでしょうか」

おゆめもにこにことしていう。

「うむ。とても忍びの毒が体に入った者とは思えぬ顔色よ」

「お医者さまの手当がよかったのでございましょう」

左門は、くぼんだ目に真っ白な眉毛を持つ医者を思いだした。

「確か観安《かんあん》さんといったな。権爺《ごんじい》も、腕のよい医者だといっていた」

「はい。あんな名医がこのような地にいらっしゃってくださり、近在の者はとても感謝しております。江戸に行かれても立派にやっていけるお医者さまなのに」

「うむ、あの手際ならば、まちがいなく江戸でも繁盛しような。観安さんはこのあたりの出なのか」

「はい、さようにございます。医術は駿府に出て、習われたそうです」

おそらく、駿府において、家康が大御所として権勢を振るっていた頃のことだろう。

「ところで、権爺はどうした。顔を見なかったが」

「今ちょっと使いに出てもらっています。すぐに戻ると思います」

「そうか。顔を見たかったが、致し方あるまい」

いくらおゆめがめざましい快復ぶりを見せているといっても、あまり長居するのはよくないだろう。刀を手に左門はすっくと立ちあがった。振り分け荷物に手を伸ばす。

「えっ、もうお帰りですか」

おゆめが目をみはってきく。

「うむ」

左門は、目鼻立ちの整った顔を見つめて、深くうなずいた。

「今宵はこちらにお泊まりになってくだされればよいのに」

「そうはいかぬ。そんなことをしたら、また迷惑をかけることになるやもしれぬ」

「また、でございますか」

「そなたに毒矢が刺さったこともそうだが、それにな――」

左門は昨夜の出来事を語った。

きき終えておゆめが息をのむ。

「お部屋に斬りこまれた……。そのようなことがあったのですか。よくご無事で」

「うむ、運がよかったな。――俺がここに泊まれば、昨夜と同じことが起きぬとも限らぬ」

「さようですか」

ため息をつくようにいった。おゆめが顔をあげる。切なげな色が瞳にあった。

「それで、これからどちらにいらっしゃるのですか」

「うむ、まだしかとは決めておらぬが、江戸に行こうかと思っている」

「江戸ですか」

おゆめがうらやましそうにする。

「一緒に行けたらどんなにいいことか」

つぶやき、艶っぽい目で左門を見る。

「うむ、一緒に行けたら楽しいだろうな」

おゆめが顔をうつむけた。

「左門さまは、好きなおなごがいらっしゃるのですね」

どきりとした。

「どうしてそう思う」

「なんとなくですが、この部屋に入られたとき、なにか心に残っていることがおありのようなお顔をされていました。私を見て、その色はお消しになりましたが、いま思うと、おなごのことでなにか考え事をされていたのではないか、と思いました」

「鋭いな」

「そのうらやましいおなごは、どのようなお方なのです」

「一緒にいると騒がしいが、いなくなると、心が安まらなくなる。そんなおなごだ」

「お名は」

左門は告げた。

「お久さんですか。私もそういうお名だったら、もっと左門さまと親しい間柄になれたのでしょうか」

「生まれや育ちが関係してくるゆえ、名だけではなかろうな」

別におゆめは答えを求めていないだろうに、まじめな顔で口にしたおのれが間抜けのような気がした。

「では、まいる」

「あっ、少々お待ちを」

おゆめがあわてて立とうとする。

「大丈夫か」

左門は手を貸した。おゆめが抱きついてくる。あたたかでやわらかな体に、左門は一瞬くらっとした。もしおゆめが刺客だったら、今の瞬間を逃しはしなかっただろう。おゆめはしがみついている。左門はむげに引き離すような真似はしなかったが、脳裏にお久の顔が浮かび、すまぬという気持ちになった。

襖の向こうで足音がし、次いで声が発せられた。

「お嬢さま、左門さまがお見えとききましたが」

おゆめが左門からそっと離れた。少しだけ目が潤んでいる。

「ええ、権爺、こちらにおいでですよ」

髪のほつれを直した。

「失礼いたします」

襖が音もなくあき、権ノ助が顔を見せた。にこりと笑い、軽く息をつく。

「左門さま、よくいらしてくだされました」

左門も笑顔になった。

「うむ、俺も権爺の顔を見ることができて、よかった。これで心置きなく旅立つことができる」

「えっ、もう行かれるのでございますか」

うむ、と左門はうなずいた。部屋を出て廊下を歩きはじめた。権ノ助の手を借りて、おゆめがついてくる。

左門は土間の草鞋を履き、外に出た。門のところまで歩き、くるりと振り返った。まっすぐおゆめを見つめる。

「名残惜しいが、これでな。おゆめどの、達者にすごせ」

おゆめがじっと見返してきた。目尻が濡れていた。

「はい、左門さまもどうか、道中ご無事で」

腰をていねいに折る。権ノ助もそれにならう。

「うむ、気をつけよう」

おゆめが涙を指先でぬぐった。

「少しのあいだでしたが、左門さま、楽しゅうございました」

「うむ、俺もだ。おゆめどの、権爺、また会おう」

「あっ、左門さま、お待ちください。これを――」

おゆめが財布を左門に手渡す。

「なんの真似だ」

「左門さまのことですから、昨夜のことでお足をすべて宿屋にお支払いになったのではございませんか」

「……その通りだが」

「お使いください」

「しかし、おぬしも裕福とはいえぬはず」

「私たちは大丈夫です。どうぞお持ちください。そして、左門さま、いつか必ずこの財布をお返しにお見えください」

「金を借りれば必ず返しにまいるつもりだが……。うむ、わかった。必ず返しにまいろう」

「お待ちいたしております」

おゆめがあらためて深く腰を折る。財布を大事に懐にしまった左門は門を抜けた。

しばらく歩いて振り向いた。おゆめと権ノ助が門のかたわらに立ち、見送ってくれている。左門は手を振った。おゆめが振り返してくる。権ノ助が深く辞儀した。

左門は前を向いて歩きだした。旅のよさを感じた。探索が役目とはいえ、もし旅に出なかったら、こんな出会いは決してなかった。別れるのは寂しくてならないが、それもまた旅の趣と呼ぶべきものだろう。

左門は甲州街道を下り続けた。江戸に行くとなれば、久しぶりに家光《いえみつ》に会いたくなっている。

もし俺があらわれたら、上さまはいったいどんなお顔をなさるだろう。

驚く顔を見るのが楽しみでならない。

もしかすると、家光に会いたくて、江戸に赴《おもむ》こうという気になったのではあるまいか。

もちろん、昔のように肌を合わせるようなことにはなるまいが、お久のことも合わせ、このところ人恋しくなっているのかもしれない。

ひたすら歩き続けていると、日が暮れてきた。今どのあたりにいるのか。街道は山のなかを走っている。付近にはほとんど人けがなく、近くには宿場どころか、間《あい》の宿さえありそうにない。

もっとも、もともと宿を取る気はなかった。また宿に迷惑をかけるわけにはいかない。

おゆめの厚意で金はあるが、おゆめが貸してくれたものを贅沢に使う気はない。野宿でかまわなかった。いざとなれば、近くの百姓家や寺社の軒下を借りればいい。

それに、朝までぐっすり眠るつもりはない。数刻のあいだ横になり、今日の疲れが取れればよいのである。左門は疲れが取れたら、夜っぴて歩くつもりでいる。

左手にこぢんまりとした神社があった。横になるのに、いかにもちょうどよさそうな本殿が建っている。あの本殿をしばし借り、やすませてもらおう。

低い鳥居をくぐり、左門は境内《けいだい》に入りこんだ。本殿の格子戸をひらき、あがりこんだ。

近在の者の掃除が行き届いているようで、床に埃は溜まっていなかった。

左門は刀を抱いて横になり、静かに目を閉じた。


どのくらい寝たものか。

目が自然にあいた。格子戸の向こうは真っ暗である。月はないようだ。おそらく四つ半を少しすぎたくらいではあるまいか。まだ九つにはなっていない。

よく寝たな、と思った。起きあがる。神経を張り詰めながらの睡眠だったが、体の疲れは十分に取れている。これなら、また歩き続けられよう。

格子戸をひらき、左門は外に出た。冷たい大気に体が包みこまれ、ぶるっと震えがきた。

小便をしたくてたまらなくなっている。境内ではさすがにする気はなく、左門は鳥居を抜けた。どこかで梟《ふくろう》がわびしげに鳴いている。左門は街道に出て、半町ばかり進んだ茂みの前で立ちどまった。

盛大に小便をする。はあ、と吐息が漏れた。

だからといって、左門は決して油断していたわけではなかった。だが、狙う側からしたら、これ以上の好機はなかったのだろう。もしかすると、左門が尿意を催すのを待っていたのかもしれない。背後から何本もの矢が飛んできたのだ。

左門は横にはね跳んだ。一物はだしたままだ。今はそんなことを気にかけている暇はなかった。

矢が体をかすめるようにして飛んでゆく。一本でも受けたら、もうその場で終わりだ。矢にはたっぷりと毒が塗ってあるはずなのだ。

左門は体をひねって新たな矢をかわしつつ、刀を抜いた。まっすぐ飛んできた矢を、刀で弾き飛ばす。

左門は目の前の闇をにらみつけた。忍びの姿などどこにも見えない。ただ、矢だけが飛んでくる。これまでつけられている気配など、まったく感じなかった。だが、監視は確実についていたのだろう。でなければ、左門が小便する機をとらえて矢を放つなどできるはずもない。

先ほどの梟の鳴き声を左門は思いだした。あれこそが左門が動きはじめたという合図ではなかったのか。つまり、やつらは樹上から見張っていたのか。

矢の攻撃は、向かいの森から続いているようだ。大木の陰から放っているのだ。

だが、夜の幕にすっぽりと包まれているとはいえ、すべての矢ははっきりと見えている。矢では左門を害することはできない。それは、おゆめの屋敷の前での攻撃の際、はっきりしたのではあるまいか。それなのに、また同じ手を用いてくるとは。

いや、そうではあるまい。なにか別の手を用意しているはずだ。忍びというのは狙った相手は必ず倒す執念深さが習い性になっている。それならば、新しい手立てを使わぬはずがない。

そんなことを思ったとき、左門はきな臭いにおいを嗅いだ。鉄砲の火縄のにおいだ。視野の端で赤いものが瞬いた。樹上である。左門が覚った瞬間、いきなりどんと腹に響く音がした。

左門は横に跳んだ。赤いものが体をかすめて茂みに突っこみ、何枚かの葉を散らせた。続けざまに何発もの鉄砲が放たれる。夜のしじまが引き裂かれ、何頭もの獣が咆哮しているかのようだ。

おそらく十発は撃ってきたが、左門はすべてを見きってかわした。鉄砲は引金が引かれてから玉が放たれるまで、わずかに間が空く。その引金のかちりという音をきき分けて、どこから玉が飛んでくるか、左門は事前に覚っていたのである。どの放ち手が撃つのか、わかりさえすれば、鉄砲の玉がいくら速くとも、よけられぬことはない。

左門は鉄砲の音がやんだのを知って、街道を横切り、一気に森に突進した。またも矢が放たれたが、それは刀で打ち払った。敵の一人が刀を引き抜き、正面から突っこんできた。それを、刀を袈裟に振って、左門は斬り捨てた。手応えはまったくない。刀は空を切っているも同然である。

左から飛ぶように迫ってきた男には、胴払いを見舞った。腹を斬り裂かれた男は勢い余ってもんどり打ち、地面に這いつくばった。手を動かして立ちあがろうとしたが、すぐに力尽き、首を落として動かなくなった。

樹上から飛びおりてきた男は振り上げた刀で串刺しにした。左門はすぐさま男の体から刀を引き抜き、背後から迫ってきた二人を袈裟斬りと下からの振りあげで殺した。二人はあっけなく地面に横たわった。血だまりがつくられてゆく。

それで、襲いかかってくる者はいなくなった。全滅させたわけではない。気配からしてまだ十人近くが残っていたはずだが、左門を始末することをあきらめて逃げ去ったのだ。

――俺は強くなっている。

実感として左門は思った。今はすばらしく研ぎ澄まされている。これならどんな敵にもやられはしない。

襲いかかってきた者どもが何者か、相変わらずわからないが、これならばやられることはない。

左門は刀をていねいにぬぐった。もっとも、血はほとんどついていない。それだけ斬撃が速いということである。

左門は刀を鞘におさめた。ふんどしから一物が出たままになっていることに気づき、苦笑しつつしまいこんだ。まわりに忍びは一人もいない。いずれまた襲ってくるだろうが、結局はいくつもの死骸を残すだけの無駄な襲撃に終わるのは火を見るよりも明らかである。

それは過信などでは決してない。

左門は森を出た。風がゆったりと吹き渡ってくる。いつしか月が雲間から出てきていた。

やわらかな青い光を浴びた左門は、人けのまったくない街道を一人歩きはじめた。

九

――行ってらっしゃいませ。

ていねいな声が背中にかかる。左門《さもん》は笑顔で応じ、暖簾《のれん》を外に払った。

明るい陽射しが、路上に降り注いでいる。空には雲一つなく、穏やかな風が静かに吹いている。まさに日本晴れというにふさわしい。

庇《ひさし》の下から踏み出さず、左門はしばらくその場にとどまって、目の前の往来を見つめた。

相変わらず、めまいを覚えるほど大勢の人が行きかっている。

それに加え、江戸の町は槌音《つちおと》が絶えることがない。

風に乗り、どこからか豪快な笑い声が聞こえてくる。いかにも機嫌がよさそうで、景気のよさを物語っている。

活気にあふれていた。まるで自ら命を宿しているかのように、規模を急速に広げているのがはっきりとわかる。

この近くでも多くの普請《ふしん》が行われているようで、真新しい木の香りが鼻先をくすぐってゆく。

道を行きかう者は誰もが生き生きと瞳を輝かせ、明るい笑みを浮かべていた。竹のようにぐんぐんと伸びつつある町で暮らすというのは、心楽しいことなのだろう。毎日、働けば働いただけの見返りがあり、町人たちは生き甲斐とともに日々を過ごしているのである。

町をふらつく野良犬ですら、目を柔和にゆるませ、笑っているように見える。多分、餌にありつけない日など、一日たりともないのだろう。

道を行くのは町人だけではない。武家の姿も少なくなかった。同僚らしい者と談笑しつつゆったりと歩く侍もいるし、肩肘を張って謹厳そのものの顔で供とともに道を急ぐ者もいる。供をしたがえ、辻斬りの獲物を求めているかのようにぎらぎらした目をあたりに放ちながら、道を進む者もいる。

左門に、江戸に武家の知り合いがいないわけではないが、ここ日本橋茅場町で偶然に出会うようなことはまずないだろう。

江戸には、兄の十兵衛《じゅうべえ》も戻ってきているはずだ。あまり会いたくはないが、そういうときに限って顔を見せる男である。

左門にとって、久しぶりの江戸だ。長いこと過ごしたこともあって気分はくつろいでおり、思い切り伸びをしたいくらいだが、油断はできない。

確信はないが、いま自分を見張っている気配は感じられない。庇《ひさし》の下でこうしてとどまっているのは、あたりにさりげなく目を配っていたからである。

左門は庇の下をゆっくりと出た。振り返り、背後を見上げる。

『木下屋』と記された大きな扁額《へんがく》が掲げられている。江戸に幕府が開かれるのとときを同じくしてできた宿とのことで、すでに三十年以上のときを刻んでいるが、掃除が行き届いていることもあってか、さほど古さは感じなかった。

昨夜、江戸に着いた左門はこの旅籠《はたご》に投宿したのである。別に木下屋を定宿としているわけではなく、宿を求めて旅籠が軒を連ねているこの界隈を通りかかった際、相部屋でない部屋を供することができますよという番頭の言葉に惹かれたのである。

昨夜は門限である暮れ六つを過ぎていたとはいえ、柳生の江戸屋敷に行けば入れてもらえるのはわかっていたが、あそこでは窮屈さを強いられるのはまちがいなく、左門としては遠慮したかった。

草鞋《わらじ》でなく、上等な草履《ぞうり》を履《は》いて道を歩き出した左門は、千代田城に向かった。

千代田城の黒と金色の目立つ天守が、青空を背景に天を突いている。瓦が陽射しを弾《はじ》き、鈍く輝いているのがえもいわれぬ美しさを醸《かも》し出している。

天下城と呼ぶしかない勇壮さを誇っている。将軍が住まう城ということを天下に喧伝《けんでん》し、知らしめるのに、あれ以上の建物は考えられない。

近づくにつれ、天守がのしかかるように大きくなり、その大きさが如実につかめるようになってきた。高さは二十丈近くあるのではないか。天守の最上階から眺める江戸の風景というのは、いったいどんなものなのか。家光《いえみつ》にいえば、その望みはすぐさまかなえられるだろうが、左門にねだろうという気はない。もう家光とはそういう仲ではないのだ。左門は大手門の前に立った。この門は天下城の表門とは思えないほどこぢんまりとしているが、がっちりとした造りで、万の軍勢が攻め寄せても、びくともしそうにない堅牢さを誇っている。この城もいまだに普請が続いており、城地を拡大しつつある。深い堀がいくつもうがたれ、新たな建物が次々に建とうとしていた。

左門は門衛の侍に名乗り、家光の小姓である菊岡晋吾《きくおかしんご》に会いたい旨を告げた。晋吾は、以前、家光の使者を務め、柳生までやってきた者である。左門とは肝胆相照らす仲といってよい。

すぐに話は通じたようで、左門は大手門を抜けて城内に入ることができた。遠侍と呼ばれる、警護の侍が詰める建物に通される。そこには掃除がよくされた八畳の座敷が設けてあり、ここでしばらく待つようにいわれた。

待つほどもなく、一人の侍があらわれた。左門の知らない男で、口元に人を小馬鹿にしたようなにやつきを浮かべており、どことなく虫が好かなかったが、その思いを左門が外にあらわすことはない。

その侍の導きで、左門は御殿に足を踏み入れた。大玄関で草履を脱ぐ。

なかに上がると、かび臭さが混じったような、よどんだ空気が身を包み込んだ。なつかしいにおいといってよい。

侍の背中を見つめつつ、長い廊下を行く。何人もの身分の高そうな侍と行きちがう。そのたびに左門は会釈をしていった。知った顔は一人としていなかった。

廊下を進みつつ、もうじき上さまに会えると思うと、胸が高鳴った。お変わりないだろうか。その前に、会えるのだろうか、という疑問が胸をよぎった。なにしろ将軍というのは多忙なのだ。いきなり行って、会えるとは限らない。

もっとも、菊岡晋吾の顔も見たくてならない。いつも通り、元気にしているだろうか。あの男のことだ、今もそつなく上さまにお仕えしているに相違あるまい。晋吾に会ってゆくだけでもよい。晋吾にはさすがに会えるだろう。

左門は、廊下の向こうから光背《こうはい》を負ったように輝いている男が近づいてくるのを見た。あの光は、常人の瞳には映らないのではあるまいか。見えるのはおそらく、剣の道に精進した者だけではないだろうか。

年は四十初め。きりっとした顔つきをしているが、目は穏やかに澄んでいる。身分の高い者であるのはまちがいない。もしや、と思った。もしあれが自分の思っている男なら、何年ぶりか。だいぶ面変わりした。以前はひ弱さを残していたが、今はまったくそれが感じられない。堂々としている。

左門は、近づいてくる侍にさりげなく目を当てた。やはりそうだ。まちがいない。

左門は足を止め、微笑を浮かべた。先導の侍も隅に寄り、やってくる侍を控えめに見ている。

「おや、これはお珍しい」

相手も立ち止まり、破顔する。

「左門どのではござらぬか」

「伊豆守《いずのかみ》どの、お久しゅうございます」

「こちらこそ」

ていねいに腰を折ってきた。

「左門どの、何年ぶりでござろうか」

目の前に立つ男は、知恵伊豆として知られる松平伊豆守信綱《のぶつな》である。左門と会ったことがうれしくてならないのか、きらきらと光の粒をこぼさんばかりに瞳が輝いている。

「さて、かれこれ五年ぶりになりましょうか。病にかかったそれがしが江戸を去って以来でございましょう」

「ほう、もうそんなになりもうすか」

信綱が感慨深げにつぶやく。

「病のほうはいかがでござるか」

「おかげさまにて、もうすっかり本復してございます」

「肝の臓がお悪いのでござったな」

「はい」

信綱が左門をじっと見る。

「うむ、お顔の色もとてもよい。ずいぶんと日焼けされているが、つやつやとされている。

本復されたという言葉に偽りはないようだ。肝の臓の病は長引くというし、なかなか完治せぬとも聞くが、よくぞ本復されたものでござる。よく養生なされた」

「上さまのお許しを得て柳生に籠もり、ひたすらおとなしくしておりました。それがよかったのでございましょう」

左門は見つめ返した。

「伊豆守どのはいかがでございますか」

信綱が微笑する。

「それは、それがしの胃の病のことをおっしゃっているのでござるな」

「はい、ずいぶん前のことでございますが、一年ほどお休みになったとうかがっておりますから」

「あれは、もう二十五年ばかりまえのことにござる。すっかり大丈夫にござるよ」

「それを聞いて安心しました」

左門は破顔した。

「伊豆守どのがいらっしゃれば、幕府は安泰でございましょうから」

今の幕府は信綱がいないと回らない。それだけの能があり、家光に寵愛されているのだ。家光をして、伊豆守のような者がもう一人いたらなんの心配もいらぬ、といわしめるほどの男である。のちに大老になった酒井《さかい》忠勝《ただかつ》は、信綱と知恵比べをしてはいけない、あれは人ではない、とまで口にしている。化け物とも評される男なのだ。

「して左門どの、今日はどうされた」

やや声を低めてきいてきた。

「上さまにお目にかかりたいと存じ、やってまいりました」

「お約束は」

左門はかぶりを振った。

「しておりませぬ。上さまにお目にかかれぬでしょうか」

「いや、左門どのならその心配はご無用でござろう」

少し薄いが形のよい口を、左門の耳に近づけてきた。

「上さまよりうかがってござる。なんでも、駿河大納言《するがだいなごん》さまのことで、いろいろとお調べになっているそうでござるな」

先導の侍の耳に今の言葉は届いていない。左門は黙ってうなずいた。

「単刀直入におききするが、左門どの、駿河大納言さまは生きておられるのか」

「そのことは、上さまにまずお知らせしなければなりませぬ」

左門が静かにいうと、信綱が苦笑いした。

「さようでござった。上さまを差し置いてうかがうわけにはいきませぬ」

信綱が笑いをおさめる。またささやくようにきいてきた。

「生きておられるとして、いったいなにが狙いなのか。狙いは幕府の転覆でござろうか。忠長幕府をつくろうとしておられるのか」

「かもしれませぬ」

左門は言葉短くいった。

「上さまのご様子は」

ずっとききたかったことを、左門はようやく口にできた。

「お元気であらせられる。最近は、ことのほかご機嫌もよろしい」

言外に、よいときにいらっしゃったといっているのかもしれない。

「では左門どの、これで。またお会いできるのを楽しみにしております」

「こちらこそ。お話しできて、楽しゅうございました」

一礼して信綱が離れてゆく。左門を先導する侍がほっとしたように息をつく。確かに、松平伊豆守と対していると、少し疲れを覚えるのは確かだ。左門を見る先導の侍の目には敬意の色が浮かんでいる。知恵伊豆と親しく話ができるなど、たいしたものだと思っている様子で、口元のにやつきも消えていた。

左門は再び廊下を歩きはじめた。

すぐに座敷の一つに入れられた。ここで待つようにいって、侍は去っていった。

菊岡晋吾があらわれた。

「おう、よう来た」

弾けるような笑みを見せてくれた。それで、左門の胸は一杯になった。

「左門、元気そうだ」

「うむ、晋吾も息災そうでなによりだ」

「なんとか元気にやっておる」

晋吾が見つめてきた。

「さっそく上さまにお目にかかるか」

「お会いできるのか」

「当然だ。左門がやってくるのを、ずっと待っておられた」

「えっ、そうなのか」

「うむ。もちろん駿河大納言さまのこともあり、話をお聞きになりたいというのもあるだろうが、それよりもなによりも、おぬしの顔を見たいというお気持ちがまさっておられるのだ。おぬしがいつ来るか、首を伸ばして待っておられた」

左門は晋吾とともに、対面の間に向かった。

部屋に入り、一人平伏していると、上座に家光が着座した気配が伝わってきた。

「左門、よく来た。顔を上げよ」

やや甲高い声が頭上に降ってきた。左門は控えめに顔を動かした。

「それではよう見えぬ。遠慮はいらぬ。左門、もそっと顔を上げよ」

左門は素直にしたがい、家光の足が見えるほどに面を上げた。家光の横に晋吾が控えているのがわかる。晋吾以外に小姓はいないようだ。

「うむ、相変わらず美男だな。日に焼けて精悍さが増しておる」

左門はまだ家光の顔を見ていない。どこか、気恥ずかしさがあった。なにしろ目の前にいるのは、何度も情をかわした相手なのだ。もはや二度とそういう関係になることはないのはわかっているとはいえ、やはり昔のことはよみがえってくる。酸っぱいような感覚である。家光と左門はそういう関係である以上、互いを裏切ることは決してない。衆道《しゅどう》の仲というのは、そういうものなのである。

「会いたかったぞ」

万感の思いを込めていってくれた。

「元気そうでなによりだ」

「上さまもご壮健そのものであらせられ、それがし、安堵いたしました」

「うむ、そなたのおかげよ。体調は実によい。これなら余は長生きできそうだ」

「上さまには、是非とも長生きしていただかねばなりませぬ。そうでなければ、それがし、泣いてしまいまする」

ふふふ、と家光が快活に笑う。

「そなたに泣かれるのはなによりもつらいのう。余はがんばって長生きすることにいたそう」

「ありがたき幸せ」

左門は深く平伏した。

「それから、左門。すまぬが、四万石のことは忘れてくれ。すまぬことをした。余が考えなしであった。そなたを窮地に陥れたようだな。いくら余が将軍とはいえ、なんでも思い通りにできるというのは、思い上がりであろう」

左門は目が覚める思いだった。まさか家光がこんなことをいう日がやってくるとは、夢にも思っていなかった。家光は変わったのだ。以前は癇性で、わがままが過ぎる男だったが、年を経て、大人になったというべきか。

「左門、御墨付も破棄するようにな。承知か」

「もちろんでございます」

「今の務めが無事にすんだら、なにか代わりを与えよう。なにがよいかな」

「いえ、なにもいりませぬ」

「そういうわけにはいかぬ。手柄を立てた者に対し、なにもせずというのでは、上に立つ者の意味がない」

家光が脇息《きょうそく》にもたれた。

「左門、楽しみに待っておれ」

「はっ、承知いたしました」

さすがに左門はほっとした。家光は御墨付のことで、父の宗矩《むねのり》が眉をひそめたことを、知ったのだろう。幼い頃から苦労している人だ。人の気持ちがよくわかるのである。もともと家光は、将軍の割に人の機微に通じているところがあった。癇性ではあるが、それは繊細さの裏返しであろう。

「さて、左門。忠長のことを申せ」

「はっ、承知つかまつりました」

左門は、これまでの経緯を家光に事細かに説明した。

聞き終えて、家光が眉間に深いしわを刻む。

「そうか。あやつめ、やはり生きておるか。高崎城の死骸は別人であったか」

憎々しげにいう。

「左門、忠長の居場所を突き止める自信はあるか」

「はい、ございます」

これは誇張でもなんでもない。調べを続けていけば、必ず忠長のもとに行き着けると信じている。

「よし、探索を続行し、忠長の首を挙げよ」

「はっ、承知いたしました」

家光が体を前に出した。

「余に忠長のことでなにか聞きたいことがあるか」

「駿河大納言さまのことではなく、ただ一つございます。上さまにおかれましては、このような老人についてご存じのことはござりませぬでしょうか」

左門は才槌頭《さいづちあたま》の年寄りのことを口にした。家光がむずかしい顔をする。

「そのような妙な老人がおるのか。余にはその老人について心当たりはない。ほかに聞きたいことがあるか」

左門は頭を深く下げてからいった。

「いえ、ございませぬ」

そうか、と家光はいった。

「どうして余が忠長のことについて、そなたに調べさせたか、その理由を申しておく」

はっ、と左門は聞き耳を立てた。

「ある晩のこと、死んだはずの忠長が夢に出てきたのよ。その夢のなかで、忠長は余を見て、にやりと笑いおった。それが夢とは思えぬほど鮮やかで、余には忠長が生きているとしか思えなくなった。それで、自由に動けるそなたに命じた。そなたなら、真摯《しんし》に余の命の意味を考え、働いてくれるだろうと思ったのだ」

その言葉がありがたく、左門は畳に両手をついた。

「それで左門、これからどうする」

「紀州に行くつもりでおります」

「紀州家が忠長の一件に関わっているのか」

家光の声がひときわ高くなった。

「それはまだわかりませぬ。ただ――」

「ただ、なんだ」

左門は、剣客の木村助九郎《きむらすけくろう》のことを話した。

「木村助九郎なら、余も名は知っておる。柳生の剣客として名高い男よ。左門を襲ってきた者が木村助九郎に似ているというのは、確かに気になるな」

「はい、どうしても確かめとうございます」

家光が深いうなずきを見せた。

「ならば、左門、もう一度、紀州に行ってみるがよかろう」

左門は再度平伏した。

「はい、これよりさっそくまいります」

家光が驚愕する。晋吾も驚きの色を隠せずにいる。

「今からか」

左門は少し顔を上げた。

「はい、少しでも早いほうがよろしいかと。一刻も早く駿河大納言さまの居場所を突き止めぬとなりませぬ。かのお方がいったいなにを企んでおられるのか、暴き出しませぬと、それがし自身、枕を高くして眠れませぬ」

家光がにこりとする。その笑顔が視野の端に入り、左門は胸を衝《つ》かれた。あたたかで、どこか寂しげだった。

「そなたほどの腕の者が枕を高うして眠れぬのなら、余がそうであるのは当たり前のことだな。そう、余は忠長のことが気になってならぬのだ」

「もしやいまだに夢に出ていらっしゃるのではござりませぬか」

「その通りだ」

家光が唇を嚙み締める。

「左門、亡き者にし、余の夢から追い出してくれい」

左門は畳に両手をそろえた。

「承知つかまつりました」

「期待しておるぞ。左門、会えてうれしかった。また顔を見せよ」

直後、家光が退出した。家光の気配が遠ざかり、消えてなくなるまで、左門はその場にじっとしていた。

十

さすがに緊張を隠せない。

左門《さもん》は丹田《たんでん》に力を込めた。

なにしろ木村助九郎《きむらすけくろう》は柳生きっての遣い手なのだ。まともにやり合ったら、勝てるかどうか。その本拠である和歌山城下に到着したのである。緊張するなというほうが無理だ。

右手に三層の天守が見えている。相変わらず形のよい城で、江戸よりまぶしく感じられる陽射しをゆったりと浴びた姿は実に美しく、神々しくすらある。

左門は歩を進めた。夕暮れまで、まだ二刻以上を余している。城下は大勢の人で、にぎわっていた。江戸とは比ぶべくもないが、ひじょうに活気があり、普請《ふしん》の槌音《つちおと》も絶えず、人々の表情は明るい。景気がよく、金回りがいいのだろう。

町娘たちもなにがおかしいのか、笑顔を弾けさせつつ歩いている。

娘といえば、と左門は思った。お久《ひさ》はどうしているのか。ずっと顔を見ていない。こんなに長いこと会わないのは、左門が柳生で暮らしはじめて以来、初めてのことではないか。なにかあったのではないか。左門は眉根にしわを刻んだ。案じられる。だが、今の自分にはどうすることもできない。

江戸からここまでの道中、おのれの身にもなに一つ起こらなかった。和歌山に着いた今も身辺は静かなものだ。

果たして助九郎はこの地にいるのか。いるのならば、柳生左門が和歌山に着いたことはもう知っているだろう。襲う機会を虎視《こし》眈々《たんたん》と狙っているのだろうか。

襲われるのを待つ気など毛頭ない。ならば、すべきことは一つである。こちらから乗り込むのだ。

左門は颯然《さつぜん》と和歌山城内の道場に向かった。

道場は以前と変わらぬ風情だった。落ち着いた雰囲気が感じられる。

だとすると、助九郎はこたびの陰謀に荷担していないのか。

いや、そう決めるのは早計だろう。

本人に会って、確かめなければならぬ。

出入口を入って左門は訪《おとな》いを入れた。

奥から門人らしい男が出てきた。肩が張り、動きがきびきびしている。目に力があり、精悍《せいかん》な顔つきをしていた。

左門は一礼し、名乗った。

「柳生左門さまでございますか」

「うむ。この屋敷は一度、訪うたことがある。助九郎どのはいらっしゃるか」

旅姿の左門を見て、門人が申し訳なさそうにかぶりを振る。

「いま師範は出かけていらっしゃいます。所用で領外に出ております」

「所用というと」

「それがしも知りませぬ」

「いつ和歌山を出られた」

門人が眉根を寄せる。

「申し訳ございませぬ。覚えておりませぬ」

そんなことはないのだろうが、主人のことを軽々に話してはならないのは、当然のことだろう。

「いつ帰るか、知っているかな」

「いえ、知りませぬ」

そうか、と左門はいった。確かに、道場内に助九郎らしい気配は漂っていない。助九郎ほどの遣い手がいれば、必ず肌で感ずるものがあるはずなのだ。

「では、出直してこよう」

門人がすっと顔を上げる。

「柳生さまは、今宵は和歌山城下にお泊まりでございますか」

「うむ、そのつもりでおる。まだ旅籠《はたご》は決めておらぬが」

「田辺屋という旅籠がございます。もしよろしければ、そちらにお泊まりください。今日にでも師範が戻られたときには、お知らせすることができます」

田辺屋という旅籠は助九郎と気心を通じている宿で、襲撃の手引きをするかもしれない。あるいは左門に毒を飼う気でいるかもしれない。

だが、それでもかまわぬ、と左門は思った。相手の術中にはまり、むざむざと殺《や》られるようなら、それまでの男でしかない。それならば、先は見えている。仮に今回の危機を逃れられたとしても、いつか必ず殺られてしまうだろう。

田辺屋は、まだ建てられて間もないようで、風に揺れる暖簾《のれん》の前に立つと、木の香りが感じられた。二階建ての建物はかなり大きく、奥行きもあり、宿場の中では最もいい宿に見えた。

「今宵、泊まれるか」

暖簾を払って土間に足を踏み入れた左門は、近づいてきた番頭らしい男にたずねた。

「もちろんでございます」

「相部屋になりそうか」

「いえ、そのご心配はご無用でございます」

「ならば、世話になろう」

左門は二階の部屋に案内された。紀伊街道を見下ろせる場所だ。行きかうのは、旅人よりも、武家や町人のほうが多い。

すぐに風呂に入れるというので、ありがたく湯船に浸かった。もちろん、刀は持ち込んでいる。まだ日が高いせいか、田辺屋には他の客はほとんどいないようで、左門一人でのんびりと湯に浸かることができた。おかげで、旅の疲れがすっかり取れた。

風呂を出て、部屋でごろりと横になった。すぐさま眠気が襲ってきた。刀を抱いた姿勢で、逆らうことなく目を閉じた。仮に眠ったにしても、神経は常にそばだてている。いきなり襲われるようなことになっても、対処はできる。逆にどんなときでも眠れるようにならないと、剣客としては失格だ。


どのくらい寝たものか、左門は、はっと目を覚ました。部屋に誰かが近づいている。勘ちがいではない。尋常ならざる気配だ。全身が硬くなり、背筋を脂汗が流れる。左門は静かに身を起こし、刀の鯉口を切った。

部屋はまだ明るい。暮れ六つにはなっていない。じき夕餉《ゆうげ》が供されるだろうが、襖の向こうにいるのは宿の者ではない。

「左門どの」

声がかかった。この落ち着いた声音は、と左門は思った。聞き覚えがある。刀を元に戻してすっくと立ち上がり、襖を横に滑らせた。

角張った顔がこちらを見つめている。

「木村どの」

助九郎がにこりとする。

「左門どの、久しいな。といっても、このあいだ会ったばかりだ。あれはいつだったかな」

左門は笑みをこぼした。

「ときが経《た》つのがあまりに早いので、それがし、失念いたしました」

「まことときが経つのは早うござる」

「立ち話もなんですから」

左門は助九郎を招き入れた。

部屋の真ん中で互いに正座する。刀は双方ともに自身の右手に置いた。

「木村どの、お出かけと聞いたが、今日戻られたのか」

「さようにござる」

助九郎が大きく顎を引く。

「屋敷に戻ってみたら、左門どのがいらしたと聞き、駆けつけた次第」

「長いこと、屋敷を空けておられたのか」

「半月ほどにござる」

「どのような用件でしたのか」

助九郎が苦笑する。

「ずいぶんとたたみかけてこられるな」

左門は快活に笑った。

「性分なもので、つい。好奇の心が人より強うござる」

助九郎が顔を引き締める。

「さる要人の警護で、大坂まで行っておりもうした。大坂では十日ばかり滞在しておりもうした」

「大坂なら近いですな。その要人の名は聞いてはならぬのですね」

「さよう」

助九郎が深くうなずく。

「家中のことで少々ござってな。家が大きいがゆえ、さまざまなことが起きもうす」

助九郎が瞳に真剣な光を宿す。

「して左門どの、どのようなご用件で再び和歌山にいらしたのでござるか。それがしの動きを詳しく知りたがられたことに関係しているのでござろうな」

左門は首を縦に動かした。

「さようです。ちと確かめたいことがあります」

「なんでござろう」

左門は一つ息を入れた。

「正直に申し上げる。それがしはこのところ、忠長《ただなが》公のことで動いております」

「忠長公にござるか。上州の高崎で自害召されたと聞き及んでござる」

「それが生きていらっしゃるかもしれぬのです」

助九郎が瞠目《どうもく》する。

「まことか」

左門は助九郎の表情をじっと見ていた。この驚きようは嘘には思えなかった。

「まずまちがいないと、それがしは存ずる。その一連の探索において、それがしは狙われ続けておりもうす。このことも忠長公が生きておわす証拠だと思うておりもうす」

「それが、どうしてそれがしにつながってくるのでござるか。確かにそれがしは一時、忠長公の剣術指南役をつとめておりもうしたが、それはずいぶん前のことでござる。今は忠長公とつながりは一切ござらぬ」

左門は助九郎を見つめた。

「実はそれがし、助九郎どのとおぼしき者に襲われたのです」

言葉の真偽を確かめるように、助九郎が目をきゅっと細める。瞳には、一段と鋭い光がたたえられた。

「それがしは左門どのを襲っておりませぬ」

嘘はついておらぬ、と左門は感じた。助九郎は紛れもなく真実を吐露《とろ》している。

助九郎が切なそうな顔になる。

「左門どの、実は申し上げておかねばならぬことがござる」

苦しげに喉から言葉を吐き出す。

気持ちを落ち着けるように、助九郎はしばらく黙っていた。だが、決意したように顔を上げ、左門を凝視する。思い切ったように告げた。

「それがしには弟がいるのでござる」

左門は腰が浮きかけた。これで、助九郎が関わっているのではないかという疑いは晴れたと思った。

「まことですか」

確かめる必要などいまさらなかったが、そんな言葉が口をついて出た。

「まことでござる。忠長公が罪を得てからも、弟は離れることなくずっとそばに付き添っておりもうした」

「忠長公が高崎城で果てられたあとは」

助九郎が首を横に振る。

「帰ってきておりませぬ」

「消息が不明ということにござるか」

「さよう」

助九郎は力のない口調でいった。

「身内のことゆえ恥としか思えず、左門どのにはこの前、お伝えしなかった。忠長公のことを左門どのが調べていらっしゃるのを聞かされておれば、またちがったのでござろうが」

この前来たときは、忠長のことを話せる状況になかった。

「弟御の名は」

「迅八郎《じんぱちろう》にござる」

「遣い手でしょうな」

「むろん。それがしを上回る腕前かもしれませぬ」

それは容易ならぬ、と左門は思った。

「それがし、殿よりお許しをいただき、弟を捜しに出たのでござる。ゆえに自らも高崎まで足を運んでみもうした。残念ながら、見つかりませんでしたが」

「さようでしたか」

高崎で助九郎を見かけたのは、そういう理由があったのだ。

「左門どのの動きに対し、迅八郎が動いているのはまちがいござらぬ。襲ったのもまちがいなく迅八郎でござろう。左門どの、まことにすまぬことをした」

「いや、助九郎どのが謝られるようなことではありませぬ」

「しかし、弟の不始末にござる」

左門は話題を変えた。

「迅八郎どのは、いつから忠長公に仕えているのですか」

「幼少のみぎりにござる。まだ迅八郎が六つくらいでござったろう」

「ならば、忠長公に心酔しているのでしょうな」

「まちがいなく」

助九郎が目を光らせた。

「左門どの、忠長公はなにか企んでいるのではござらぬか」

「たとえば」

左門は即座にたずねた。

「謀反《むほん》」

助九郎がいいきる。左門は深くうなずいた。

「実はそれがしも同様のことを考えております。忠長公は、上さまを亡き者にしようとしているのではないかと思いもうす」

「上さまを亡き者にしたあとは」

「おそらく松平《まつだいら》幕府をつくろうとしているのではないかと推察いたす」

「松平幕府――。うまくいきもうすか」

「うまくいくと忠長公は思うておられるのでしょう。まわりの者もおなじでしょう」

「迅八郎もそんな策が成就《じょうじゅ》すると、考えているのでござるな」

「残念ながら」

助九郎が苦い物を飲み下したような顔になった。

「やつがこの場にいれば、素っ首刎《は》ねてやろうものを」

助九郎が真剣な目で左門を見る。

「もし迅八郎を見つけたら、左門どの、遠慮なく斬ってくだされ」

「しかし、迅八郎どのは助九郎どのに劣らぬ遣い手。そうたやすくはまいりますまい」

「気持ちの問題でござる。それがしの弟だからといって、左門どのの斬撃にためらいが生まれてはまずい。それがしのことを慮《おもんぱか》ることなく、殺してくだされ」

「わかりもうした」

「左門どのならば、必ず斬れる」

左門は小さくうなずいた。

「ところで助九郎どのは、このような年寄りについてなにか知らぬだろうか」

年の頃は七十を超え、よく光る目をしており、物言いと物腰は飄々《ひょうひょう》とし、人目を引く才《さい》槌頭《づちあたま》をしている。

「才槌頭……」

腕を組み、助九郎が思い当たるようなことがあるように、考え込む。

「その年寄りならば、泉州《せんしゆう》堺で一度、見かけたことがあるかもしれぬ。同じ年寄りかどうかはわからぬが、よく似ていると存ずる」

宙を見つめた助九郎が目の前に面影を引き寄せたように続ける。

「ひじょうに雰囲気のある老人にござった。その姿を一目見たとき、いったい何者なのか、それがしも知りたいと強く思いもうした。目が自然に引き寄せられましたな」

とっさに左門は体を前に乗り出した。

「堺のどちらでご覧になった」

「とある寺の門前でござる」

「寺の名は」

「確か、文克寺《もんこくじ》といったように思いもうす」

左門はその名を胸に刻みつけた。

「左門どの、堺に行かれるのでござるか」

「さよう。今日にでも行きたい気持ちはありますが、明日の早朝、向かうつもりでおります」

ふっと息をついて助九郎がうらやましそうな顔つきをする。

「左門どの若さと自由さがうらやましい。できればそれがしも同道したい。だが、それはかなわぬ。主家持ちはこういうところがつらい。身動きがままならぬ」

静かに動いて助九郎が両手を畳につく。

「左門どの、もしそれがしが必要なときは遠慮なく呼んでくだされ。主家持ちといえども、必ず飛んでゆくゆえに」

助九郎は、できることならば、迅八郎を自分で討ちたいと思っているのだろう。確かに、余人に任せるよりもずっといい。

胸を打たれ、左門は頭を下げた。

「助九郎どのがいらしてくれるなど、これ以上心強いことはない。必ずお呼びいたします」

感謝するように、助九郎もこうべを垂れていた。

十一

欄干《らんかん》がめぐる二階建ての山門が、道行く者を睥睨《へいげい》している。のしかかってくるように巨大だが、長年の風雪に耐えてきた風格が見る者に威厳を感じさせる。門前には目にまぶしい白砂が敷き詰められ、すり減った二基の古灯籠《ふるどうろう》が据《す》えられている。

山門に掲げられた扁額《へんがく》には『文克寺《もんこくじ》』と墨書で黒々と記され、来る者は拒まずという風情《ふぜい》であけ放たれた門の向こう側には、二尺四方ほどの四角い敷石がびっしりと敷《ふ》いてある。石畳は半町先に建つ本堂にぶつかって終わっており、巨大な屋根にのった瓦の群れが西日を鈍く弾いていた。

堺といえば、と左門《さもん》は思った。商人の町のはずだが、これだけ宏壮で立派な寺もあるのだ。いや、むしろ檀家である富裕な商人たちの寄進のおかげでこれだけの寺が建立《こんりゅう》され、維持できているのかもしれない。

木村助九郎《きむらすけくろう》が、この寺の門前で例の老人を目にしたのは、一年ばかり前のことだ。紀州《きしゅう》から近いこともあって、助九郎は堺にはよく足を運ぶという。茶道の友垣がいるそうだ。寛永《かんえい》十二年（一六三五）に明《みん》や阿蘭陀《おらんだ》など他国の船は長崎のみに入港が限られるようになり、堺はずいぶん衰えたとの風聞を耳にしたが、今でもさまざまな異国の文物を目にできる。そのことも助九郎の心を弾ませるのだそうだ。

左門もそういう物を見るのは好きだが、やはり全盛期の堺を目の当たりにしたかったと思わざるを得ない。衰えたのは紛れもない事実なのだ。当時はきっと、見慣れぬ衣服に身を包んだ南蛮人が、聞いたこともない言葉を声高にしゃべりながら、盛んに行きかっていたのだろう。日本とは思えない場所だったのではあるまいか。

文克寺の両隣は、茶店と酒問屋である。きなこ餅の幟《のぼり》を掲げた茶店は文克寺の参詣人を当て込んで、ここに店を出しているのだろう。寺にいくばくかの金を払っているのかもしれない。酒問屋は、般若湯《はんにゃとう》と称してこっそり酒を飲むのを楽しみにしている寺の者も得意客としているのかもしれない。

文克寺の界隈は、かなりにぎわっている。門の反対側には二階建ての料理屋があり、

『波山《はざん》』と看板が出ていた。まだ明るさがだいぶ残っているのに、すでに酒宴をはじめているらしい者たちの哄笑《こうしょう》が障子越しに降ってくる。

文克寺の境内《けいだい》に足を踏み入れた左門は、低い読経の声を聞いた。よい喉をしていると思った。作務衣《さむえ》を着込んで掃除をしている寺男に声をかける。

「はい、なんでしょう」

箒を持つ手を止め、まだ二十代と思える寺男がきりっとした眼差しを向けてきた。寺男ではなく、修行僧かもしれない。

「ききたいことがあるのだが」

箒を松の大木に立てかけ、修行僧が姿勢をあらためる。

「はい、拙僧に答えられることでございましたら」

「それがしは柳生《やぎゅう》左門と申すが、さる年寄りを捜している」

「柳生さま……」

修行僧が興味深げな光を瞳にたたえる。

「天下流の柳生新陰流の柳生さまでございますか」

「さよう」

修行僧が畏《おそ》れ入ったような顔をする。

「それで、どのようなお年寄りでございましょう」

「名はわからぬ。歳は七十を超え、よく光る目をしているが、どこか飄々《ひょうひょう》としており、憎めぬ感じの男だ。めったに見ることのない才槌頭《さいづちあたま》の持ち主でもある」

はて、といって修行僧が考え込む。

「拙僧は存じません」

「住職はどうかな」

「夕刻のおつとめの刻限でございます。じき終わりましょうが、その人物については拙僧がうかがってまいりましょう」

一礼し、体をひるがえした修行僧が走り出す。

風が吹き、境内の木々を騒がせる。五羽の雀が鳴きかわしつつ、じゃれ合うように目の前を飛び去った。頭上を見上げると、ちぎれ雲が形を変えつつ北に向かって動いていた。上空は相当の風があるようだ。今はよく晴れているが、この分では夜半に天候は崩れるかもしれない。

読経が終わってしばらくして、先ほどの修行僧が駆け戻ってきた。

「お待たせいたしました」

「いや」

「住職に柳生さまのことをお話しいたしましたら、お通しもうせと叱られてしまいました」

「いや、それはけっこう。して、住職はなんと」

「ご存じないとのことでございます」

さようか、と左門はいった。

「ほかの者に当たってみることにしよう」

「柳生さま。お役に立てず、まことに申し訳なく存じます」

「いや、かまわぬ。忙しいところ、手間を取らせ、かたじけなかった」

礼をいって左門は袴の裾をひるがえした。

石畳を歩き、門をくぐり抜ける。そのとき後ろから小走りに足音が聞こえた。

近づいてきたのは、先ほどの修行僧と同じように作務衣を着ているが、ずっと歳を取った男だ。顔がしわ深く、どこか意地汚く見える。今度こそまちがいなく寺男だろう。

なにか用事でもあるのかと思ったら、門を閉めはじめた。じき暮れ六つになる。その前にこの寺は閉門することにしているのだろう。

扉の閉まる重い音を背後に聞きながら、さてどうするか、と左門は考えた。どこに行けば才槌頭の老人のことがわかるか。不意に木のきしむ音が耳を打ち、左門はくぐり戸があいたのを知った。

門を閉めた寺男が外に出てきた。なにか話があるような顔つきに見えた。

「あの、もし」

「なにかな」

左門は寺男にいった。

「いま才槌頭のお年寄りについてお聞きになっていらっしゃいましたか」

「うむ。そなた、知っているのか」

「もしやあのお方かもしれません」

「話してくれ」

「あの、その前に、よろしいですか」

意地汚そうな顔がさらに下卑《げび》たものになった。

「よかろう」

懐を探って財布を取り出し、左門は豆板銀《まめいたぎん》をつまみ出した。

「これでよいか」

しわだらけの手のひらに落とす。

「恐れ入ります。寺男などやっておりますと、なかなか実入りがないものですから」

うやうやしく受け取り、寺男は大事そうに懐にしまい込んだ。

「それで才槌頭の年寄りのことだ」

はい、といって寺男が小腰をかがめる。

「三月《みつき》ばかりまえのことですが、そちらの波山さんから出てきた人が、人とは異なる才槌頭だったような気がいたします」

左門は振り向いた。文克寺向かいの料理屋である。提灯《ちょうちん》に灯が入れられ、その弱々しい光に照らされて、商人らしい者たちが暖簾《のれん》を次々に払ってゆく。

目を戻し、左門は寺男にただした。

「才槌頭の年寄りについて知っていることは、それだけか」

「はい、さようにございます」

しらっとした顔で答えた。

これでも確実に進展である。左門は寺男に礼をいい、波山に入った。

「いらっしゃいませ」

年増の女中が寄ってきた。まばゆいものを見るように、しきりに瞬きして左門に目を当てている。

「お待ち合わせですか」

「いや、ちがう」

「さようにございますか」

女中が済まなそうな顔になる。

「まことに申し訳ないのでございますが、今夜はすでに予約で一杯なのでございます」

「いや、客ではないのだ。忙しいときに済まぬが、そなた、こういう者を知らぬか」

才槌頭の年寄りのことをきいた。

「ええ、そのお年寄りなら、覚えてますよ」

「名を知っているのか」

「お名は存じません。初めてのお客でございました。しかし、店の中を懐かしむように見渡していらしたので、昔、いらしたことがあるのかもしれません。なにしろ目立つ頭をされていました。なにやら光輪に包まれたようなお方で、私はよく覚えておりますよ」

「一人で来ていたのか」

「いえ、ちがいます」

「誰と一緒だった」

目を床に落とし、女中が考え込む。左門に才槌頭の年寄りのことを話したのを、後悔した顔つきになっている。やがて顔を上げ、左門を見た。

「失念してしまいました」

才槌頭の年寄りと一緒にいたのは店の得意客なのだろう。それが誰なのか、この女中はいう気はないのだ。そのあたりは老舗《しにせ》として当然のことである。客のことをべらべら話したら、築き上げてきた信用にかかわる。

脅せば、さすがに口を割るだろうが、そこまではしたくない。このあたりは、苛烈で知られる柳生らしくない。自分でもよくわかっているが、生まれつきで、変えようがない。

左門は波山を出た。

未練を持つことなく、才槌頭の年寄りが誰と一緒だったか、どうやれば知ることができるか。

先ほどの寺男がすっかり暗くなった中、箒で道を掃いていた。なにかいいたげな顔で左門を見つめている。

「まだ話すことがあるのか」

いいながら左門は近づいた。

「一つだけ」

寺男が人さし指を立てた。左門はまた豆板銀を一つ与えた。

「お侍は気前がよろしいですな。波山で色よい話は聞けましたか」

「いや、たいしたことは聞けなんだ」

「さようでございましたか。才槌頭のお年寄りが商人らしい男と一緒だったのは、お聞きになりましたか」

「店の得意客と一緒だったことだけだ。商人なのか」

「はい、身なりはそうでございましたよ。店先に一挺の駕籠が来て、商人のほうが乗り込もうとしていました。二人はずいぶん親しげでしたよ。目を見交わしては、互いに微笑していらっしゃいましたから」

「駕籠には商人が乗ったのか。年寄りのほうはどうした」

「提灯をつけて歩いていかれました」

「そなた、その駕籠を使った商人が誰か、知っているのだな」

寺男がにんまりし、左門を見上げる。左門は小遣いをやった。

寺男の口がさらになめらかになった。

「あの商人が誰かは存じませんが、この町の者であるのは確かです。駕籠屋は糸田屋といって、ここ堺ではよく知られた駕籠問屋ですよ」

左門は糸田屋に足を運んだ。

明々と提灯が灯された店の前には、十挺ほどの駕籠があった。明かりの輪の中で駕籠かきたちが煙管《キセル》を吹かし、談笑している。得意先の店などに呼ばれるのを待っているのだ。これから稼ぎどきなのだろう。

「波山によく行くのは誰だ」

駕籠かきたちのあいだに分け入るようにして、左門は声をかけた。

「お侍、なんの用ですかい」

がっしりとした一人がきく。この男が駕籠かきたちをまとめているようだ。

「波山の客について聞きたいことがある」

「あっしらは、お客について話すような真似はしませんぜ」

「これならどうだ」

左門は一枚の小判を駕籠かきたちの前に掲げた。提灯の明かりを受けて、まばゆく輝く。

「げっ」

腰を浮かせた駕籠かきたちが目をみはる。

「どうだ、ほしい者はおらぬか」

「お侍、本当にくれるんですかい」

まとめ役の男が小ずるそうな光を目に浮かべる。

「嘘はいわぬ」

「波山の客といいましたけど、誰のことをききたいんですかい」

「三月前のことだ。波山に才槌頭の年寄りがいた。その年寄りと一緒にいた商人を捜している」

「才槌頭の年寄りですかい」

まとめ役の男が首をひねる。

「波山へは、誰もがよく行きやすがね。あっしはその年寄りは知らねえ。おい、誰か心当たりがある者はいるか」

「はい、覚えてやすぜ」

一人の男が手を上げた。

「おう、安吉《やすきち》。小判が手に入るかどうかの瀬戸際だ。早くいいな」

「親方、小判の分け前はいただけるんでしょうね」

「当たり前だ。俺が分け前をやらねえことがあったか」

「はあ、はい、わかりやした」

歯切れの悪いいい方をして、安吉と呼ばれた男が下を向いた。なにやらぶつぶつつぶやいている。

「なに、ごにょごにょ、いってやがんだ。早くいわねえか。どやしつけるぞ」

「すみやせん」

あわてて安吉が頭を下げる。

「あっしも才槌頭の年寄りが何者かは知りやせんが、商人のほうは知ってやすぜ。湖西屋《こさいや》ですよ」

「湖西屋というのは何者だ」

「薬種問屋です」

「この町の者か」

「ちがいやす。この町にはなじみらしくて、よくいらっしゃるんですが、お店は大坂にありやす」

今度は大坂か、と左門は思った。とにかく行かねばならぬ。

十二

薬種、と太く書かれた看板が建物の横に張り出している。風雨に長いことさらされて、看板自体かなり傷《いた》んできているが、字は何度も書き直されているらしく、墨は黒々と鮮やかだ。

建物の屋根には湖西屋《こさいや》と記された壮麗な扁額《へんがく》が掲げられ、通りを睥睨《へいげい》している。なにに効用があるのか、葛香丸と墨書された招牌《しょうはい》が路上に置かれている。これはなんと読ませるのだろう、と左門《さもん》は心中で首をかしげた。『かっこうがん』だろうか。

すでにだいぶ暗くなってきており、道を行きかう者は数を減らしつつある。通り沿いの飯屋の提灯《ちょうちん》に、早くも灯がともりはじめていた。

ただし、と左門は思った。忍び込むのにはあまりに刻限が早い。ときを潰す必要がある。

左門は、明かりがほんのり灯されている湖西屋の店内に目を向けた。薬を買い求める客の姿が、薬種と白く染め抜かれた藍色の暖簾《のれん》奥の土間に見えている。

自らの症状を訴えているのか、深刻そうな顔つきで話す隠居らしい年寄りの応対をしているのは、若い手代のようだ。相手の顔をしっかりと見つめ、しきりに深くうなずく態度に好感が持てる。

土間の先は二尺ばかり上がった畳敷きの間になっており、帳場格子の中には三人の男が座り込んで、真剣な顔つきで文机の上に目を落としている。帳簿を丹念に見ているようだ。

あの三人の中に、この店のあるじはいるのだろうか。

帳場の左側の壁一面に、小さな引出しがたくさんついた棚が設けられている。引出しの数は、百ではとてもきかない。あの中に、さまざまな薬種が入っているのだろう。

外から見る限り、湖西屋はまともな薬種商に思える。だが、この店のあるじは例の才槌《さいづち》頭《あたま》の年寄りと、堺にある波山《はざん》という料理屋で一緒だったのだ。

左門は、とにかく中に入ってみることにした。店の雰囲気を知ることも重要だろう。

ごめん、と暖簾を払う。

「いらっしゃいませ」

年寄りの相手をしている手代が左門に向かって、元気のよい声を放つ。

いらっしゃいませ、と帳場格子の中にいた一人が立ち上がり、もみ手をしつつ左門に近づき、一礼する。

「どこか具合がお悪いのでございますか」

左門を見る目には、真摯《しんし》さが感じられた。角張った顔には、薬のことならなんでも聞いてほしいという深い経験に裏打ちされたものが見て取れた。この男は番頭だろうか。

「ちと風邪気味でな」

いいながら左門は店の中の気配を探った。別にいやな雰囲気は漂っていない。あの才槌頭の年寄りらしき者の気配を感じ取ることはできない。つまり、今はここにいないということだろう。

「でしたら、よいお薬がございます」

男がはきはきとした口調でいった。

「お客さまのお顔色は、さほど悪いように見えません。風邪の引きはじめというところだと存じますが、いかがですか」

「その通りだ。その薬はよく効くのだな」

「服用して早めに就寝なされば、翌朝は嘘のように爽快でございます。手前も寒けを感じたときなど、すぐ飲むようにしております。葛香丸《かっこうがん》と申します」

「外の招牌の薬だな」

「さようでございます。手前どもで最も売れている薬の一つでございます」

「飲んで寝れば一晩で治るのか。ならば、一つもらおう」

「ありがとうございます。銀五匁《もんめ》になります」

「けっこうするな」

「特に選んだ生薬を用いているものでございますから、どうしてもお高くなってしまいます。これでも一所懸命、値を抑えているのでございますが」

「まあ、よい。代のことはいわぬでおこう」

懐から財布を取り出し、左門は二つの豆板銀《まめいたぎん》を取り出した。

「これで足りるか」

豆板銀は大きさがまちまちで、重さが一定していない。

「少々お待ちください」

二つの豆板銀を受け取った男が、帳場格子の横に置かれた秤《はかり》の前に座る。片方の皿に二つの豆板銀をのせ、もう一方の皿に重しをのせた。

「はい、ちょうど五匁でございます」

男が笑みを浮かべて答え、すぐに薬の用意をはじめた。

「こちらでございます」

左門に紙包みを手渡す。

薬を手にした左門はしげしげと紙包みを見てから、袂《たもと》に落とし込んだ。

「夜に飲めばよいのか」

「さようにございます。夕餉《ゆうげ》のあとに服用なさってください」

「承知した。では、これでな」

「ありがとうございました。またのお越しをお待ちしております」

「この薬を飲んで、もし治らなかったなら、怒鳴り込むかもしれぬぞ」

男が自信たっぷりに首を振る。

「その心配はまったくございません」

「それを聞いて安心した」

にこりと笑った左門は暖簾をくぐって外に出た。隠居らしい年寄りは、まだ話し込んでいた。

すっかり暗くなった通りを左門は歩いた。

ふむ、まともな店だったな。

だが、それは表向きのものに過ぎなかろう。奉公人たちはなにも知らず、商売にひたすら励んでいるのではないか。あるじだけが裏の仕事に精出しているのに相違あるまい。

左門は、湖西屋の近所に旅籠《はたご》を見つけた。和泉屋《いずみ》という看板が軒に下がっている。

「通りに面している部屋がよいのだが、空いているかな」

和泉屋の土間に立った左門は、寄ってきた番頭らしい男にたずねた。

「はい、ございます」

「相部屋も避けたいのだが」

「大丈夫でございます。今日は部屋に余裕がございますので。お客さま、夕餉はどうなさいますか」

「今から用意できるのか」

「もちろん用意できます。お風呂はすぐに入られますか」

「夕餉の前に入れると、ありがたいな」

「それも大丈夫でございます」

階段を上がり、左門は二階に案内された。旅籠の間口は狭いくらいだったが、中はなかなか広く、部屋は優に二十近くあるのではあるまいか。余裕があるとの言葉に偽りはなく、すべての部屋が埋まってはいないようだが、大勢の者が和泉屋を今宵の宿にしているのはまちがいない。そこかしこから泊まり客らしい者たちの声が響いてくる。和泉屋はざわめきに包まれていた。

左門が通されたのは掃除が行き届いた六畳間で、畳もさほど古くはない。少なくとも、すり切れてはいなかった。

「よい部屋だな」

左門は畳を突っ切り、窓障子をあけた。確かに、すぐ下を通りが走っている。首を伸ばし、顔をのぞかせると、半町ほど先に湖西屋が見えた。

「お客さま、宿帳をお願いできますか」

正座した番頭が帳面と筆を差し出してきた。

筆を手にした左門は、本名をすらすらと書いた。別に隠すことでもない。隠したところで、ばれるときはどんな手を使ってもばれるものだ。

「柳生《やぎゅう》さまでございますか」

宿帳を見つめて番頭が瞠目《どうもく》する。

「もしや高名な大和国《やまとのくに》の柳生さまのご関係でございますか」

「まあ、そうだ。それに記したように、俺は江戸から来たのだが」

「あの、失礼ですが、ご身分は」

「さる家中に仕えている。それがどこかはいえぬ」

「さようでございますか。大坂には、どのようなご用件でいらしたのですか」

「いろいろきくのだな」

番頭が済まなそうに身を縮める。

「申し上げにくいのでございますが、御上がたいそう……」

「うるさいのか。今の世、不逞の浪人が巷にあふれておるゆえ、仕方あるまい」

「はい、辻斬りなども頻繁に起こっております。まこと物騒な世の中でございます」

「俺は辻斬りなどせぬから、安心してくれ」

「あっ、はい、もちろんでございます」

番頭があわてていう。

「大坂には見物に来たのだ。これまでほとんど来たことがなかったゆえな。——そうだ、宿代は先払いしておこう。そのほうがおぬしも安心だろう」

「ありがとうございます」

番頭が深々と頭を下げる。

「二百七十文になります」

「銀に換算すると、何匁になる」

「今の相場で一匁がだいたい六十七文ですから、四匁というところでございます」

左門は財布を取り出し、二つの豆板銀をつまみ出した。

「これで四匁あるだろう」

「では、ただいま計ってまいります」

番頭が襖《ふすま》をあけて姿を消した。

待つほどもなく戻ってきた。

「柳生さまのおっしゃる通りでございました。こちらがお釣りでございます」

八文が手渡された。

「あの、柳生さま。飯盛女はいかがいたしますか」

もみ手をして番頭がきく。少しだけ卑しい顔つきになっていた。

「いや、いらぬ」

女を抱く気はない。

「さようでございますか」

番頭は少し残念そうだったが、無理強いはしてこなかった。

そのあと左門は風呂に入った。四人が同時に浸かれるような湯船で、先客が二人いたが、左門と入れ替わるように出ていった。

風呂を出たら、夕餉の支度ができていた。

膳のものに、毒は入っていなかった。入っていたら入っていたで、すでに覚悟はできている。左門に、運命にあらがうつもりはない。

宿の者に布団を敷いてもらい、左門は体を横たえた。目を閉じると、一気に眠気が襲ってきた。


目が覚めた。

二刻は眠ったのではないか。

疲れはすっかり取れている。実に爽快な気分だ。これだけゆっくり眠ったのは、いつ以来だろう。

騒がしかった宿内の喧噪も絶えている。ときが凍りついたかのように静かだ。

床から立ち上がった左門は手ぬぐいを顔に巻き、刀を帯びた。袴の股立《ももだち》を取る。

窓障子をあけ、外を見た。

真っ暗だ。空は雲が覆っているようで、星の瞬きはどこにも見えない。月の姿もない。

刻限はすでに九つくらいだろう。

路上に人けはまったくない。酔っ払いがなにか叫んでいるのが聞こえてきたが、それもすぐに遠ざかっていった。犬の遠吠えが夜空に尾を引いて流れてゆく。

ちょうどよい刻限だな。

心でうなずいた左門は窓枠から下の庇《ひさし》に足をのせた。庇から地上まで、高さは一丈ほどしかない。左門はためらうことなく、庇を蹴った。

次の瞬間、まったく物音を立てることなく、路上に降り立っていた。

道を歩き、湖西屋の前で足を止めた。

裏手に回る。こちらには高い塀がめぐらされていて、忍び返しも設けられているが、左門には関係ない。軽々と塀を乗り越えた。

湖西屋の敷地に入り込んだ左門は、母屋の前に立った。すべての雨戸が閉められている。

身をかがめ、縁の下に入り込む。

地上から一尺ばかり高くなっており、身動きにほとんど不自由はない。柳生の者なら、この程度のことはお手の物だ。柳生は、もともと忍びを生業《なりわい》としているといってもよいくらいの家なのだ。

左門は頭上の気配に注意を払いつつ、縁の下を這いずり回った。

ふと人の声が耳に届いた。左門はそちらに向かった。

――ここだな。

息を詰め、耳を澄ませる。

母屋の中で最も奥まった部屋だろう。

頭上から聞こえてくるのは、男と女の語らいだ。あるじ夫婦の部屋らしい。

「元気にしているのでしょうか」

響いてきたのは女の声だ。

「元気にしているさ」

励ますような男の声が続く。

「九州は初めてでしょうに」

誰かが九州に行っているのだ。

「二人とも若い。慣れない土地とはいえ、きっと大丈夫だ」

「銀一《ぎんいち》はともかく、清二《せいじ》はまだ十八ですよ」

「わしが十八の頃は、すでに異国に行っていたものだ。九州くらい、なんということもない。同じ日の本の国だ」

「しかし……」

「二人とも、わしらのせがれだ。おきさ、もっと信用してやらんか」

「私がおなかを痛めて産んだ子たちですよ。心配なのは当たり前です」

「二人とも、しっかりしている。しっかりしているからこそ、殿も連れていってくださったのだ」

殿だと、と左門は思った。誰のことを指しているのだろう。

「もちろんわかっているのですが、清二はもともとおなかが弱くて、よくくだしました。こちらとは異なる食べ物に、体を悪くしていないか、どうしてもそればかり考えてしまいます」

「具合など悪くならんさ。わしは何度も九州に行っているが、一度も腹を壊したことはない。それに、清二はもう幼子ではない。昔とちがい、ずいぶん丈夫になったぞ」

「あなたさまのいう通りなのはわかっているのですが」

「わかっているのならよい。おきさ、もう寝るか。明日も早い」

「わかりました。繰り言を申して、すみませんでした」

「なに、気にせずともよい。おまえはわしの大事な女房だ」

会話が途絶えた。

やがて男のものらしい、いびきが聞こえてきた。女房のほうはなかなか寝つかれず、しきりに寝返りを打っているようだが、それでもようやっと寝息をたてはじめた。

それを聞き届けて、左門は縁の下を抜け出した。

湖西屋の二人の息子は、殿という人物にしたがって九州に行っている。

――殿とは誰なのか。

ほっかむりを取り、足早に道を歩きつつ左門は考えた。

だが、考えたところでわかるはずもない。調べなければならない。

宿の和泉屋の前に来て、左門は立ち止まった。ひらりと跳躍し、庇の端をつかんで体を持ち上げる。窓障子をあけ、部屋に入り込んだ。

窓障子を静かに閉め、ひんやりとした布団に横たわる。ふう、と息が口をついて出た。目をつむる。この刻限では、調べようにも、なにもすることがない。睡眠を取り、少しでも体を休めたほうが得策だろう。

早朝、左門は和泉屋の番頭に湖西屋のことをきいたが、あるじの出自のことなど、なにも知らなかった。

湖西屋の商売敵はないかをたずねると、高味屋《たかみ》という店がございます、と答えた。

さっそく左門は高味屋に向かった。

「風邪気味なのだが、よい薬はないかな」

高味屋の店内に入った左門は、番頭らしい、歳がややいった男に告げた。

「でしたら、橘高丸《きつたかがん》という薬がございます。これは風邪には最高の効き目でございます」

男が口から泡を飛ばすようにいう。

「偽りではないな」

左門は念押しした。

「実は昨日、葛香丸という風邪薬を買い求めたのだが、まったく効かなんだ。店の者は自信満々だったのに」

ごほごほ、と左門は大袈裟に咳き込んでみせた。

「それはお気の毒に。葛香丸といえば、湖西屋さんですね。あの薬も、風邪にはよく効くのでございますよ。しかし、お客さまには合わなかったのかもしれませんね」

「まったく合わなんだ。あの湖西屋という薬種問屋は、まやかし薬を売っているのではないのか」

「さすがにそのようなことはないと存じますが……」

男はどことなくうれしそうだ。

「湖西屋というのは何者だ」

「もともとは薬種問屋ではございません」

番頭を見つめ、左門はただした。

「以前は別の商売をしていたのか」

「湖西屋のあるじの弦右衛門《げんえもん》さんは、以前は小西《こにし》さまのご家臣ではないかという噂がございますから」

「小西さまというと摂津守《せっつのかみ》か」

小西行長《ゆきなが》のことだ。

「さようにございます」

「小西摂津守といえば」

左門はつぶやいた。

「薬種問屋のせがれだったな」

小西行長は関ヶ原の戦いで西軍について敗れ、京の六条河原で首を刎《は》ねられた。キリシタン大名としてつとに知られている。

「では、湖西屋という名は、小西から取ったのだな」

「さようにございましょう。『こさい』は『こにし』と読めますから」

殿、というのは何者だろうか。

左門は考えた。行長のことを指すのか。いや、実は忠長《ただなが》のことではないのか。湖西屋のあるじ弦右衛門を脅してみるか。

いや、やはり行長や忠長のことではないだろう。小西行長の血縁をいっているのではないか。きっとそうにちがいない。

「小西摂津守には、子がいたな」

「はい、さようでございますが……」

番頭は、どうして目の前の侍がこんなことをいい出したのか、面食らっている。

「おぬし、小西摂津守の子の消息を存じているか」

番頭の困惑などにかまっている場合ではなく、左門はなおも問うた。

「いえ、存じません」

「誰か知っている者に心当たりはないか」

番頭が少し考えた。

「もしかするとでございますが、鍵山《かぎやま》さまがご存じかもしれません」

「それは何者かな」

「公兵衛《こうべえ》さまとおっしゃいまして、うちのお得意さまの一人でございます。石田治部少輔《いしだじぶしょうゆう》さまの家臣だったお方で、小西摂津守さまのお屋敷にもよく出入りしていたと、うかがったことがございます。ですので、ご子息のことについて、あるいはご存じかもしれません」

どうして小西行長の子のことをそんなに気にするのか、と番頭の顔に書いてある。

「その鍵山という者は、この近くに住んでいるのか」

はい、といって番頭が住みかを教える。それを左門は頭に叩き込んだ。

「かたじけない。忙しいところ邪魔をしたな」

「あの、橘高丸はいかがいたしましょう」

番頭があわててきく。

「もちろんもらおう。おぬしのていねいな応対には満足している。いくらだ」

「五匁にございます」

「葛香丸と同じか」

「効き目は、比べものになりません」

番頭が自信たっぷりにいう。

新たな紙包みを受け取った左門は暖簾を外に払い、通りを歩きはじめた。

鍵山公兵衛は、こぢんまりとした家に一人で住んでいた。歳は六十をいくつか過ぎているだろう。しわ深い顔をしているものの、背筋はしゃんと伸びており、身ごなしも軽い。この分ならあと十年や二十年は楽々と生きそうだ。

「柳生どのが、小西摂津守のせがれについて知りたいのか。なにゆえ知りたいのかな」

日当たりのよい縁側にあぐらをかき、公兵衛がどんぐりまなこを光らせて問う。

縁側に腰を下ろして、左門は答えた。

「それがしには行方を追っている者がおるのだが、小西摂津守の子が関係しているのではないかという疑いが浮かび上がってきた」

「おぬし、誰を追っておる」

左門は微笑した。

「それはいえぬ」

「だろうの」

うなずいて、公兵衛が唇をなめた。

「小西摂津守には、三人のおのこがいた。長男は兵庫頭行友《ひょうごのかみゆきとも》といい、毛利家に殺された」

「なにゆえ毛利家がそのような真似を」

「小西摂津守は嫡男である兵庫頭を、関ヶ原の合戦の前に毛利家に預けていた。残念ながら関ヶ原の合戦に敗れ、摂津守は首を刎ねられた。自家の存続を図った毛利公は、安全な場所に移すという言葉でまだ十二歳だった兵庫頭を謀殺したのだ。その首を恭順の印として徳川公に差し出そうとしたが、拒否されたそうよ」

「ほう、そのようなことがあったのか」

「毛利家は認めたがらぬだろうが、これは紛れもない事実よ」

家を生き残らせること。武家にとって、これが至上のものだ。そのためなら、人一人の命を奪うくらい、屁とも思わない。

「そのほかの二子は」

「兵庫頭のすぐ下の弟は與助《よすけ》という。諱《いみな》は秀貞《ひでさだ》だ。與助は関ヶ原の戦いののち、讃岐《さぬき》に逃れたと聞いた。幼少時から宇喜多《うきた》家に預けられていた。今は讃岐の西蓮《さいれん》寺という寺の住職になっているという噂を聞いたことがある」

西蓮寺か、と左門は思った。今度は讃岐に渡ることになるのだろうか。

「與助は秀北《しゅうほく》という法名を名乗り、檀家に大事にされているそうだ。子もなし、どうやら讃岐で骨をうずめるつもりだという噂も耳にしたぞ」

ならば、小西與助は、湖西屋の弦右衛門夫婦がいう殿ではないのか。

「末子は」

「九州にいるらしい」

こいつだ、と左門は確信した。

「名は」

「小西弥左衛門《やざえもん》だ」

「弥左衛門……」

「関ヶ原の合戦ののち、肥後《ひご》の加藤家を頼って落ちていったそうだ。小西摂津守と加藤主計頭《かずえのかみ》（清正）とは犬猿の仲だったと聞くが、おそらくそれを隠れ蓑としたのだろう。加藤家が改易《かいえき》されたのちは、肥前《ひぜん》の有馬家に仕えたそうだ。有馬家はキリシタン大名として知られているからな。弥左衛門もキリシタンだ」

「では、弥左衛門は今も有馬家にいるのか」

「それはわからぬ。有馬家に仕えたということまでは、わしも聞いているのだ。もしやすると、とうに退転しているかもしれぬな」

とにかく九州に行かねばならぬ、と左門は思った。

これまでいろいろなところに行ったが、九州は初めてだ。探索のためとはいえ、心が躍るのを抑えられない。

第三章

一

吐息が流れた。

そのせいでもあるまいが、行灯《あんどん》の炎が揺れ、かすかに煙があがった。

ちらりと煙を目で追って、菜右衛門《さいえもん》は忠長《ただなが》に瞳を戻した。

「どうされました、大納言さま」

両手を膝にそろえ、たずねる。

「ずいぶんと難しい顔をされていらっしゃるではありませんか」

顔を上げ、忠長が厳しい目を当ててくる。

「当たり前よ。余は、あの男が目障りで仕方ない。うっとうしくてならぬ」

「柳生左門《やぎゅうさもん》のことでございますな」

むう、と忠長がうなる。

「その名を聞いただけで、虫酸《むしず》が走るわ。いらいらしてならぬ。樽留屋《たるどめ》、そのほう、あの者を始末できぬか」

きつい口調でいわれて菜右衛門は、やんわりと微笑を返した。

「手前は、人殺しを商売にしているわけではございません」

顔をゆがめ、忠長がにらみ据えてくる。

「それが返事か」

「御意」

「人殺しのための道具はいくらでも用意するが、自らの手は汚さぬか」

「手前は商人《あきんど》でございますから」

さらりといって菜右衛門は畳に両手をつき、忠長を見つめた。

「大納言さまは、柳生左門がさほどにお気にかかりますのか」

「かかる。かかってならぬ。あの男にすべてを台無しにされるような気がしてならぬ」

「ほう、柳生左門がそこまでの男だと思われますか」

「そのほうはどう思う」

身を乗り出し、眉根にしわを盛り上がらせて忠長が問う。

「そのほう、何度か、やつとは会っているのであろう」

会っております、と菜右衛門は首を縦に動かした。

「確かに、あまり敵に回したくはない男でありますな。一見、優男《やさおとこ》に見えますが、腕はひじょうに立つ上、頭の巡りも決して悪くありません。なにより、一人でいることをまったく恐れません。これは、柳生左門の強みといえましょう」

「樽留屋。一人でいることを恐れぬのは、よいことか」

「守ってくれる者がおらぬのに、それを気にかけぬというのは、腹が据わっているだけでなく、おのれに相当の自信を抱いている証《あかし》でございましょう。過信でなく、自分に自信がある者は強うございます。それに、常に一人でいる以上、なにごとも一人で考え、一人で決断し、一人で動くことを習い性にしております。下手な軍議を行ってときを潰すようなことはありません。すべて迅速に自分がしたいように行えます。このことは、まちがいなく強みといえましょう」

唇を嚙み締めて、忠長がわずかに苦い顔をした。

「べた褒《ぼ》めではないか」

「べた褒めにもなりましょう。敵ながらあっぱれな男でございます。手前にも、あのようなせがれがほしゅうございます」

「そのほう、子はおらぬのか。なんなら樽留屋、今からでもつくればよいではないか」

「いえ、今からではさすがに無理でございましょうな。仮にできたところで、あのような者は得られますまい」

「樽留屋、そのほう、いくつになった」

「七十三でございます」

「ふむ、我が偉大なる祖父上も、最後のお子は六十三のときだったか」

すぐさま忠長が真剣な顔をつくる。

「とにかく、余はやつを殺さねばならぬ。そうせねば、余が征夷大将軍になるなど、夢のまた夢ということになろう」

「柳生左門という男が、大納言さまにはそこまで脅威に映っているのでございますなあ」

菜右衛門が慨嘆するようにいうと、首を横に振り、忠長が息を漏らした。

「認めたくはないが、その通りよ。やつは、上州高崎において、余が生きておることを見抜きおった。もし見抜かれずにおれば、こたびの策はもっと順調に進んでいたであろう。いや、今も進みに支障はないが、余にとってはどこか滞っているように感じられるのだ。──樽留屋、やつをこの世から除くによい手立てはないか。その才槌頭《さいづちあたま》からひねり出してくれい」

眉を少し曇らせて、菜右衛門は頭をなでさすった。それから、両手を膝に当てて忠長を見る。

「手前には、なんとも申し上げかねます。玉薬《たまぐすり》、鉄砲、大筒はいくらでも供給できるのでございますが、いざこの手で人を殺す手を考え出すとなると、そちらのほうはどうにもさっぱりでございます」

忠長の目にかすかに失望の色が浮いた。

「そうか。そうであろうな。修羅場をくぐってきているとは申せ、そのほうはやはり商人に過ぎぬ」

息をついて忠長が顎に手を当てた。独り言のようにいう。

「手立ては問わぬ。毒殺、飛び道具、女。なんでもよいのだ。やつを殺したい」

「ご配下に、闇討ちに長じたお方はいらっしゃいませんのか」

菜右衛門が言葉を投げかけると、忠長が顔を向けてきた。

「おらぬことはないが、やつを倒せるかどうかとなると、ちと心許ない」

むう、と忠長がまたもうなり声を発した。

「やはり木村迅八郎《きむらじんぱちろう》を使うしかないか」

「紀州徳川家きっての遣い手として知られる木村助九郎《すけくろう》どのの弟御でございますな」

「兄譲りの腕前だ。いや、兄より上という者もおる」

「それだけの腕前ならば、柳生左門に後れを取ることはございますまい」

「それはわかっておるのだが、余には危惧《きぐ》があるのだ。迅八郎が負けるはずがないとは頭では解しておるが、柳生左門という男には、なにか、説明のつかないものが備わっておるように感じられてならぬ。目に見えぬ鎧《よろい》をまとっているというのか。そのような者に、もし迅八郎を倒されたらと思うと、なかなか踏ん切りがつかぬのだ」

畳に目を落とし、菜右衛門は柳生左門の風貌を思い起こした。いわれてみれば、左門は得体の知れないなにかを身にまとっているような感じがしないでもない。

「果断さで知られる大納言さまにしては、珍しいことでございますな」

「もし迅八郎を失ったら、家光《いえみつ》を殺すことができなくなるやもしれぬ。慎重にもなろうというものだ」

忠長たちが行おうとしている策がどういうものだったか、菜右衛門は思い浮かべた。

「家光さまを殺すのは、最後の最後でございますな」

「その通りよ。家光のまわりには、それこそ腕に覚えのある者がそろっておろう。そのときこそ迅八郎の出番よ。迅八郎ならば、その者らを斬って斬って斬りまくることができる。他の者ではそうはいかぬ」

「家光さまを亡き者にするそのときまで、迅八郎どのを温存しておきたいとのお気持ちなのでございますな」

「そういうことだ」

うなずいて忠長が沈思する。

「やはり迅八郎は、そのときまで取っておくことにしよう。迅八郎に左門殺しを命ずれば、やるというに決まっているが、今は避けたほうがよかろう。左門には、ほかの刺客を送るしかあるまい」

ぎょろり、と目玉を動かし、忠長が菜右衛門をにらみつけてきた。

「愚策と思うか」

「とんでもない。柳生左門といえども人の子。必ずや隙を見せることがありましょう。とにかく間断なく刺客を送り続けることこそ、肝要でございましょう。息を継がせず狙い続ける。あまりの苛烈《かれつ》さにやつが音を上げたときこそ、柳生左門最期のときでございましょう」

「なるほど、執拗に狙い続けることが肝心か。下手に間を空けたら、やつに息継ぎのときを与えることになる。人を溺れ死にさせるのには、とにかく頭を押さえつけて息をさせぬことだ」

点頭して忠長が目を閉じた。

「大納言さま、松平伊豆守《まつだいらいずのかみ》を殺す手はずは、いかが相成っておりますか」

菜右衛門は新たな問いをぶつけた。脇息《きょうそく》にもたれていた忠長が目を開けた。

「家光の右腕をもぐ手立てか。着々と進んでおる。樽留屋、なんら案じずともよい」

笑みを浮かべて、忠長が自信たっぷりに答えた。

「左門の邪魔立ては、ないものとお考えにございますか」

そういうことだ、と忠長が顎を引いた。

「九州に限っていえば、やつがなにをしようと、もはやできることは一つとしてなかろう。一揆が暴発さえしてしまえば、それでよいのだからな」

「では、一揆は近いのでございますな」

「今は埋《うず》み火になっておるが、そこに油を注ぎ込み、炎を落としてやれば、燎原《りょうげん》の火のごとく一気に燃え広がろう。天下を揺るがす大乱になるのは必定。知恵伊豆と呼ばれる男が、やってこぬはずがない。そのとき松平伊豆守を殺してしまえば、よいのだ。知恵伊豆がいなくなれば、家光の亡き後、なんとでもなろう。余の思うがままよ」

つまり大納言さまは、と菜右衛門は思った。松平伊豆守を家光以上の者であると考えておられるのだ。

だが家光という男は、そんなに甘くはない。忠長が生きていると最初に見抜いたのも、実は家光なのではないか。その命を受けて左門は動いているのだろう。

知恵伊豆を殺す際、本当に柳生左門の邪魔立てはないのだろうか。いかに左門といえども、一揆が起きるのを防ぐ手立てはもはやないかもしれないが、いざ知恵伊豆を亡き者にしようとするときに、左門はあらわれないだろうか。

左門のことだ、必ず嗅ぎつけるような気がしてならない。

いや、知恵伊豆のことなどどうでもよい、と菜右衛門は考えを新たにした。

わしは、むしろ柳生左門の活躍を望んではおらんか。あの男、難儀が立ちはだかれば立ちはだかるほど勇み、喜びを覚えるたちではないか。

本当に我がせがれにしたいものよ。今の時代にはもったいないような男だ。

左門の顔を脳裏に浮かべ、心中で菜右衛門はにんまりとした。

「——樽留屋」

いきなり頭の中に忠長の声が入り込んだ。はっとしたが、菜右衛門はその思いを顔に出すことなく忠長に目を向けた。

「いま左門がどこにいるか、存じておるか」

「ここ九州におるものと」

間髪を容れず菜右衛門は答えた。

「ほう、よく知っておるな」

「あの男の動静には、常に目を配っておりますので」

「九州のどこにいるか、存じているか」

「筑前《ちくぜん》でございます」

「なにをしに左門は筑前へ来た」

「筑前において、おそらく小西摂津守《こにしせっつのかみ》の末子について調べを進めようとしているのではないかと、推察いたします。九州の中で筑前黒田家は柳生新陰流が特に盛んな家にございます。ゆえに、左門にとり、探索の端緒を開くに恰好の地といえるのではないでしょうか」

「そのほうのいう通りだ。筑前福岡でやつは、なんらかの手がかりを得られると思うか」

「さて、いかがでございましょう」

忠長の言葉に含みを感じて菜右衛門は、目を光らせた。

「もしや、すでに餌は撒いてあるということでございますか」

「むろんよ。打てる手は打ってある」

そういって忠長が薄く笑った。その笑顔は、行灯の灯を受けて妙に白く見えた。

二

すさまじい気合とともに、一気に踏み込んでくる。

冷静な目で相手を見つめる左門には引く気は一切ない。刀尖《とうせん》をわずかに上げ、すり足で前に出た。

一瞬で間合に入る。顔をめがけて落ちてきた袋竹刀《ふくろしない》を、思い切りはね上げた。そのあまりの打撃の強さに、相手の両腕が力なく上がり、左脇に大きな隙ができた。

そこを見逃さず、左門は袋竹刀を胴に振っていった。相手はあわてて袋竹刀を下げようとしたが、左門の斬撃のほうがはるかに速かった。

胴を打つ小気味よい音が響き、相手が後ろに吹き飛んだ。尻餅をつき、背中から倒れ込む。起き上がろうとしたが、それはかなわず、目を白黒させている。

おう、と道場内からどよめきが起きた。

「そこまで」

審判役をつとめる師範から、鋭い声がかかった。

次に控えていた者がすっくと立ち上がる。穏やかな目で師範がその者を見やった。

「坂巻《さかまき》、下がっておれ」

坂巻と呼ばれた男が戸惑う。

「今日はもう終わりだ。五人全員が鎧袖一触《がいしゅういっしょく》も同然にされ、最後の芦刈《あしかり》以外は竹刀に触ることもできなんだ。だが、さすがに柳生どのも疲れておろう。なにより、長旅のあとに立ち合っていただいたのだ。柳生どのの強さは十分すぎるほど伝わったであろう。坂巻、明日、改めて相手をしていただくがよい」

左門自身は、あと何人と竹刀をまじえても平気だが、少し腹が減っている。ここで終わってもらえるのは、ありがたかった。

納戸で着替えを終えた左門に、師範の内川作右衛門《うちかわさくえもん》が、夕餉《ゆうげ》をいかがでござるか、と誘ってきた。これ以上ない申し出である。左門は快諾した。

作右衛門に連れられて暖簾《のれん》をくぐったのは、大吉《だいきち》という料亭だった。師範代をつとめる田川毅三《たがわたけぞう》も一緒である。

左門は酒を飲まないが、作右衛門と毅三もたしなむことはないそうだ。

「こういう客はいやがられましょう」

苦笑まじりに作右衛門がいった。

「この手の店は、酒で儲けを出すところも多いそうですから。しかし、この店は料理の味もよろしいですぞ」

海が近いということで、魚が主の膳だ。刺身はとにかく身が引き締まり、ぷりぷりしている。歯応えが抜群で、ほのかな甘みが感じられた。

「これはうまい」

左門は感嘆の声を上げた。

「それがし、こんなにおいしい魚は生まれて初めてです」

「そんなに喜んでいただけると、こちらもうれしくなりますな」

作右衛門がにこにこと笑う。

「それにしても――」

魚の切り身の吸い物を喫して、左門は軽く首を振った。

「江戸から二百五十里以上も離れた地で、柳生新陰流がこれほどまでに盛んだとは夢にも思いませんでした」

話には聞いていたが、ここまで興隆していることは考えたことはなかった。先ほどまで左門たちがいた清練館《せいれんかん》道場は、宏壮な縄張を誇る福岡城のすぐ西側に位置し、門人は二百人をはるかに超えているというのだ。板張りの道場は広く、活気にあふれ、すがすがしい空気が満ちていた。

「大野松右衛門《おおのまつえもん》さま、有地内蔵允《ありちくらのじょう》さま、というお二方を左門どのはご存じでござるか」

顔をわずかに寄せ、作右衛門がきいてきた。

「大野松右衛門どのは、我が祖父上である柳生石舟斎《せきしゅうさい》の高弟でいらっしゃいますね。有地内蔵允どのは、大野どのの高弟とうかがっています」

「そのお二人のおかげです。長州萩の毛利さまで柳生新陰流を教えていらしたお二人がここ福岡にいらっしゃり、柳生新陰流は当地でも花開いたのでございます」

左門は、その二人に会ったことはない。二人とも相当の強さを誇ったことは、松右衛門が柳生の姓を名乗ることを石舟斎から許されたことから知れる。

ひとしきり柳生新陰流について話したあと、作右衛門がたずねてきた。

「なにゆえ左門どのは、福岡にいらしたのでござるか」

この問いは、左門にとってありがたかった。話のよいきっかけになる。

「人を捜しています」

「ほう、人を。どなたをお捜しなのか、うかがってもよろしいか」

殺三も興味深げな目を左門に当てている。

「小西弥左衛門《やざえもん》どのでござる」

ためらうことなく左門は答えた。その名を聞くや、作右衛門と殺三が顔を見合わせた。

すぐさま作右衛門が左門にきく。

「小西弥左衛門どのというと、小西摂津守のご子息のことでござろうか」

「さよう。今どちらにいらっしゃいますか」

首をかしげ、作右衛門がなおも問う。

「左門どのは、なにゆえ小西どのを捜していらっしゃるのでござろう」

「聞きたいことがあるのです」

「聞きたいこととおっしゃると」

なんというべきか、左門は迷った。

「それがし、実は上さまの命で動いているのです」

声に厳しさをにじませて告げた。

「えっ、将軍家から」

さすがに作右衛門も殺三も驚きを隠せない。

「天下の大事ゆえ、これ以上のことはいえませぬ。小西弥左衛門どのがどちらにいるのか、教えてくださいますか」

作右衛門が軽く咳払いする。

「当家です。当家にいらっしゃいます」

「えっ」

我ながら間の抜けた声を出したな、と左門は思った。

「まことですか」

まさか黒田家にいるとは、考えたこともなかった。

「では、小西どのは黒田さまに仕えているのですか」

「さよう」

間を置かずに作右衛門が説明する。

「小西どのは肥後加藤家にかくまわれたのち、肥前有馬家に仕えられた。その後、有馬家が日向延岡《ひゅうがのべおか》に転封《てんぽう》になった際、当家を奉公先に選ばれたのでござるよ」

禄は千三百石だという。なかなかの大禄である。おそらく血筋だけでなく、人物も認められているのだろう。だからこそ作右衛門は、当家を奉公先に選んだ、という言い方をしたにちがいない。

「小西どのにお目にかかることはできましょうか」

真摯な口調で左門はたずねた。眉間にしわを寄せ、作右衛門がただしてくる。

「将軍家の命で動いているとおっしゃったが、小西どのはなにか将軍家の癇《かん》に障《さわ》るようなことをされたのでござるか」

「いえ、今のところは話を聞くだけです。天下分け目の関ヶ原の合戦が終わってすでに四十年近くがたっており、父親のことで責められるようなことも、むろんありませぬ」

さようか、と作右衛門がいった。

「承知いたしました。だが左門どの、即答はできかねます。まずは上の者に聞いてみることにいたしましょう」

「それでけっこうです。よろしくお願いいたします」

作右衛門に任せておけば、きっと小西弥左衛門と会えよう。

厚く礼をいって、左門は大吉をあとにした。毅三が旅籠《はたご》まで送りましょう、といったが、夜風に当たりながら帰りたいものですから、と左門は断った。

「しかし左門どの」

大吉の店先で、作右衛門が呼びかけてきた。

「うちにお泊まりくだされば、よかったのに」

「ご厚意かたじけない。しかし、それがしは旅慣れた身です。旅籠のほうが、最近ではよく眠れるようになってしまったのです」

大吉の名が黒々と入った提灯《ちょうちん》を借り、一人、人けの絶えた夜道を歩いた。福岡という地はにぎやかではあるが、やはり江戸よりもだいぶ夜は早いようだ。

ふと左門は足を止めた。なにやら、いやな雰囲気の風が前から流れてくる。その風がやんだ瞬間、ふらりと家の塀の陰から黒いものがにじみ出た。見守るうちに、すぐさま人の形となり、左門めがけて突っ込んできた。

なにやつ——。

提灯を投げ捨てるや左門は刀を抜き、正眼に構えた。影は、ほんの一間ばかりの間合を残して足を止めた。

感情を感じさせない二つの目が、左門を見据えている。路上で燃える提灯の火を浴びて、男の身なりが知れた。黒装束を着込み、忍び頭巾《ずきん》のようなもので顔を覆っている。

提灯が燃え尽きた。男の姿が闇ににじみ、見えにくくなった。

そのとき背後で殺気が湧き立ったのを、左門は感じた。もう一人がまったく気配を感じさせないまま、近づいてきていたのだ。

左門は振り返ろうとした。だが、その瞬間を逃さず、前にいる男がいきなり宙を飛んだ。後ろを向いたまま、左門は刀を旋回させた。手応えはなかったが、宙を飛んだ男が刀をよけるために体勢を崩したのがわかった。

後ろの敵は体を低くして突進をはじめていた。すでに半尺ほどまでに近づいてきている。同じように黒装束に身を固め、忍び頭巾をかぶっている。長脇差が得物のようだ。

その動きは、左門にはよく見えていた。すり足で斜め前に動き、横に刀を払う。容赦なく首を刎《は》ね飛ばすつもりだった。

だが、男は体勢をさらに低くして、左門の斬撃をかわした。刃は、忍び頭巾の上のほうをかすめただけだ。男は闇の中にそのまま姿を消した。

背後の敵が左門は気になった。さっと振り返り、敵を捜した。だが、そこにはどろりとした闇が横たわっているだけだ。

終わったのか。いくらなんでも早すぎぬか。消えたと見せかけて、また襲ってくるのではないか。

決して油断はできない。いつまた襲いかかってくるか、本当に知れたものではないのだ。

提灯なしで、左門は旅籠までの道を歩いた。着物が汗で濡れそぼっている。

この俺が、と左門は思った。これほどまで緊張しているのか。

認めたくはないが、どうやらそういうことらしい。

やはり俺は小心者だな。

だが、小心のほうが長生きできるらしいからな。

肝が小さいことを、恥じることはない。

明るい陽射しが入り込み、畳に日だまりを作っている。

その光がわずかに当たる端のほうに、左門は座していた。

道場ではもう稽古がはじまったようで、門人たちの気合や竹刀が激しくぶつかり合う音が聞こえはじめた。その様子を、この座敷を快く貸してくれた師範の作右衛門は見守っているのだろう。

「お待たせした」

静かに襖を開け、男が入ってきた。一礼して、左門の前に正座する。刀を自身の右側に置いた。

男は五十半ばという見当か。ややしわ深い顔をしている。細い目は鋭いが、柔和さも宿しており、穏やかな性格であるのが左門に伝わってきた。

謀議を凝らしそうな者には見えない。むしろ、誠実さと頭の巡りのよさを感じさせる。

中肉中背で、剣の遣い手という感じはない。仮りに刀で斬りかかられたとしても、左門には無手で十分に倒せる自信があった。

「それがし、柳生左門と申す」

丁寧に名乗り、左門は頭を下げた。小西弥左衛門も名乗り返してきた。

あいだを空けずに、左門は本題に入った。

「お呼び立ていたしたのは、小西どのにお話がききたいからです」

弥左衛門が首をひねる。

「はて、どのようなことでござろう」

いきなり核心を突いてもよいだろう、と左門は判断した。

「小西どのは、駿河大納言をご存じか」

「駿河大納言といわれると、徳川忠長さまのことでござろうか」

左門はじっと見ていたが、弥左衛門の顔に動揺の色はない。

「お名はもちろん存じていますが、お目にかかったことはござらぬ」

「一度もですか」

「一度もありませぬ」

さようか、と左門はいった。この男はこたびの謀略に荷担しておらぬ、とすでに判断している。どんなにとぼけようと、悪事に加わっていれば、卑しさが顔に出るものだ。小西弥左衛門にはそれがない。

「湖西屋《こさいや》という店をご存じか」

「湖西屋でござるか」

少し考えたようだが、弥左衛門はかぶりを振った。

「いえ、存じませぬ」

やはりな、と左門は思った。これはどういうことだろう。

考えてみれば、と左門は思い起こした。湖西屋に忍び込んだとき、あまりに調子よく湖西屋の二子のことが夫婦の話に出てこなかったか。

まるで俺が忍び入ったのを見計らっていたような頃合だった。

いや、きっと知られていたのだろう。

どうして忠長一派はわざわざ、湖西屋の二子が九州に行っていることを教えたのか。

もしや、と左門は思った。この俺を九州に来させたかったのか。

だが、どうしてそんな真似をする必要があるのか。

わけがわからない。

わからずともよい、と断じた。

俺にできるのは、とにかく前に進むことだけだ。

前に進むことで、真相を暴き出す。

そして忠長を倒す。

上さまの頭上に広がる憂慮の雲を、この俺がきれいに取り払ってやるのだ。

三

濃い。

海上を吹き渡る潮風を吸い込むと、むせ返りそうにすらなる。

——これほどまでに、潮の香る海があるのだな。

わずかに揺れながら進む小舟の舳先《へさき》に立ち、じっと前を見据えて左門《さもん》は思った。

江戸も潮が満ちる頃は濃くにおうが、ここ島原の海ほどではない。

太陽の光も強い。もう十月も二十三日だというのに、陽射しは燦々《さんさん》と海に照りつけている。潮風は冷たさをはらんでいるものの、左門は少し汗ばんでいる。

今は、幅一里ほどの狭い海を横切っている最中である。三間ばかりの長さの小舟に乗っているのは、左門と赤銅色の肌をした年老いた船頭だけだ。

家光の命を受けて松平忠長《まつだいらただなが》を捜しはじめて、左門はこれまで数え切れないほど命を狙われた。海上だからといって、油断をするつもりはない。

だが左門は、どこか陶然とした思いで眼前の風景を眺めている。

やはり海はいい。旅情をそそられる。自分が柳生《やぎゅう》という山育ちだから、よけいに旅心がわき上がってくるのか。

目の前の海は、まるで布を広げたかのように凪《な》いでいる。帆を掲げた何艘もの船が、のんびりとした風情《ふぜい》で行きかっている。

「あの島はなんという」

左側に遠くぽつんと見える小島を指で示して、左門は船頭にきいた。船頭は腰と腕を使って櫓《ろ》を力強く動かし、船を進ませている。

「あれは湯島《ゆしま》ですよ」

ゆったりとした口調で船頭が答える。

左門たちは、湯島から二里以上離れたところを行き過ぎようとしていた。

「人は住んでいるのか」

「もちろんですよ。二、三百人といったところでしょうか。手前と同じく漁師ばかりですよ。湯島の近くに、真鯛がよく獲れる漁場があるんです」

「湯島というからには、あの小さな島に湯が湧くのか」

「いえ、そうじゃないんですよ」

櫓を漕ぎながら船頭が首を横に振る。

「お侍、遠くてわかりにくいかもしれませんが、あの島は弓を置いたような形に見えませんか」

いわれて左門は目を凝らした。

「うむ、その通りだな」

「ですので、最初は弓島《ゆみしま》と呼ばれていたらしいんですよ。それがいつの頃からか『ゆしま』という呼び方になったみたいです」

「ふむ、湯島というのは後からつけられた名なのか」

あの島に松平忠長がひそんでいるということはないだろうか。

湯島に鋭い眼差しを投げて、左門は考えた。

なかろう、と即断した。あんな小さな孤島では、もし追っ手に迫られたら逃げ場がない。

「湯島は肥前国《ひぜんのくに》なのか」

左門はなおも問うた。

「あの島は天草ですので、肥後《ひご》国ですよ。といっても、島原からも天草からも同じくらいのところにありますから、島原の漁師もよく湊《みなと》に立ち寄ります。酒を島民にあげたりして、ちがう国同士の者とはいえ、意外に仲がいいんですよ」

目尻のしわを深めて船頭がにこにこ笑う。

なるほど、海に国境はないということか。

今も、何艘もの船が湯島を目指しているようだ。それぞれの船はかなりの人数を乗せているように見えた。

「湯島に海の関所はないのか」

「対岸の天草は寺沢《てらさわ》さま、こちら側の島原は松倉《まつくら》さまのご領地ですから、あっても不思議はございませんが。——あっしらは自由に行き来していますよ。ただし、今から向かう鬼《おに》池《いけ》湊には寺沢さまの船番所があります」

寺沢家は関ヶ原の戦いののち、恩賞として新たに天草を領地として徳川家から与えられた大名である。本領は肥前の唐津にあり、天草は飛地領である。

「そうか、船番所がな」

それにしても、ずいぶん遠くまで来たものだな。

船に揺られつつ、左門はしみじみと思いを嚙み締めた。

筑前黒田家で歓待を受けたあと左門は隣国の筑後国に移り、そのまま西に進んで肥前国に入った。

肥前国と一口にいっても広大で、鍋島家が居城を構える佐賀を中心としたあたりは近くを筑後川が流れて、広々とした平野が広がっており、豊饒な土地であるのが一目で知れた。

それ以外の土地は、米作に適しているとはいえないようだ。

特に、ここ島原周辺はほとんど平地がない。山が海に迫り、その裾を浸しているようなものだ。

海際にある集落は猫の額のような土地にへばりつき、小さくみすぼらしい家ばかりである。百姓衆や漁民たちは半裸か、もしくはぼろ着も同然の身なりをしている。

むろん、日の本の国ではこのような場所はなんら珍しくはない。だがそれでも、この付近はことのほか貧しさを覚えさせる。

天主教《てんしゅきょう》がこの地で盛んになっていったのも、わかるような気がする。現世での救いを願いながらもそれがかないそうになく、ならばせめて来世における救済を求める貧しい者たちは、天主教にすがるしかないのだろう。

もちろん、このあたりで暮らしてきた者たちも、それまで長いあいだ仏教を信仰していたはずだ。だが残念ながら、仏教ではなにも変わらなかったのかもしれない。

日の本の国なのに、どこか異国を思わせるような雰囲気を感じるのは、天主教の信仰が深く根づいているためだろうか。

肥前国には、日の本の国に最初にあらわれたキリシタン大名がいる。

大村純忠《おおむらすみただ》である。戦国のまっただ中を生きた純忠はすでに五十年ばかり前に死去しているが、この地に与えた影響は計り知れないはずだ。

その後の島原は有馬《ありま》晴信《はるのぶ》の領地となり、対岸の肥後国の国主には小《こ》西行長《にしゆきなが》がなった。二人ともキリシタン大名である。

この二人は、当然のことながら天主教を保護した。この付近の領民たちにキリシタンが多いのも、当たり前のことだろう。

そして、その小西行長の家臣だった者のせがれが二人、いま九州に来ている。肥後の天草には、いまだに小西家と深いつながりを持つ者は少なくなかろう。

そういう者に忠長はかくまわれているのではないだろうか。その忠長のために、湖西屋の二人のせがれは、この地にやってきたのではないのか。

いま後ろで櫓を漕いでいる船頭が、と左門は考えた。キリシタンということはないだろうか。

決してあり得ぬことではない。

だが、それを確かめるすべは左門にはない。もし船頭がキリシタンであったとしても、見知らぬ侍に真実を語るはずがない。天主教は禁教と定められているのだ。捕まって、もし転宗を拒んだら首を刎《は》ねられる。

先ほど口之津《くちのつ》の湊から後にしたばかりの島原においては、キリシタンへの弾圧ばかりでなく、民衆に対する仕置についてのとんでもない噂を耳にした。今の領主である松倉勝家《かついえ》が圧政を敷き、酷税といういい方ではとても足りない、重い年貢を民に強いているというのだ。

三年ごとに検地を行っては年貢を重くし、年貢を払えない者は縛《いまし》めをされて顔形が変わるまで殴りつけられ、家財を容赦なく奪われているそうだ。

家財を奪われてすべてをなくした者は山へ行き、寺沢家が管理している塩田の塩焚きに使う薪を伐って納めなければならないらしい。

それすらもできず、もはや塵《ちり》すらも出ない者に至っては、女房や娘を質に取られているとのことだ。

一応、年貢と引き替えに女たちは家に戻されるという名目なのだろうが、結局のところ、その女たちは女郎などに売り飛ばされるにちがいあるまい。

島原には雲仙《うんぜん》という火山があり、キリシタンに対してその火口につり下げるという拷問《ごうもん》が行われているとも聞いた。

火口からいったいどれほどの熱が発せられているものか。人など、その熱にあぶられて、すぐに死んでしまうのではあるまいか。

いや、すぐならまだ救われる。拷問というからには、じりじりと生きながら焼かれているのではあるまいか。それが死ぬまで繰り返されるのかもしれない。

それらの話を耳にしたとき、人というのはそこまで残虐になれるものなのか、と左門は暗澹《あんたん》たる気持ちを抱いたものだ。

ゆえに今の島原では、いつ一揆が起きても不思議はない情勢だった。島原一帯を治める松倉家は、一揆を起こさせるためにわざと暴政を行っているのではないか、と勘繰りたくなったほどだ。

圧政が敷かれているという点では、領主が異なる天草でも同じかもしれない。さすがに天草を治める寺沢家は松倉家ほどの悲惨な収奪を行ってはいないのかもしれないが、キリシタンへの弾圧は似たようなものだろう。

天草も島原も天主教の最も盛んな場所だけに、弾圧を厳しくすることで、公儀に対し、これだけのことをしております、という姿勢を見せようとの狙いもあるにちがいない。

お侍、と背後から船頭が呼びかけてきた。

「お侍の腕前は大したものなんでしょうね」

思案を中断されたが、別に腹を立てるほどのことではない。黙りこくった左門を気にかけて、船頭は話しかけてきたのかもしれない。

「腕前というのは、こいつのことか」

振り向いた左門は、右手で軽く刀の柄を叩いた。

「ええ、さようです」

「なにゆえ俺の腕が立つと思う」

「だって、舳先に立たれて微動だにされないじゃないですか。まるで大きな岩でも置いているみたいですよ。海に慣れた漁師だって、なかなかそうはいきません。相当の腕前でなければ、そんな真似はできないのではないかと思いまして」

「確かに悪くはない腕前かもしれぬが、まだまだ大したものではない。慢心することなく、これからも修行を積んでいかねばならぬ」

「ご謙遜を」

「謙遜などではない。本心だ」

左門は力強い口調できっぱりと告げた。俺はもっと強くなりたい。強くならなければならぬ。

徐々に陸地が近づいてくる。何艘もの小舟がもやわれている小さな湊が望める。あれが鬼池湊であろう。

いま天草の地を治める寺沢家の当主は、堅高《かたたか》という。寺沢家の天草における禄高は四万石と聞いている。

ゆっくりと視野の中で大きくなってくる地は、島原とさして変わらない。米が穫れそうな平地はほとんど見当たらないのだ。

目に見える陸地のどこからどこまでが寺沢家の領地か知れないが、あれで四万石というのは無理がないだろうか。その半分も米が穫れたら御の字ではないか。左門はそんな気がしてならない。

となれば、天草でも厳しい年貢の取り立てが行われているのは、まちがいなさそうだ。大名というのはおのれの体面を保つためなら、どんな真似でも平気でする。民をこっぴどく痛めつけて年貢を取り立てることに、なんの痛痒《つうよう》も感じないだろう。

「天草には、天草四郎《しろう》どのという方がいるそうだな」

ふと頭に浮かんできた男のことを、左門は船頭に問うた。

肥前に入って佐賀に二日滞在したとき、鍋島家の者にその名を聞いたのだ。むろん、詳しいことはその者も知らなかった。

「えっ、ええ、いらっしゃいますよ」

船頭はわずかに警戒の色をのぞかせた。櫓の動かし方がわずかにせわしくなる。

「天草四郎どのというのは何者かな。歳はいくつだろう」

「手前もはっきりとしたお歳は存じませんが、十五、六ではないかといわれておりますよ」

「ずいぶん若いな。天草四郎どのは、なにやら奇跡を行うそうではないか」

「ええ、ええ、おっしゃる通りですよ。天草に暮らす者らは、自分たちを救ってくださるお方といって、四郎さまを崇《あが》め奉っています。神の生まれ変わり、神の使いとまでいわれています」

それは、むろん天主教の神ということなのだろう。天草四郎はキリシタンだと鍋島家の者はいっていた。

「奇跡というと、天草四郎どのはどのようなものを見せてくれるのかな」

「一番は海の上を歩くことですね」

「ほう、そいつはすごい。船がいらぬということだな」

「さようです。もし手前もそんなことができたら、お侍を背負って天草に行けますのに。そのほかにも、人形を歩かせたり、火の気のないところに火をともしたり、手のひらの上で鳩に卵を産ませたり、その卵の中から経文を取り出したり、手のうちの紙が雀になって飛んでいったり、というようなことができるそうですよ」

手妻《てづま》の手練《てだれ》といったところだな、と思ったが、そのことを左門は口に出さない。船頭の目はきらきらと輝いており、天草四郎なる者を崇めているのは明らかなのだ。その気持ちに水を差す気はない。

「おぬしは、天草四郎どのに会ったことはあるのか」

「いえ、ございません」

いかにも残念そうに船頭は答えた。

「では、それらの奇跡をじかに見たわけではないのだな」

「耳にしただけでございます。でも、奇跡を目の当たりにした者から話を聞きましたから、嘘などではないと存じます」

そうか、と左門は相槌を打ち、さらにたずねた。

「天草四郎どのは武家なのか」

「そう聞いております」

「どこの家中だろう」

「ご浪人でございますよ。四郎さまは、益田甚兵衛《ますだじんべえ》さまというお方のご子息でございます」

「益田甚兵衛どのという人は、ずっと浪人だったわけではあるまい。以前はどこの家中だったか、知っているか」

ある予感を抱いて左門はきいた。

「以前は、肥後の南半分を治めていらした小西さまのご家中だったそうにございます」

やはり小西家であったか。

左門は拳を握り締めた。湖西屋の二人は、その益田甚兵衛、天草四郎父子のそばにいるのかもしれない。

――ということは、忠長もそこかもしれぬ。

「天草四郎どのはキリシタンなのか」

わかりきっていることではあったが、左門は問いを放った。

「さて、どうでございましょうか。手前もよくは知らないのですよ……」

いいにくそうに船頭が言葉を濁す。

「天草四郎どのには、誰でも会うことができるのか」

船頭が首をひねる。

「さて、いかがでしょう」

「どこに行けば会えるか、知らぬか」

「申し訳ございません、存じません」

「そうか、それは残念だ」

だが捜し出すのにさほど手間はかかるまい、と左門は思った。なにしろ天草四郎の名は佐賀にまで響いているのだ。名が知れ渡った者はいくら行方をくらまそうとしても、秘匿《ひとく》しきれるものではない。

天草の民がひそかに集まっているところを嗅ぎつけることができれば、きっと天草四郎に会えるのではないか。そして、そのそばに必ずや忠長はいる。

「益田甚兵衛という者のせがれなのに、四郎どのはなにゆえ天草姓を名乗っている」

「さあ、なぜでございましょうか。天草を代表しているというお気持ちのあらわれなのかもしれませんね」

そのとき、鬼池湊のほうから鋭い舳先を持った一艘の船が寄ってきた。

大きさは、こちらの小舟の五倍は優にある。船上には四人の侍に、槍を天に向けた十人ばかりの足軽の姿が見えている。

「あれは鬼池湊の船番所の役人ですよ」

後ろから船頭が小声で伝える。声にはどこか憎々しげな思いがこもっている。

船上の者は、天草を領している寺沢家の家中だろう。

――いや、役人になりすました刺客ということは考えられぬか。

ありそうにない。一見したところ、剣の腕がない者ばかりがそろっているのだ。ほとんど揺れていない船の上で、四人とも腰がふらついている。

「お侍には、後ろ暗いことはありませんね」

ささやくように船頭がきいてきた。

「うむ、なにもない」

からりとした声で左門は答えた。

「それならよろしいんですが」

左門がちらりと船頭を見やると、近づいてくる船に憎しみの籠もった目を向けていた。

寺沢家に対する憎しみは、このあたりで暮らす者全員に共通の思いだろうか。

やはり、この船頭はキリシタンと考えてよいのか。キリシタンに対する弾圧ぶりは、あるいは寺沢家のほうが松倉家よりも上なのかもしれない。

船頭が低い声音で続ける。

「向こうから船を寄せてくるようなことは滅多にないんですよ。いつもは湊の船番所の役人がおおざっぱなことを面倒くさそうにきいてくるだけなんですが」

「つまり、天草の地でなにかあったのかもしれぬのだな」

もしそうだとしたら、それは天草四郎絡みということにならないか。天草では、今まさになにかが起きようとしているのだろう。忠長が糸を引いているのかもしれない。

――ここは、なんとしても天草四郎に会わなければならぬ。

左門は決意を固めた。

左門たちの前に船がやってきた。

「止まれ」

舳先に立つ目の鋭い侍から、居丈高な声がかかった。

それに応じて、船頭が櫓を動かすのをやめた。小舟が波間を漂いはじめる。

「そこもとは何者か」

舳先からわずかに身を乗り出して、侍が左門にきいた。侍たちの背後に控える足軽たちの槍の穂先が、船が揺れるたびに太陽の光をぎらりぎらりとはね返している。

「柳生左門と申す」

左門は静かに答えた。

柳生と聞いて、四人の侍に緊張が走った。

「左門どのといわれたが、天下流の柳生家となにか関係がござるのか」

「むろん。それがしは柳生但馬守《たじまのかみ》のせがれでござる」

但馬守は父宗矩《むねのり》の名乗りである。

「柳生但馬守どのといえば、将軍家の兵法指南役でござるな。そのご子息にござるか」

「さよう。それがしは上さまのそばに仕えておりもうした」

「上さまといわれると」

問われて、左門は微笑した。

「この世に上さまと呼ばれるお方は、一人しかおりませぬ」

四人の顔に驚きの色がよぎる。舳先の侍が息をのんだ。

「それは将軍家のことでござるな。では、柳生どのは天草には将軍家のお使いでいらしたのか」

「そういうこと」

「お使いというと、どのようなことでござろうか」

「密命を帯びての旅です」

「密命といわれると」

あまりに素直すぎる問いで、左門は苦笑せざるを得なかった。

「密命の中身をべらべらしゃべるわけにはいきませぬ。もっとも、ただの人捜しに過ぎませぬ」

「人捜しでござるか。その者は、お尋ね者でござるか」

「さよう」

「柳生どの、その者の人相書の類はお持ちか」

「いいえ、所持しておりませぬ」

「その者の名は」

「申し訳ないが、いえませぬ」

「お尋ね者の名をいえぬとおっしゃるのか」

「それが密命たるゆえん」

「率爾《そつじ》ながら将軍家の命を証すものをお持ちか」

「いや、そのようなものはありませぬ。信じてもらうしかありませぬ」

そうでござるか、と舳先の侍がいった。

「お尋ね者は、ここ天草にいるのでござるか」

「それはわかりませぬ。しかし、それがしはいると確信しておりもうす」

「柳生どのは、どのくらい天草にいらっしゃるおつもりか」

「それもわかりませぬ。お尋ね者を捕らえれば、すぐに退散いたします。もしくは、お尋ね者がこの地におらぬのが知れれば」

「柳生どのは江戸からいらしたのか」

「さよう。つい先日、佐賀の鍋島どのに世話になったばかりです」

「ほう、鍋島どののお世話に――」

しばらくのあいだ、船の侍たちは額を寄せ合ってなにやら相談していた。

舳先に立ち戻った侍が左門に告げる。

「わかりました。柳生どの、お上がりください」

侍が右手で鬼池湊を指し示す。

「その前に、ちとよろしいか」

侍に向かって左門は声を発した。

「なんでござろう」

舳先の侍が、怪訝《けげん》そうな顔を向けてきた。侍の背後の足軽たちに目をやって、左門はたずねた。

「なにやら物々しい様子ですが、領内でなにかあったのですか」

一瞬、侍は警戒の表情になったが、すぐに何気ない顔に戻った。ぎこちない笑みを浮かべる。

「いや、なにもござらぬ。さあ柳生どの、行かれよ」

なにかあったに決まっているが、将軍家の使いになにも話すべきことはない、ということだろう。領内を調べ回られるのは願い下げなのだ。

この物々しさは、やはり天草四郎に関してのこととしか考えられない。

どのみち、と左門は考えた。これから先、天草にいるあいだは寺沢家の監視がつくのはまちがいない。

お尋ね者を捜しにこの地にやってきたというのは口実に過ぎず、実は左門が公儀隠密として寺沢家のことを探ろうとしているのではないか、と船上の役人たちは疑いを抱いていよう。秘密や弱みを握られることは改易《かいえき》の名目を公儀に与えるに等しく、大名家の最も忌み嫌うことなのだ。

「では、まいろうか」

うむ、と侍たちにうなずいてみせてから左門は船頭を見やった。

へい、と答えて船頭が櫓を動かしはじめる。

「さあ、着きましたよ」

丁寧な櫓遣いによって、小舟が鬼池湊の桟橋につけられる。船頭が先に降り、短い杭に縄をぎゅっと巻きつけた。

かたじけない、といって左門は桟橋に降り立った。

「これは後金だ」

巾着袋を船頭に手渡した。巾着の中身は百枚の寛永通宝である。

「ありがとうございます」

深く腰を折って、船頭が押しいただくようにする。

「口之津の湊で前金を渡したときにも申したが、この寛永通宝という銭はまちがいなく公儀が出しているものだ。昨年から本格的に鋳造がはじまったものゆえ、見慣れぬ銭かもしれぬが、偽金などではない」

「はい、よーく存じておりますよ」

破顔した船頭が巾着袋を軽く持ち上げる。

「前金を見せていただいたときに、この銭ほどの精巧な偽金など、この世にはありゃしませんと手前は思いました。もしこれが偽金ならば、きっとつくるだけ損が出てしまうでしょう」

その通りだな、と左門は思った。

「では、これでな。世話になった」

「こちらこそ本当にありがとうございました。これほどの大金、手前どもは滅多に拝めません。このお金で、助かる者も出てまいりましょう」

歩み出そうとしていた左門は足を止め、船頭を改めて見つめた。

「ではおぬし、せっかく稼いだ二百文、自分のものにはせぬのだな」

ええ、とあたりをはばかるように船頭が小さくうなずく。

「手前は幸いにも女房、娘を奪われてはいませんが、仲間うちには何人もそういう者がいますんで。質に取られた女房や娘の何人かは、このお金で確実に帰ってこられるものと存じます」

「それはよかった」

もっと俺にできることはないだろうか、と左門はすぐさま考えた。

「これを持ってゆけ」

左門は財布からすべての金を取り出し、船頭に与えた。財布ごとやりたいが、この財布は甲斐で世話になったおゆめに返さなければならない。

「い、いえ、お侍、それはいけません」

驚いた船頭があわてて返そうとする。

「なに、遠慮はいらぬ」

「いえ、そういうわけにはまいりません」

「よいのだ。金は多いほうが、多くの者が助かろう」

「し、しかし」

「本当によいのだ」

「お、お侍……」

顔をくしゃくしゃにした船頭が感謝の眼差しを向けてきた。顎《あご》を深く引いた左門は船頭の手のひらをぎゅっとかため、金をしっかりと握らせた。

「あ、ありがとうございます。お侍、このご恩は一生忘れません」

腰を折り、感極まった顔で船頭が涙を流しはじめた。

「息災に過ごせ」

にこりと笑んだ左門はきびすを返すや、足早に歩きはじめた。

どうすれば天草四郎に会えるか。歩を運びつつ左門は思案をはじめた。

「あの、お侍」

背後から、先ほどの船頭の声がかかった。足を止め、左門は振り返った。

「なにかな」

ものいいたげな顔つきで、船頭が足早に近づいてきた。

「あの、お侍は天草四郎さまに会いに行かれるおつもりですか」

「その通りだ」

「でしたら――」

決意を秘めた顔で船頭がいう。

「手前の仲間で吾郎造《ごろぞう》という者がおります。その男に会ってみてください」

「吾郎造というのは、どこの者だ」

「ここから半里ほど行った上山村《かみやまそん》というところにおります。手前の名を出せば、きっと信用してもらえるはずです」

この船頭の名は多喜助《たきすけ》である。

「わかった。上山村の吾郎造だな。よし、今から会いに行こう」

「あのお侍、くれぐれも役人やその手下どもにつけられないようにお願いします」

「よくわかっている。案ずるな」

左門はにこりとした。多喜助がまぶしげな顔になる。

袴の裾をひるがえすや、左門は再び歩きはじめた。多喜助がじっと見送っているのが、背中で感じ取れる。

風を切って進みながら、天草四郎か、と左門は思った。どんな男なのだろう。鍋島家の者によれば、色白の美男子とのことだ。

その美男子が手妻を使って奇跡なるものを行っている。天草四郎を天主教の神の生まれ変わり、神の使いであると民に信じ込ませるためだろう。

弾圧や重税に苦しむ民衆を救う者として崇めさせ、多くの民を天草四郎のもとに結集させようという狙いではあるまいか。

天草四郎の父で小西家の遺臣でもある益田甚兵衛が、せがれの陰で動いているのだろうが、その背後に忠長がいるのはまずまちがいあるまい。

そして、その補佐をしているのが、湖西屋の二人という図だろうか。

つまり、と左門は心の中で結論を下した。天草の民を煽《あお》り、忠長は天草四郎を中心に一揆を勃発させる腹づもりなのではないか。

忠長の狙いはただ一つだろう。日の本の国における天主教の発祥の地である天草、島原をまず暴発させ、その後、日本中にひそんでいるキリシタンたちに次々に一揆を起こさせて、日本中を混乱の極みに巻き込む気でいるのではないか。

天下大乱こそが忠長の狙いなのだ。日本中が手のつけられない大騒ぎになったそのとき、忠長は幕府転覆に立ち上がるのだろう。

一揆には指導者が必要だ。特に、今回は日本中に飛び火させるための最も重要な一揆である。

強力な指導者でなければならない。

だからこそ、天草四郎は神の生まれ変わり、神の使いとされたのだろう。神の使いの命とあれば、なにも知らない無辜《むこ》の良民は盲従する。

忠長はそのことを計算し尽くした上で、こたびの陰謀を仕組んだのではないだろうか。

四

道は狭く、人が一人通るのがやっとだ。

左手は木々の茂る山で、右側は切り立った崖になっている。

眼下には、岩を嚙む白い流れが望める。もし道を踏み外したら、一気に十五丈は落ちることになるだろう。

うまくやらなければ、と左門《さもん》は息を詰めて思った。そうしなければ、さすがに無事では済まされない。

見え隠れしながらついてくる後ろの二人は、近在の百姓のようななりをし、蔬菜《そさい》の入った籠《かご》を担いでいる。

だが、紛れもなくここ天草《あまくさ》を領する寺沢《てらさわ》家家中の者だ。横目付の配下であろう。

一本の大木のかたわらで足を止めた左門は、腰の竹筒を手に取った。

十間ほど後ろにいる二人の男もなにげない様子をつくって藪《やぶ》の前で立ち止まり、さりげない眼差しを向けてくる。

竹筒を傾け、左門は喉を鳴らして水を飲んだ。竹筒はすぐに空になった。

空の竹筒を手にしつつ、左門は独り言をつぶやいた。

「どこかに泉はないか」

その声は、後ろの二人に届いたはずだ。

目をさまよわせて、左門は崖のほうに踏み出した。あっ、と声を発したときには足は宙を踏んでいた。

「うわあっ」

悲鳴を上げた左門は、おびただしい石を道連れにがらがらと音を立てて落ちはじめた。

決して怪我をすることがないように、落下しながらも左門の両目は冷静に観察している。

岩が出っ張っているところはないか、とがった木の枝が突き出ていないか、体がはまってしまうような割れ目はないか。

白い流れが、視野の中で急速に大きくなってゆく。猫の額ほどの川岸は、大きな石や岩がいくつも転がっている。

——あそこがよかろう。

崖を一気に落ちつつ、左門はしっかりと見定めた。岩と岩のあいだに両足が十分に入るだけの隙間があるのが、そこだけ浮いたようにはっきりと見えている。

その隙間まであと一間というところまで来たとき、左門は思い切り体をひねった。そうしないと、足がそこに着きそうになかった。

狙い通りの場所に両足が着いた瞬間、膝を柔らかく曲げるのを左門は忘れなかった。岩と岩の隙間はわずかばかりの砂地になっており、足に痛みは走らなかった。

どこにも怪我をしていないのを、体に目を走らせて確かめた左門はすぐさま崖に貼りつき、上の二人の気配を探った。

二人が顔をそろえ、こわごわと崖下をのぞき込んでいるのが感じ取れる。遠慮のない声で会話をはじめた。

——見えるか。いや、なにも見えん。死んだか。死んだだろう。確かめに下りてみるか。そこまでする必要はあるまい。ここから落ちて助かるはずがないからな。うむ、その通りだ。やつはくたばったということだな。まずまちがいなかろう。

一陣の風が吹きすぎたあと、かすかに二つの足音が響きはじめた。いま来たばかりの道を二人は戻ってゆく。

どうやら、と気をゆるめることなく頭上の気配を探りつつ、左門は思った。うまくいったようだ。

上の二人は、柳生《やぎゅう》左門は死んだか、少なくとも重傷を負って川に流されたようだと、横目付に知らせるだろう。その報を受けた横目付はどんな考えを抱くものか。天下にその名が轟《とどろ》く柳生家といっても、この程度の粗忽者《そこつもの》でしかないのか、くらいは考えてくれるのではないか。

――甘すぎるだろうか。とにかく、これで、しばらくのあいだは監視の目がつくことはあるまい。

横目付の手の者を撒《ま》くだけなら、ここまで大袈裟《おおげさ》なことをする必要はなかった。監視者の目をくらますなど、たやすいことなのだ。

だが、もし左門が尾行者の視野をあっさり逃れたとなると、横目付たちは逆に血眼《ちまなこ》になってこちらの行方を捜すだろう。死んだか大怪我を負ったと思わせるほうが、これからの動きが楽になるのは疑いようがない。

さて、行くか。

目当ての上山村《かみやまそん》まで、もはや大した距離は残っていないはずだ。

上流に向かって、左門は川沿いを足早に歩きはじめた。

百姓にしては眼光が鋭い。

その目で吾郎造《ごろぞう》は、正体を見抜かんとばかりに左門をじっと見ている。

「あの、柳生さま」

低い声で吾郎造が呼びかけてきた。

「もう一度、口之津《くちのつ》から舟に乗せた船頭の名を聞かせていただけますか」

厳しい眼差しは、なおも左門を捉《とら》えて離さない。

うむ、と左門は小さくうなずいた。

「俺を口之津から鬼池湊《おにいけみなと》まで乗せてくれた船頭は、多喜助《たきすけ》という。その多喜助がおぬしのことを俺に教えてくれたのだ」

さようですか、といって吾郎造がちらりと後ろを振り返る。

古ぼけて隙間だらけの戸の向こうに、吾郎造の妻子とおぼしき者が蓙《ござ》の上に座り込み、こちらを見つめている。家に床は設けられておらず、叩きかためられた土間だけが広がっている。細い四本の柱だけで、この小さな家は建っているように見えた。

背の曲がった女房はずいぶん老けて見えるが、その横腹にしがみつくように座っている男の子は四、五歳と思える。食べ物をろくに与えられていないのか、男の子はやせ細っており、腕は枯れ木のようだ。

おそらく、と左門は思った。男の子の歳からして女房は、まだ三十に達していないのではあるまいか。

目の前に立つ吾郎造も一見、五十過ぎに見えるが、実は四十にもなっていないのではないだろうか。

為政者に搾《しぼ》り取られるだけの貧しい百姓たちは、滋養が体に行き届かないために、多くの者は実際の年齢よりずっと早く歳を取るという。

以前、兄の十兵衛《じゅうべえ》から聞いたことがあるが、信州のとある宿場で会った七十過ぎと思えた老婆が、実はまだ三十半ばでしかなかったこともあったらしい。

吾郎造が目を左門に戻した。

「柳生さま、つけられてはいませんね」

「むろん」

微笑とともに左門は答えた。

「寺沢家の者が二人、後ろについていたが、なんの心配もいらぬ」

「どのようにして撒かれたのですか」

「この途中、切り立った崖があろう。そこから足を滑らせて落ちたように見せかけた」

「見せかけたとおっしゃいますと」

「なに、実際に落ちてみせたのだ」

「えぇっ」

吾郎造が驚愕の色を顔に刻む。

「あの崖は、十五丈は優にあります。柳生さま、大丈夫なのですか」

「なに、へっちゃらだ。この通りよ」

にこりとして左門は胸を張った。

「はあ、さようでございますか」

吾郎造は、毒気に当てられたような顔をしている。あの、と声を低めていった。

「ご用件というのは、先ほどおっしゃったことでございますね」

「さよう。天草四郎どのにお目にかかりたい」

「四郎さまにお会いになって、柳生さまはどうするおつもりですか」

「目当ては四郎どのではない。四郎どののまわりに俺が捜している者がいるかどうか、確かめたいのだ」

「捜し人がいらっしゃるのでございますか。どなたでございますか」

ここは正直にいわぬと、と左門は思った。天草四郎に会わせてもらえぬな。

「松平忠長《まつだいらただなが》だ」

あえて左門は呼び捨てにした。それを聞いて吾郎造は、柳生さまはなにをおっしゃっているのだろう、という表情になった。

「松平忠長を知らぬか」

「駿河大納言さまでございますね。むろん存じております。しかし寛永《かんえい》十年でしたか、今から四年ばかり前に亡くなったとうかがいましたが」

「やつは生きている」

厳しい顔つきで左門は断言した。

「えっ、まことでございますか」

驚きの顔で吾郎造がきき返す。

「まことだ。――おぬしたちは、寺沢家に対し一揆を起こそうとしているのであろう。それも相当、大規模なものだ」

ずばりいった左門は、うろたえ気味になった吾郎造を見つめて続けた。

「なに、そのことについて答える必要はない。吾郎造、天草四郎どのの周囲に謎の人物はおらぬか」

天草四郎どのをはじめおぬしらはその者に操られているのではないか、という言葉はのみ込んだ。

「はて……」

目を上げて宙を凝視し、吾郎造が大きく首をひねる。

「四郎さまの周囲には確かに手前どもの知らない方は何人かいらっしゃいますが……。松平忠長さまと名乗られている方はおられません」

「やつは偽名を使っておろう」

「はあ、そういうことでございますか。あの、松平忠長さまというのは、どのようなお方でございますか」

「歳は三十二になったはずだ。磊落《らいらく》な性格をしていると聞いている。気宇《きう》がその体を覆い、見た目より大きく見える男のはずだ。そのような男が四郎どのの周囲におらぬか」

「気宇壮大なお方ですが……」

一所懸命に思い出そうとしているが、吾郎造の脳裏には、そのような男は引っかからなかったようだ。

「相済みません、わかりません。おられないように存ずるのですが」

そうか、と左門はいった。

「吾郎造、松平忠長がいるかどうかは別にして、天草四郎どのに会わせてくれぬか。是非ともお願いしたい」

左門が真摯《しんし》な口調で頼み込むと、吾郎造の目がきらりと光を帯びた。

「柳生さま、念のためにうかがっておきますが、まさか、四郎さまを害するために会おうとなされているのではありませんね」

ふっ、と左門は小さく笑った。

「もし俺が四郎どのを亡き者にするつもりなら、わざわざおぬしに話を持ちかけたりはせぬ。おのれの力で四郎どのを捜し出し、ひそかに始末することになろう」

始末、という容赦のない言葉に吾郎造が顔をゆがめる。だがすぐに、なるほど、というようにうなずいた。

「失礼ないい方をいたしますが、柳生さまご一門は、闇討ちというような仕事はお手のものとうかがっております」

「よく知っているな。その通りだ」

気を悪くすることもなく、左門はあっさりと肯定した。

「こんな田舎でも噂だけはよく入ってまいりますので」

そうか、と左門はいった。

「もともと柳生は忍び仕事を得手としている。その中でも闇討ちは得意中の得意だ」

「得意中の得意にございますか」

吾郎造が、人のよげな笑みを頬に浮かべてみせた。

その笑顔を見る限り、わずかながらでも左門に気を許したのではないかと見えたが、四郎に会わせるべきかどうか、吾郎造はまだ迷っているようだ。

左門に害意がないことは、もうはっきりと感じ取っているにもかかわらず、ためらいがあるとはどういうことなのか。

もしや、と左門は気づいた。理由は一つなのではないか。おそらく暴発が近いのだろう。一揆が間近に迫っているのだ。

今日は、寛永十四年十月二十三日である。吾郎造の様子からして、まさか明日ということはないような気がするが、二、三日のちにはキリシタンを中心とした百姓衆が蜂起《ほうき》するのではないだろうか。

今その支度に、四郎は忙殺されているのだろう。だから、できれば関係のない者を会わせたくないという気持ちが、吾郎造にはあるのだ。

もし左門を四郎に会わせれば、一揆が近いことを確実に覚ることも恐れているのかもしれない。左門から計画がよそに漏れることへの恐れもあるにちがいない。

「吾郎造、一揆はもう近いのだな」

吾郎造を見据えて、左門はいった。

「えっ。いえ……そのようなことは……」

「そのような微妙な時期に、四郎どのの手をわずらわせたくないという気持ちはよくわかる。だが、どうしても会わせてほしいのだ」

うなるような顔つきで、吾郎造が左門をじっと見ている。

「わかりました」

ついに吾郎造がいった。

「手前が柳生さまを、四郎さまのもとにお連れいたします」

「ありがたし」

左門は素直に謝意をあらわした。

「ただし柳生さま、目隠しをさせていただきます。その上で、両刀も預からせていただきます。よろしゅうございますか」

「そのくらいのことは、はなから心得ている」

「それと、柳生さまが目にされたことは、すべて他言無用に願います」

「それについては案じる必要はない」

「畏れ入ります」

ごそごそとやって、吾郎造が腰の手ぬぐいを手にした。

「まことに恐縮なのですが、目隠しはこれでさせていただきます」

吾郎造が手にしているのは、土の汚れのしみついた使い古しの手ぬぐいである。これでも貧しい百姓衆にとっては、貴重なものなのだろう。

「かまわぬ。やってくれ」

静かにいって、左門は目を閉じた。


道行きは、まっすぐな陽射しを受けているかのような草いきれを感じた。

途中、目隠しをされたまま左門は前を行く吾郎造にたずねた。

「吾郎造は四郎どのの奇跡を目の当たりにしたことはあるのか」

「いえ、ありません」

「目にした者に会ったことは」

「あります」

「ほう、そうか。その者はどのようなことをいっていた」

「すごい、すばらしい。ただ、それだけでございます」

「同じ村の者か」

「いえ、ちがいます。元はお武家だったお方でございます」

「四郎どののまわりをかためている者の一人か」

「さようにございます」

それから四半刻ばかり歩いただろうか。潮の香りが一段と強くなったところで、左門は吾郎造に止まるようにいわれた。

ここまで平坦な道がほとんどだったが、最後は上り坂が続いていた。その上り坂で、樹間にひそむ何人かの目を左門は感じた。多分、四郎を守る者たちが放った警戒の眼差しであろう。

「どうぞ、目隠しをお取りになってください」

手を後ろに回して目隠しを取り、左門は目をゆっくりと開けた。まぶしさが視野の中にあふれるようなことはない。すでに太陽がだいぶ傾いていることもあるが、目がくらんでなにも見えないということがないよう、左門は常に鍛錬を欠かさずにいる。

鬱蒼《うっそう》とした木々がまわりを取り囲む山中に立っていた。西側が崖になっており、その向こう側に海が広がっているのだろう、潮の香りがひときわ強いものになっている。潮が強く香るのは満ち潮になりつつあるためか。暮れ六つまで、あと一刻もないのではないか。

あたりに人けはない。

「ここはどこだ」

手ぬぐいを返して左門は吾郎造にたずねた。

「とある村としか、申し上げられません」

村といっても、まだその入口に過ぎない。緑濃い道の先のほうに、四軒ばかりの狭い家がかたまって見えている。その先は木々にさえぎられているが、奥のほうに十軒近い家が建っているのが感じ取れる。

「この村に天草四郎どのがおられるのか」

目を吾郎造に戻して、左門はたずねた。

「いらっしゃるからこそ、柳生さまをお連れしました。それにしても——」

ほれぼれしたような目で、吾郎造が左門を見る。

「柳生さまは、やはり大したものでございますなあ」

「なんのことかな」

「上山村を出てからのことでございますよ。手前が手を引きますというのを断られたにもかかわらず、柳生さまはまったく当たり前の足取りでここまでいらっしゃいました。手前はほとほと感心いたしましたよ。柳生さま、まさか見えていたというようなことはございませんね」

「うむ、まったく見えていなかった」

「さようでございましょうな。そのためにわざと汚れた手ぬぐいで目隠しをさせていただいたのですから。まるですべての景色が見えているかのような足取りは、日頃の鍛錬の証《あかし》でございましょうね」

「なに、大したことはしておらぬ。俺はまだ生きていたい。それだけのことだ。そのために神経を針のようにとがらせて歩いていたのだ。さすれば、まわりの様子がどんなものか、わかってくるものだ」

「神経を針のように、でございますか」

足音がし、数人の屈強そうな男が村のほうからやってきた。

「吾郎造、一緒にいるのは何者だ」

目が細い男が鋭い声を発した。身なりは百姓そのものだが、物腰からしてどうやら侍のようだ。元小西《こにし》家の者かもしれない。手には刀を提《さ》げている。

丁寧に辞儀をして吾郎造が左門を紹介する。

「柳生左門だと。何用だ」

侍がぎらつきを帯びた目を左門に注ぐ。いつでも刀を引き抜けるように腰を落とす。

「柳生家といえば、公儀の犬ではないか」

「公儀の犬か。まさしくその通りだ。俺は上さまの命で松平忠長を捜しに来た」

気負うことなく単刀直入に左門は述べた。

「松平忠長……。彼の者はとうに死んだはずだが」

「こちらにおらぬか。天草四郎どのの周囲にだが」

「そのような者はおらぬ」

「確かめさせてもらってもよいか」

「かまわぬが、おぬし、四郎どのに害意を持ってはおらぬだろうな」

「もしそのような者ならば、吾郎造がここまで連れてくるはずがない。それに、見ての通り、俺は丸腰だ」

ちらりと見やると、吾郎造が左門の両刀を掲げてみせた。

「なるほど」

吾郎造が、つと腰をかがめた。

「高西《たかにし》さま、柳生さまを四郎さまのもとにお連れしてもよろしいですか」

「ここまでわざわざやってきた者を追い返すのは、わしの本意ではない。丸腰の者を恐れていると思われるのも癪《しゃく》だ」

「ありがとうございます。では柳生さま、こちらにどうぞ」

吾郎造にいざなわれた。ついに天草四郎に会える、と左門の心は躍った。天草四郎とは、いったいどのような男なのだろう。

高西と呼ばれた侍や吾郎造とともに村の奥へと歩くにつれ、胸を圧すようなものが一杯に立ちこめていることに、左門は気づいた。

これは、と考えた。ここの村人たちの張り詰めた気のようなものではないだろうか。やはり一揆はもう間近に迫っているのだ。

村のいちばん奥まった位置に建つ、やや大きな家の前に左門はやってきた。この家は村名主《なぬし》のものだろう。

柱だけが立つ門を入ると、敷地内には十数人の男がいた。いずれも殺気立った目で、左門を見つめている。誰もが腰の刀に手を置いていた。

「吾郎造、その男は」

ひときわ背の高い男が足を踏み出し、きいてきた。この男も侍だろう。

腰を折った吾郎造が、またも左門を丁重に紹介する。

「柳生左門どの……」

目を険しくし、背の高い男がにらみつけてきた。

「左門どのは、松平忠長公を捜しているのだそうだ」

揶揄《やゆ》するような口調で高西が告げた。

「ほう、さようか。つまり柳生どのは死んだ者を捜しておるのだな。それはまず見つかるまいよ」

まわりの者から、どっと笑い声が起きた。

「天草四郎どのに会わせてもらえるか」

左門は静かな声音でいった。笑い声がぴたりとおさまる。

「いや、もうその必要はないようだ」

左門は一人の若者に顔を向けた。

皆が笑う中、白い歯を見せることなく一人だけ穏やかな眼差しをしている者がいたのだ。

「そちらのお方が四郎どのであろう」

なるほどな、と左門は天草四郎と呼ばれる男を見て納得した。後光のようなものに包まれている。人離れした感じの微笑を浮かべていた。どこか異人のようだ。

この男の前では、と左門は思った。無辜《むこ》の民はひざまずき、ひれ伏してしまうだろう。なにも、わざわざ手妻《てづま》など使う必要はないような気がする。そこにいるだけで、人々の心を強烈に引きつける力を持っているのは明白だ。この男ならば、民の敬慕を一身に集めても不思議はない。

それに、ずいぶんと落ち着いた物腰をしている。一揆が迫っているはずなのに、切羽詰まった感は一切ない。船頭の多喜助がいった通り、十五歳前後に見えるが、その歳とは思えないほど器量が大きいのかもしれない。

よくぞ忠長一派は、このような若者を見つけたものだ。

感嘆めいた思いを抱きつつ、左門は四郎に歩み寄った。

「それがし、柳生左門と申す。どうか、お見知り置きを」

天草四郎が頭を下げる。

「こちらこそよろしくお願いします。――左門どのは、松平忠長公を捜しておられるのか」

「さよう。四郎どののまわりに松平忠長はおらぬか」

「おりませぬ」

あっさりと四郎が答えた。嘘はいっていないように見えた。いや、まちがいなく四郎は真実を告げている。

ということは、と左門は暗澹《あんたん》たる思いを抱いた。本当に天草四郎の周囲に忠長はいないのだ。

──これはどういうことか。

顔にあらわしはしなかったが、左門は戸惑うしかない。

俺はまったく見当外れのところに来てしまったのか。

「左門どの、らしくもなくうろたえているようじゃの」

背後から聞き覚えのある声がした。さっと振り返ると、一人の年寄りがにこにこと柔和な笑みをたたえて立っていた。

「あっ」

左門の口から声が漏れた。

「おぬしは」

例の才槌頭《さいづちあたま》の老人である。

「わしがここにいるのは意外かな」

しわがれた声で左門にきいてきた。

「おぬし、ここでなにをしておる」

「左門どの、そなたはもう一揆が近いことを見抜いておるらしいの。わしは、得物や玉薬などを一揆勢に供しているのじゃよ」

「金儲けのためか」

「金など儲けられるはずがない。壮大な志というところじゃな。それを四郎さまたちにわかっていただいたゆえ、武具なども入れられる」

「どんな志か、聞かせてもらってよいか」

「残念ながら、今はいえぬの。だが、左門どのならきっと賛同してもらえそうじゃ」

左門は改めて、目の前の老人を見つめた。

「おぬし、湖西屋《こさいや》と関わりがあるのか」

「あるといえばあるの。わしも堺の者じゃからな」

「おぬしはいったい何者だ」

「わしは樽留屋《たるどめ》という店のあるじじゃ」

「名は」

「菜右衛門《さいえもん》」

「変わった名だ。誰が名づけた」

「それはどうでもよかろう」

「偽名ではなかろうな」

「偽名ではない。以前はちがう名を名乗ったこともあったが」

「どのような名だ」

「よいではないか。昔の話よ」

問い詰めたところで答えそうにない。左門は矛先を変えた。

「ここに松平忠長はおらぬのか」

「おらんよ。見ての通りじゃ」

「おぬし、忠長のそばにいたことはあるのか」

「あったかもしれんの」

「やつは今どこにいる」

「知らんな」

「心当たりは」

「ない」

「嘘をつくな」

「嘘ではない。今どこにいるのか、本当に知らんのじゃ」

この年寄りの胸ぐらをつかみ、揺さぶりたい衝動に左門は駆られた。息を入れてその思いを嚙み殺す。この年寄りは、脅してもすかしてもなにもいうまい。いうくらいなら、さっさと死を選ぶだろう。そんな覚悟を感じさせる男だ。

左門と菜右衛門とのやりとりを、にこにこして四郎が見ていることに気づき、左門は顔を向けた。

目が合い、四郎がにっこりする。

「左門どの、では、それがしはこれにて失礼します」

四郎が丁寧に頭を下げた。

「四郎どの、もう一度おききする。忠長とおぼしき者を見かけたこともありませぬか」

「忠長公とはわかりませぬが、そのような人を見かけたことはあります」

左門は目を見開いた。

「いつのことです」

「ひと月ばかり前でしょう。一目で身分のある方と拝察いたした。しかし、それがしと話をすることなく、ほんのしばらく天草に滞在しただけで、どこかに行かれたようです。あれが忠長公だったとしても、あれからどちらに行かれたか、それがしに心当たりはありませぬ」

一から忠長捜しをはじめなければならぬということか。徒労が体を包み込む。

いや、疲れたなどといってはおられぬ。顔を上げ、左門は前を向いた。上さまの憂慮の雲をきれいに取り払うと、誓ったばかりではないか。まだその途上に過ぎぬ。

気を取り直した左門は穏やかに四郎にたずねた。

「四郎どの、今宵はこちらの村名主の家にお泊まりか」

「いえ、居は移します。それがしの居場所を探り出そうとする者はあとを絶ちません。同じところにいては危ないものですから。命は惜しみませぬが、まだ死ぬわけにはいきません」

——左門どのは今宵どうされる」

「まだ決めておりませぬ。どこかに宿を求めねばなりませぬ」

そういえば、と左門は思い出した。船頭の多喜助に有り金すべてを渡したではないか。

今は文無しである。ここで四郎に無心するわけにもいかない。一揆を目前に、一文でも銭が必要なときだろう。

四郎が瞬きのない目で左門を見る。

「それがしと会ったことを江戸に知らせますか」

「そのつもりはありませぬ」

はっきりと左門は伝え、続けた。

「そこに控えている吾郎造と、目にしたことすべてについて他言せぬ、と約束しました。その約束をたがえるつもりは毛頭ありませぬ」

「それはよい心がけ。約束を守る者には必ずや幸運が訪れましょう」

「それは天主教《てんしゅきょう》の教えですか」

「いえ、それがしがふだんから思っていることですよ。律儀に暮らしている者には必ず幸せが舞い降りるものだと考えているのです。そうでなければ、生きている甲斐《かい》がないでしょう」

「だが、この地には生きている甲斐など、どこにも見いだせないのでしょう。だからこそ、四郎どのたちは一揆を起こそうとしている。一揆となれば、死にゆく者が多数、出てきますぞ」

「死ぬのは一見悲しいことに見えますが、それで魂は救われます。ですから、実は喜ばしいことなのです」

「それは、百姓衆を死地に赴《おもむ》かせるための方便に過ぎぬのでは。死を恐れぬ兵ほど強いものはないといいます」
「別にそれがしは皆さまに死を強要しているわけではありません。こたびの一揆において
も、今の世をなんとかしたいと思っている者だけが加わっています。そういう崇高な目的
を持つ者は、決して死を恐れません」
「四郎どの、一揆を起こす目的はなんですか。松倉《まつくら》家と寺沢家を改易に追い込むことです
か。それとも、この地における一揆を端緒に徳川家の世をひっくり返そうとしているので
すか」
「そこまで大仰なことは考えておりません。苛烈《かれつ》な政《まつりごと》を行ってきた両家に対する我らの
うらみは、ひじょうに深いものになっています。その政の非道を正せればよいと、それが
しは考えています。あとは信仰の自由です」
さようですか、と暗澹たる思いを抱いて左門はいった。政道を正すのはともかく、信仰
の自由を得るのはこの上なくむずかしいだろう。公儀は天主教を忌み嫌っている。許すは
ずがない。
この一揆は行き着くところまでいかねば終わらぬな、と左門は思った。
「四郎どの、一つお願いがあります。聞いていただけますか」
「なんなりと」
「四郎どの、ここで奇跡を見せていただきたいのですが――」
それを聞いて、四郎のまわりの者たちに緊張が走った。高西などは、無礼者めっ、と怒

声を放ったくらいだ。

「よろしいですよ」

周囲の騒ぎをよそに、四郎が快諾する。

「左門どのは、どのような奇跡をご覧になりたいですか」

「すぐに見せていただけるものなら、なんでもかまいませぬ」

「では、こちらをご覧に入れよう」

唐突な感じで四郎が懐に手を入れた。手を外に出したときには、羽をたたんだ鳩が手のひらにいた。おとなしくじっとしている。

「今からこの鳩は卵を産みます」

四郎がそういったときには、手のひらから鳩が消え失せ、代わりに小さな卵がのっていた。まわりの者から、うおっ、と驚きの声が上がった。

左門は黙って見続けた。

つとしゃがみ込み、手にしている卵を四郎がかたわらの石にぶつけた。卵が割れ、中身がどろりと出てきた。

おおっ、とまたまわりの者から声が発せられた。どろりとした中に、小さな巻物があったのである。

巻物を指でつまんで、四郎は静かに開いてみせた。なにか小さな文字が一杯に書かれている。

「これは天主教の経文です」

左門に向かって静かにいい、四郎が微笑する。経文の巻物を上に向かって放り投げると、どこからあらわれたのか、鳩がそれをくわえて飛び去った。

正直なところ、左門には四郎の手妻が見破れなかった。それほどの鮮やかさだ。これだけの手妻師は、江戸にもそうはいないのではないか。

なにも一揆など起こさずとも、江戸に出てくればいくらでも稼げるのに。これだけのものを見せられたら、神の使いだと百姓衆が思ってもなんら不思議はない。こぞって天主教の宗徒となったことだろう。

日が落ちかけていた。森に囲まれた村は暗くなりつつあり、あたりは墨がにじんだようになっている。

「左門どの、一揆が起きたらそなたはどうされますか」

不意に四郎がきいてきた。

「それは、それがしが四郎どのの敵となるか、味方となるか、問われているのですか」

「その通り」

「それがしは上さまの命を受けて動いている身です。上さまが一揆の鎮圧を命じるのであれば、一瞬たりとも躊躇《ちゅうちょ》することなく、四郎どのの敵に回ります」

さようか、と心なしか寂しそうに四郎がつぶやいた。

「そなたのようなお方を味方にできたら、どれほど心強かったであろう」

後光が弱まり、四郎はどこか心細げに見えた。途方に暮れているようにすら見える。そこにいるのは、まだ成長しきっていない、ただの十五歳の男に過ぎない。

その姿を見つめていると、味方をしてやりたいという思いに左門は駆られた。だが、ここで家光を裏切るわけにはいかない。家光とのあいだには断ち切ることのできない強い絆がある。

「では、それがしは帰ります」

振り切るように四郎に告げて、左門は吾郎造を見た。手ぬぐいを手に吾郎造がうなずき、近づいてきた。

「吾郎造どの、やめておきなさい。その必要はありません」

四郎が穏やかに制した。

「この村の場所を漏らすようなことは、左門どのはされません。それにどのみち、それがしたちはここから移動します」

「しかし四郎さま」

やや不満げな色を見せて高西がいう。

「柳生家といえば、公儀の御用をつとめる家でございます。鼻はまちがいなく利きましょう。この村の場所を知られてしまうと、我らがこの村からどこへと向かったか、嗅ぎつけるやもしれませぬ」

その言葉を受けて、にこやかに四郎が笑った。

「左門どのはそのような真似はいたしませんよ。ね、左門どの」

「もちろん誰にもいいませぬ」

「公儀の手の者の言葉を信じるわけにはいきませぬ」

「――高西どの」

やんわりと菜右衛門が呼びかける。

「左門どのの人柄は手前が請け合います。左門どのがいわぬとおっしゃるのなら、それは動かしがたい真実でございます」

その一言で左門は目隠しをすることなく、村をあとにすることができた。両刀も返された。

遠ざかってゆく左門を、四郎はいつまでも見送っていた。気配からそうと知れた。

その夜は結局、吾郎造の家に泊まった。筵《むしろ》の上だったが、存外に寝心地はよかった。野宿することに比べれば、極楽といってよい。

いや、この地には天主教が深く根づいている。天国といったほうがよいのだろうか。

五

寛永十四年十月二十五日。

ついに一揆が暴発した。

天草とは海を挟んだ地である島原《しまばら》の百姓衆が、有馬《ありま》村にある松倉家の代官所を襲ったのである。一揆勢は代官の林兵左衛門を血祭りに上げて、海沿いの街道を北へ向かった。松倉家は、鎮圧のためにすぐに軍勢を繰り出した。有馬村の北に位置する深江《ふかえ》村で一揆勢を迎え撃ったものの、すぐに打ち破られ、敗走した。

勢いに乗った一揆勢は、松倉家の居城である島原城に一気に迫った。城下に火を放った上で城を攻めはじめたが、籠もる松倉勢も、落とされまじ、とさすがに懸命の守りを見せた。城兵の頑強な抵抗の前に、一揆勢は城を落とすことをあきらめ、島原城下から兵を引いた。

その数日後、天草において天草四郎率いる一揆勢が動き出した。まず本渡《ほんど》という天草の中心地を攻め、寺沢家の役人や兵を殺し、追い出した。さらに十一月十四日には、千五百といわれる寺沢勢と大規模な合戦に及んだ。

この戦いで天草四郎勢は、寺沢家の天草支配の拠点である富岡《とみおか》城城代の三宅藤兵衛《みやけとうべえ》を討ち取るほどの大勝利を挙げた。このときの戦いは、戦場近くの山口川が死骸で埋まり、流れが堰《せ》き止められたといわれるほどの激戦だった。

逃げる寺沢勢を追うのはたやすいことだっただろうが、天草四郎勢も本渡の戦いではかなりの犠牲を払っていた。数日のときをかけて陣容をととのえ、天草四郎勢は十九日、富岡城を囲んだ。

天然の要害に築かれた富岡城は堅固だったが、死を恐れぬ者たちばかりの天草四郎勢の勢いはすさまじく、あっという間に二の丸を落としてみせた。

だが、本渡で討ち死にした三宅藤兵衛の代わりに籠城戦の指揮を執った原田伊予《はらだいよ》以下城兵たちの奮戦ぶりもすさまじく、特に鉄砲を中心とした火力はとてつもない威力を発揮した。ばたばたと倒された天草四郎勢は二の丸で釘づけになり、本丸まで進むことができなかった。

その後、幕府の命を受けた九州の各大名の援軍が一揆勢を殲滅《せんめつ》せんと近づきつつあることを知った天草四郎勢は二十五日、富岡城攻めを断念し、海を渡って島原に上陸した。富岡城を攻めていては、それは不可能でしかなかった。

九州の大名家の大軍勢と戦うのに、天草四郎たちが選んだ場所。

――原《はら》城である。

寒風が吹きすさぶ。

九州といっても寒いものだな。

左門はぶるりと身を震わせた。鎧がわずかに音を立てる。

九州といえば南国という思いがあり、もっとずっとあたたかなところだと思っていた。

これでは柳生や江戸と同じではないか。

だが、この寒さも当たり前だろう。明日になれば新しい年が明けるのだから。

改元がなければ、明日は寛永十五年一月一日ということになる。

腕組みをして、左門は目の前の城を眺めた。

およそ二十年前に廃城になった城だが、門も塀もいまだにがっちりとし、土塁は高く盛られている。土塁の上に積み上げられた石垣もしっかりとしており、崩れ落ちているところなどほとんどない。

その上、一揆勢がかなりの普請《ふしん》を加えているので、相当の堅固さを誇る城といってよい。加えて、原城は三方を海に囲まれ、残りの一方である西側は沼や湿地が広がり、いかにも攻めがたく守りやすい地勢となっている。

天草四郎勢や島原の一揆勢が籠もったこの城を一目見て、左門は、難儀な戦になるだろう、と思ったものだが、その予感はどうやら的中しそうだ。

九州の大名の軍勢を中心とした攻城軍は、ここまで苦戦の連続である。総攻撃は二度もなされたが、いずれも失敗に終わった。特に十二月二十日に行われた二度目の総攻撃は惨《さん》憺《たん》たる結果で、四万もの軍勢が繰り出したにもかかわらず、一揆勢の猛攻撃を浴びておびただしい死傷者を出し、なすすべもなく敗退した。

原城はもともと、有馬《ありま》貴純《たかずみ》が明応《めいおう》五年（一四九六）に築いた城だが、貴純の六代あとの有馬家の当主である直純《なおずみ》が慶長《けいちょう》十九年（一六一四）に日向延岡《ひゅうがのべおか》に転封《てんぽう》になったことで、廃城になった。

それ以降、長いこと放置されてきた城でしかないが、四万と号しているらしい一揆勢が籠城するのに、十分すぎるほど広大な縄張を誇っている。この地に居城を築いた有馬貴純という大名は、きっと戦術眼に優れた武将だったにちがいない。

「左門どの、明日、ついに三度目の総攻撃だそうにござる」

横に立った者にいきなりいわれ、左門は向き直った。

「元日に総攻撃ですか。竜口《たつぐち》どの、それはまことのことか」

「まちがいござらぬ。拙者は井上どのより、その旨、しかと聞きもうしたゆえ」

井上というのは長門守《ながとのかみ》といい、数多い黒田家の重臣の一人である。横に立つ竜口駿兵衛《しゅんべえ》は黒田家譜代の家臣であり、柳生新陰流の達人といってよい。九州に入った左門が黒田家の世話になったとき、稽古をつけて親しくなった男である。歳は左門より二つばかり上だが、人なつこく、どこか歳下のように感じることがある。

「まさか元日に攻め寄せてくるとは、籠城軍の誰もが思わぬでしょうから、目の付けどころとしては悪くないと拙者は思います。原城には、酒もふんだんに用意してあるようでござる。新年の祝い酒をかっ食らい、籠城軍が酔い潰れたところを、一気に屠《ほふ》るつもりでございましょう」

果たしてどうだろうか、と左門はその策を危ぶんだ。キリシタンが自分たちのように正月を祝うものなのか。祝うとしても、気をゆるめることなどないのではないか。むしろ、こちらの油断を狙って攻撃を仕掛けてくることも、十分に考えられる。

「攻撃は明日の夜明けでしょうか」

打って出てくる気配がないか、城の様子をじっとうかがいながら、左門は駿兵衛にたずねた。

「さようにございましょうな。朝駆けというやつにございますな。攻撃が進まぬことに業を煮やされた上さまが、新たな上使として松平伊豆守《まつだいらいずのかみ》どのを遣わされたという噂もございます。松平伊豆守どのの来着が遠くないことを知り、板倉内膳《いたくらないぜん》どのは焦っておられると聞きます。あるいは、夜明け前かもしれませぬ」

板倉内膳は諱《いみな》を重昌《しげまさ》といい、この乱の鎮圧を家光から任され、上使として原城にやってきた。歳は五十。今から二十数年前の大坂の陣の際、『国家安康』『君臣豊楽』で知られる方広《ほうこう》寺の鐘銘《しょうめい》で豊臣家に難癖をつけた一件において、豊臣家への使者をつとめたほどの器量人だ。幼い頃から家康に近侍《きんじ》し、近習出頭人と呼ばれた人物である。

確かに板倉どのは器量人なのだろうが、と左門は思った。戦に関しては、残念ながら才は乏しいようだ。誰か、歴戦の戦上手を指揮者として持ってこない限り、からからに乾いた餅がひっついたような今の状況を、引っぱがすことはできないのではないだろうか。

その役として、松平伊豆守は適役だろうか。歳は四十二というから、今年は本厄である。歳より若く見える、才走った顔つきをしているが、戦に関してどの程度の才があるのか、左門は知らない。このあいだ江戸に行ったとき、千代田城内で会ったのが最後だ。

原城を見つめる駿兵衛の目が、らんらんと輝いている。

「竜口どの、腕が鳴りますか」

「うずうずして仕方がありませぬ」

破顔し、駿兵衛が力こぶをつくってみせる。

「それがし、生まれてこの方、なにゆえこんなに生まれるのが遅かったのか、とずっと歯嚙みしておりもうした。せめて四十年前に生まれておれば、大坂の陣には参加できていたものを。侍に生まれた以上、戦というものを骨の髄から味わってみたいと願っておりもうした。その願いがついにかなうことになり、感無量にござる」

同じ願いを持つ者は少なくないだろうな、と左門は思った。だが、それとは逆に、せっかく戦が絶えて久しい時代に生まれ合わせたというのに、戦いに出なければならないことを嘆いている者も、また多かろう。

「総攻撃ということは、今度こそは全軍で攻め寄せることになるのでしょうか」

「それがしもそうであれば、と願っています。これまでの二度は蚊帳《かや》の外でしたから。今度こそは、という気持ちは強うござる」

三度目の正直ということわざがある。それとも、二度あることは三度ある、になってしまうのか。

「我らは湿地を踏み越えて、あの城を攻めるということになりますね」

左門がきくと、駿兵衛が深くうなずいた。

「そういうことでしょう。あの城の攻め口は西側しかありませぬ。そこを我らも他勢と同様、攻めることに相なりましょう」

「黒田家は、大江口を受け持つのですね」

大江口とは原城にいくつかある門のうち、最も南側に位置している門のことだ。左門の正面に見えている。距離は五町ばかり。

「そういうことになりましょうな。早く明日がこぬものか」

大きく息をついて、駿兵衛が左門を見つめてきた。

「左門どの、鎧兜《よろいかぶと》の着け心地はいかがでございますか」

「それがしも戦に加わるのは初めてのことゆえ、こうして鎧兜を着用するのは初めてのことですが、なにかこう、しっくりくるというか、悪くないものだな、と思っています」

「とてもお似合いですぞ」

「竜口どのも」

「左門どの、明日は必ず手柄を立てましょう」

「もちろん」

強く顎を引いてみせたものの、左門の心は少し重かった。天草四郎だけでなく、上山村の吾郎造もあの城の中にいるのだろう。船頭の多喜助も籠城軍の一員かもしれない。

吾郎造たちとは、できることなら戦いたくない。

朝日が昇る前に、城攻めは開始された。

だが、今回も総攻撃とは名ばかりで、黒田家の出番はなかった。

それを知って左門はほっとしたが、駿兵衛は文字通り切歯扼腕《せっしやくわん》した。

なにゆえ黒田勢は一万八千もの兵を擁しているのに、原城攻めに出ていかないのか。いや、単に出ていけないのかもしれない。

キリシタンの乱ごときで大事な家臣を失いたくはない、と当主の黒田忠之《ただゆき》は考えているのではないのか。

もっとも、黒田家の家中は暗愚との評がある忠之に心服せず、家老である黒田一成《かずなり》の命にすべて服従しているらしい。

黒田一成は生まれが元亀《げんき》二年（一五七一）というから、まさに戦国のまっただ中である。高名な黒田如水《じょすい》の養子に迎えられた男で、黒田長政《ながまさ》の弟も同然に育てられたという。

そんな戦国からの生き残りが、自陣にいるのである。その男の下知《げち》通りに動くのが、家臣としては、自然で当たり前のことなのであろう。

ということは、黒田兵を城攻めに出さないようにしているのは、黒田一成ということか。

攻城軍の先手は、筑後久留米《ちくごくるめ》で二十一万石を領する有馬家である。八千を超える人数が三の丸の堀際にまで、雷のごとき喊声《かんせい》を上げて一気に押し寄せていったが、籠城軍の鉄砲や矢などにやられて、あっという間に死傷者が続出した。退《ひ》き太鼓が叩かれ、有馬勢はあえなく撤退した。

鉄砲の筒先から吐き出された煙がもうもうと漂い、城は霞《かす》んで見えにくくなっている。

寄せるのなら今のうちなのに、と左門は思ったが、板倉内膳の采配は振られない。煙がゆったりとした風に払われてゆく。やがて城がくっきりと望めるようになった。板倉内膳の采配が振られ、今度は有馬家の左手に陣していた松倉家の軍勢が、押し太鼓とともに繰り出してゆく。

こちらは五百の小勢に過ぎないが、有馬勢と同様に三の丸の堀際まで押し出してゆくとに成功した。だが、すぐに雷の咆哮《ほうこう》のような鉄砲の音が響き渡り、雨のように鉄砲玉が降り注いだ。堀際は阿鼻叫喚《あびきょうかん》のありさまになったはずだが、おびただしい煙が邪魔してどういう状況なのか、はっきりと見えない。

鉄砲の音がやみ、またも煙が流されてゆく。

松倉勢には生きている者がいないのではないか、と思えるほどの惨状だ。あわてて退き太鼓が鳴らされ、松倉勢は惨憺たる様子で陣に戻ってきた。五百の兵のうち、四百以上が死傷したのではあるまいか。

有馬勢の右翼を受け持っている鍋島《なべしま》家が、松倉家のあとに進んでいった。だが、こちらも有馬勢と松倉勢とまったく同じ運命をたどった。鍋島家の当主である勝茂《かつしげ》は、原城攻めに三万五千もの兵を率いてきたが、兵の多さがあだとなり、堀の前で押し合いへし合いすることになってしまい、敵の恰好の的になったのだ。この元日の戦いだけで、鍋島勢は三千人近くが討ち死にしたのである。

鍋島勢の損害がこれほどひどいものになったのは、多勢過ぎて身動きがかなわなくなったせいだけではない。松倉勢の惨状を目の当たりにした板倉内膳が采配をかなぐり捨て、自ら槍を手に敵前に突進し、鉄砲の玉を受けて戦死したこともある。

上使が目の前で討ち死にしているのに、その指揮下にあった軍勢がすごすごと引くわけにはいかない。板倉内膳の仇を報ずるため、鍋島勢はさらに苛烈な攻撃を続けたのである。だが、さすがに三千近い死者と、その倍もの負傷者を出して戦いが続行できなくなり、引き上げるしか道はなくなった。

夕刻前に、鍋島勢は自陣に戻ってきた。原城に対する攻囲戦があとどのくらい続くか知れないが、もはや鍋島勢は戦力として計算できなくなった。

もし黒田家ではなく、鍋島家の陣所にいたら、自分はもうこの世にいないかもしれない。それほどの悲惨さだった。

なにしろ、元日のこの攻撃だけで、攻城軍は四千人に及ばんとする兵を失ったのである。攻める側がこれほどの死者を出した攻城戦というのは、戦国の頃でもそうはなかったのではあるまいか。

明らかに籠城軍は、と左門は思った。やり過ぎだろう。いくら大義名分があろうと、あそこまで徹底して寄せ手を殺すことはない。天草四郎とその幕下の者はまちがいなくやり方を誤った。

それにしても、あれだけの量の玉薬を籠城軍に供給したのは、樽留屋菜右衛門であろう。菜右衛門という男はいったいどういう伝《つて》があるのか。異国とのつながりが深いということか。

攻城軍の中に、籠城軍への憎悪がどろりと渦巻いているのを左門は感じ取っている。原城が落城するとき、いったいどれほど悲惨な光景が現出することになるのだろうか。そのことを思うと、左門の胸は重苦しくなった。

年明けの一月四日の夕刻間近、松平伊豆守信綱《のぶつな》が到着した。武蔵忍《むさしおし》で三万石を領する大名である。千五百の兵を連れてきていた。

左門にとって、知らない男ではない。挨拶に行くか、と思っていたところに、当の信綱から使者が来た。

「なにゆえ、伊豆守どのはそれがしが黒田陣にいることを存じておられる」

左門は使者にただした。

「いえ、それがし、委細は存じませぬ」

使者の案内で左門は松平陣に入った。原城からはずいぶん離れており、各大名の陣所の中でいちばん奥まった場所といってよい。

めくり上げられた陣幕を一礼してくぐると、快活な声が降ってきた。

「左門どの、久しいな」

甲冑《かっちゅう》に身を固めた者たちが立ち並ぶ中、一人、床几《しょうぎ》に腰かけてにこにこしている男がいた。他の者と同じく甲冑を身につけており、それが意外になじんでいる様子だ。

それを見て左門は、もしや戦上手なのかもしれんな、と感じた。

左門にも床几が勧められたが、けっこうでございます、と断り、他の者と同様、立ったままでいた。

「左門どのが黒田陣におられることは、それがし、こちらの御仁に聞きもうした」

信綱がいい、後ろを振り返った。それに合わせるように陣幕がはね上げられ、一人のいかつい男がのそりと入ってきた。

「あっ」

我知らず左門は声を上げていた。

「兄上」

十兵衛三厳《みつよし》である。鎧を身につけている姿は初めて見た。

「兄上は、それがしが黒田家に世話になっていることをご存じでしたか」

「黒田家の者が知らせてきた」

黒田家に十兵衛の知己がいるのは当然である。十兵衛も、九州には何度も来ているはずなのだ。十兵衛のために喜んで働こうとする者は黒田家中にはいくらでもいるだろう。

そういうことだったか、と左門は納得した。目を上げ、十兵衛を控えめに見る。

「兄上、お元気そうでなによりです」

「この前、会ったばかりではないか。いや、我らのことはどうでもよい」

ちらりと信綱に目を投げ、十兵衛が二歩ばかり下がった。

うなずき、信綱が十兵衛以外の者にこの場を遠慮するように命じた。

「それで左門どの」

そうしておいてから、信綱が静かに呼びかけてきた。

「松平忠長公は見つかりそうでござるか」

左門が忠長捜しに精出していることは、家光から聞いているのだろう。

「目論見《もくろみ》が外れました」

左門は忠長の狙いを信綱にまず話した。その狙いを知った上で天草四郎と会ったものの、そのそばに忠長はいなかったことも語った。

「忠長公は、天草四郎と行動をともにしていない。あの城にはおらぬということだな。それにもかかわらず、おまえはこの地にとどまっておるのか」

強い口調で十兵衛にいわれた。

「一人、怪しい年寄りがいるのです。その者は忠長とつながっているのではないか、とそれがしは勘考しております」

「その年寄りの名は」

これは信綱がきいてきた。

「樽留屋菜右衛門といいます。堺の商人とのことで、歳は七十を超えているものと思われます」

「すると、永禄か元亀の生まれかな」

信綱がぽつりとつぶやく。

「戦国の生き残りでございますな」

信綱に合わせるように十兵衛がいった。

「樽留屋菜右衛門という男は、原城に籠もっているのかな」

信綱に問われ、左門は首を振った。

「おらぬのではないか、と思います。ただし、城の玉薬《たまぐすり》などを供しております。ですので、近くに必ずいるものと思われます」

ならば、と十兵衛が怒気をはらんだ声でいった。

「これまでの寄せ手の大損害は、樽留屋菜右衛門が与えたも同然ではないか。草の根分けてでも捜し出し、獄門に処さねばならぬ」

「獄門はともかく、左門どの、その樽留屋という人物を捜し出せるかな」

信綱がやんわりときく。

「必ず捜し出してご覧に入れます」

唇を嚙み、左門は力んで答えた。

「それは重畳《ちようじよう》」

にっこりと笑み、信綱が顎を引いた。

信綱、十兵衛との目通りがすみ、左門は松平陣を退出した。

黒田陣に向かって歩き出したとき、いきなり後ろから騒ぎが聞こえた。

──なにごとだ。

振り返り、左門は腰の刀を引き抜ける姿勢を取った。鉄の打ち合う音がしているのだ。なにが起きたかわからないが、陣内で戦いが行われているのだけは確かだ。

だっと土を蹴り、左門は陣幕をはね上げて中に入った。

血のにおいが鼻を突く。先ほどまで陣幕内にいた者が何人か倒れていた。すでに息はない。

松平陣は、背後から一揆勢に斬りこまれたのだ。原城を討って出た者たちではない。原城に籠もらず、もともと松平信綱の陣を狙っていた者がいたのだろう。それも人目につきにくい少ない人数で、夕闇に紛れて本陣を目指したにちがいあるまい。

陣幕内に信綱の姿はなかった。十兵衛が守りつつ、どこか安全な場所に連れていったと、左門は信じたかった。耳を澄ませ、目を閉じる。神経を研ぎ澄ませた。

耳が剣戟《けんげき》の音を捉えた。

──あっちだ。

陣幕をはね上げ、左門は飛び出した。そこには信綱の家臣とおぼしき者たちが大勢おり、あるじの行方を捜し求めて右往左往していた。左門を誰何《すいか》してくる者もいたが、左門はそれを無視した。かかずらっている場合ではない。一刻を争うのだ。

敵味方の死骸がいくつも横たわるのを追ってゆくと、寄せ手が作り上げた土塁の陰で、なにか光ったのが見えた。刀ではないか。さらに足を速めて近づいてゆくと、激しい戦いが行われているのが見えた。

戦っているのは一揆勢とおぼしき武者が五人に、信綱及び十兵衛である。

一揆勢は槍を得物としている。十兵衛は刀を抜いている。刀身は血でぬらぬらと鈍く光っていた。

信綱も刀を手にしている。そこそこはできそうだ。だが、もし十兵衛がやられたら、命はないだろう。

十兵衛は一人の鎧武者とやり合っている。十兵衛は鎧の隙間を刀で突こうとしたり、兜に向かって刀を振り下ろそうとしたりしているが、相手はそれを許さない。俊敏な動きに加え、槍遣いがまさに鮮やかとしかいいようがないのだ。十兵衛の間合を外して、的確にいやなところを突いてくる。信綱を守りながらの戦いだから、さすがの十兵衛も苦労している。もし十兵衛が倒れたら、信綱も同じ運命に見舞われることを十兵衛は知っている。だから乾坤一擲《けんこんいってき》の一撃を繰り出すわけにはいかないのだ。

「兄上っ」

叫びざま、左門は、槍の遣い手以外の者に向かって突っ込んだ。

ここは情けをかけてはいられない。そんなことをしたら、こちらがやられる。戦いとはそういうものだ。

躍りかかってきた武者へ左門は刀を突き出した。あやまたず刀尖《とうせん》は鎧の隙間にするりと入り込んだ。

脇腹をやられ、ぐわっ、と武者が叫び声を上げた。どうと音を立てて倒れる。

おのれっ、と怒号を発して別の武者が突進してきた。その槍をかわし、左門は容赦なく兜を刀で打ち据えた。

がん、と音がし、武者の首が揺れた。目の前が真っ暗になったらしい武者が、膝から地面に頽《くずお》れる。

左門は背後に回り、あらわになった武者の首筋に刀を突き刺した。

きさまっ、と叫んで、また一人が迫ってきた。体をひねってその突きをかわし、左門は顔に向けて刀を突き出した。武者は面頰《めんぼお》をしておらず、右目に左門の刀は吸い込まれた。

ぎゃあ、と悲鳴を発して武者が背中を反《そ》らせた。左門は、武者の喉仏の下に刀を突き入れ、とどめとした。刀を引き抜くと、武者は力なく地面に横倒しになった。

これで三人。残りは二人である。

十兵衛も信綱も無事だ。今や十兵衛は余裕を持って、槍の遣い手の応対をしている。むしろ十兵衛が押しはじめていた。

槍の遣い手のそばにいる武者は、すでに戦意を失っていた。槍の遣い手がわずかに息を入れた隙を見逃さず、十兵衛が武者の脇腹を刀で突いた。

一瞬で黒目が白目になり、武者の魂が体から抜けたのが知れた。武者が前のめりになり、地面に突っ伏す。

これで槍の遣い手だけに集中できるようになり、十兵衛はいよいよ押しまくりはじめた。

信綱は左門が身を盾にして守っている。その頃には信綱の家臣たちがわらわらと駆けつけてきていた。

最初のうち槍の遣い手は十兵衛の刀を弾き返していたが、疲れからかそれもやがてかなわなくなり、何度か鎧の隙間を突かれた。そこから幾筋もの血が流れ出しており、面頬の中の顔には焦りの色が見えはじめていた。

生きようとは、この槍の遣い手ははなから考えていないようだが、どうやら信綱を亡き者にできぬことが無念でならないようだ。

一揆勢は、と十兵衛と槍の遣い手の戦いを見守りつつ左門は思った。最初から、信綱がこの地にやってくることを予期していたのか。板倉内膳も信綱と同じ場所に陣を敷いていたにもかかわらず、そちらは襲われず、今度はいきなり襲撃してきたということは、信綱を邪魔者とみて殺したくてならぬ、という一揆勢の思いのあらわれではないか。

ぐっ、と喉が詰まったような声がし、槍の遣い手が両膝をついた。十兵衛の刀が喉笛を捉えている。

十兵衛が刀を引く。血がほとばしる。しばらく槍の遣い手は膝立ちのままでいたが、ゆらりと体を揺らすや、血だまりの中に顔を突っ込んだ。息絶えている。

ふう、と大きな息を十兵衛がついた。

「左門、無用のことぞ。まったく余計なことをしおって」

「はあ、申し訳ありませぬ」

「だが左門、礼をいうておく。助かった」

兜を脱ぎ、十兵衛が額や頬の汗をぬぐった。

「こやつは――」

しゃがみ込んで、槍の遣い手の兜をはいだ十兵衛がうめくようにいった。

「兄上、ご存じなのですか」

左門がきくと、十兵衛がぼそりと告げた。

「秀北《しゅうほく》だ」

「えっ。秀北というと、小西行長《こにしゆきなが》どののせがれですね。やはりこの地に来ていたのか」

「こやつには一度、会ったことがある。小西家の血筋の者の動向が気になって調べてみたときだ。讃岐《さぬき》で僧侶として骨をうずめるつもりでいたはずだが、あれは隠れ蓑に過ぎなかったのだな」

十兵衛が見誤るとは思えない。おそらく、十兵衛と会ったそのときは、本当に讃岐で天寿を全うするつもりでいたのだろう。

そそのかした者がいたのだ。まちがいなく忠長だろう。お家再興という甘言《かんげん》を繰り返し吹き込んだに相違ない。忠長が天下を取れば、必ずや小西家は再興される。それを秀北は本気で信じてしまったのだ。

だが、仮にその望みがかなうにしても、生きていればの話である。こうして骸《むくろ》になってしまえば、御家再興など夢のまた夢でしかない。

哀れな、と左門は秀北の死骸を見つめて思った。讃岐にいれば小西行長のせがれということで大事にされ、大過ない人生を送れたはずなのに。

——許すまじ、忠長。

左門の中で、怒りがふつふつとわき上がってきた。

必ず居場所を突き止め、これまでの付けをすべて払わせてくれよう。

二月二十八日に総攻撃は予定されていたが、前日の二十七日に戦いがはじまった。

その頃すでに攻城軍は長大な柵を設け、井楼《せいろう》を建てて、じりじりと原城に近づきつつあった。城内は兵糧も玉薬も尽きはじめ、兵たちも戦意を失いつつあるという知らせが、信綱のもとに入ってきていた。

それで二十八日の総攻撃が軍議で決まったのだが、その前日に鍋島勢が井楼を寄せようとしたところ、一揆勢が鉄砲を撃ちかけてきたのだ。それに応じたのは軍目付の榊原《さかきばら》勢だった。矢を放ったところ、たったそれだけで一揆勢の一部が崩れ立ったのだ。

一揆勢は崩壊しかけている。榊原勢はそう見抜き、抜け駆けも同然に城を攻めはじめたのである。

前回の総攻撃で壊滅的な損害を受けた鍋島勢も、榊原勢の勢いにつられるように堀を越え、土塁を乗り越え、石垣をよじ登って攻撃を開始した。

その知らせを受けた松平信綱は、戦機が熟したことを解し、すぐさま全軍に攻撃命令を発した。

他勢が原城に向かって突き進む。黒田勢も大江口に殺到した。

左門もむろん軍勢の中に加わっていたが、逃げ惑う一揆勢を殺すつもりはなかった。立ち向かってくる者だけは、なぶり殺しにされるよりましだろうと、楽に死なせることに専心した。むろん、首は打ち捨てにした。

二十七日の昼からはじまった攻撃は、籠城軍の奮戦もあって、その日のうちには終わらなかった。

夕の七つに信綱は攻撃停止の命を出したが、肥後《ひご》熊本《くまもと》の細川《ほそかわ》勢は攻め続け、本丸への一番乗りをしてのけた。

二十八日の夜明け前から、城攻めが再開された。細川家だけでなく、他勢も本丸にあっという間に乗り込んでいった。黒田勢も遅れまじ、と虎口《こぐち》を抜けて本丸に入り込んだ。左門も足を踏み入れた。

本丸からは炎と煙がもうもうと上がっていた。焼け出された一揆勢が次々に突き殺されてゆく。一方的な戦いで、虐殺としか呼びようがない。

夕刻になり、原城はついに陥落した。一揆勢はほとんど皆殺しにされた。累々たる死骸が転がっている。血のにおいに加え、死臭もすさまじい。

「おう、左門どの、ご無事だったか」

声をかけてきたのは、竜口駿兵衛である。

「左門どの、手柄は立てもうしたか」

「いや、なにも」

「それがしは兜首を二つ、獲りもうしたぞ」

駿兵衛の腰に二つの首がぶらさがっている。

「それは重畳」

「ときに左門どの、天草四郎のことはご存じか」

「いや、知らぬ。どうなった」

「残念なことに、細川勢に討ち取られたそうにござる。それがしが仕留めたかった」

そうか、あの若者も死んだか、と左門は目を閉じた。いったいなんのために死んでいったのか。

これで満足なのか。

目を開けた左門は累々たる死骸にもう一度目をやった。

「とにかく三月《みつき》に及んだ籠城戦は、ここに終わりを迎えたわけでござる。これでようやく福岡に帰れると思うと、さすがにうれしゅうてなりませぬ」

これほどまでの犠牲を強いた一揆。引き起こさせた忠長の狙いは、いったいなんだったのか。

松平信綱をこの地に呼び寄せ、討ち取ることだったのか。だが、その目的は達していない。それに、信綱を殺したからといってなんになるのか。

家光が最高の家臣を失うことになるのは確かだが、信綱以外に人材がいないということはないのだ。

だが、と左門はふと気づいた。家光のそばにいま信綱がいないという事実は、やはり大きいのではないか。

もしかすると、信綱を家光のそばから引き離すことこそ目的だったのではないか。

そうかもしれぬ。

左門はいても立ってもいられない気持ちになってきた。

六

これが江戸だ。

木《き》村迅八郎《むらじんぱちろう》はにやりとした。

大勢の者がろくに用事もないのに、行きかっている。喧嘩をしているような大声で話をしている。

この喧噪《けんそう》こそが江戸である。江戸そのものといってよい。

左門には、と迅八郎は思った。一杯食わせてやった。この俺や忠長さまが九州にいるように見せかけたのだが、ものの見事にだまされたのである。

ここまでくるのにさまざまな者の助力があった。大勢の者が力を貸してくれたのは、今の公儀に対する不満のあらわれだろう。

その中でも、と迅八郎は思った。樽留屋菜右衛門は群を抜いている。武器や武具の調達力は、すさまじいの一言だ。

忠長についた樽留屋の願いは、鎖国をやめさせることだと聞いている。自由に交易ができる国を目指しているのだそうだ。

樽留屋菜右衛門とは、いったい何者なのか。きっと戦国の昔、名を挙げた者なのだろう。腹が据わっている。

今頃、と迅八郎は思った。原城は落ちているかもしれぬ。

もともと、あの城は捨て城でしかない。あの地で、十万をはるかに超える幕府軍を相手にして勝てるなどと、忠長も思っていないはずである。幕府軍を打ち破るなど、どだい無理な注文でしかないのだ。

十二月の初めに天草四郎が入城して以来、原城はすでに三月近くも持ちこたえている。それだけの奮戦をしてくれれば、もう十分すぎるほどだ。

薄闇の中に千代田城が見えてきた。

千代田城の大手門の前に、迅八郎はやってきた。ここが待ち合わせの場所である。

「迅八郎」

背後から呼びかけられた。そこに誰かいることは、迅八郎はすでに察していた。

「これは殿」

忠長に近づき、迅八郎は丁寧に辞儀した。

「迅八郎、九州はどうだ」

「殿の予測された通り、今頃、原城は落ちておりましょう」

「天草四郎どもは松平伊豆守を引き寄せてくれた。それだけで十分だ。家光を殺すのにやつは邪魔だ。知恵が回るやつはいざというとき役に立たぬが、やつだけは別だ。必ず邪魔をする。――左門はどうしている」

「まだ九州にございます。いるはずもない殿の影を捜して、原城の周辺を嗅ぎ回っておりましょう」

「それならばよい。刺客を送り続けるつもりでおったが、おぬしほどの腕でないと、やつは倒せぬ。家光が死ねば、やつもおとなしくなろう。おとなしくならなければ、殺すまでだ」

目を光らせて、忠長が千代田城を見上げた。深くうなずき、口を開く。

「よし、行くか」

「はっ、まいりましょう。家光の息の根を止めるのは、一刻も早いほうがよろしかろうと存じます」

大手門のそばを離れ、忠長と迅八郎は左側に向かって歩きはじめた。

「あの建物にございます」

迅八郎は指さした。千代田城の西の丸から二町ばかり離れた町屋である。すっかり暗くなった中、手の者が家の前で待っていた。これは大久保《おおくぼ》長安《ながやす》の家臣だった男で、名を山県健太夫という。

「どうぞ、こちらに」

忠長と迅八郎は家に入った。薄暗い廊下を通り、奥に案内される。

「こちらです」

襖《ふすま》の前で男がいった。

「開けよ」

忠長の命で襖が横に滑る。

土のにおいが濃厚にしている。

──ついにこのときがきた。

長いこと木村迅八郎はこの瞬間を待っていた。千代田城の本丸御殿につながる坑道が、この家から掘られているのだ。この坑道のために忠長は、大久保長安の家臣を配下に据えたのである。

これまで膨大な費《つい》えがかかったはずだが、島原に乱を起こさせるなど、十分すぎるときを確保できた。そのおかげで、こうして坑道は完成したのだ。

大久保長安家の者も、忠長が天下を取ったら重用されることが決まっている。励まないわけがなかった。

「行くぞ、迅八郎」

松明《たいまつ》に火をともし、忠長が梯子《はしご》を下りはじめた。迅八郎も続いた。

坑道は一本道だが、ひじょうに長く、案内の者がついた。

突き当たりまでたどり着くのに、優に四半刻はかかったのではあるまいか。

唐突に坑道が終わり、そこにはまたも梯子がかけられていた。それを忠長と迅八郎は登った。案内の者はここまでである。

穴は、灌木《かんぼく》の茂み近くに口を開けている。差し渡し一尺ほどの穴から顔を出し、迅八郎はあたりの気配を探った。ここに穴が開いていることなど、誰も気づいていない。誰何の声を上げて近づいてくる者はいない。

「誰もおりませぬ。殿、まいりましょう」

迅八郎は手を貸し、忠長を穴から出した。

「そこが御殿か」

黒々とした建物の影が、のしかかるように見えている。

「御意」

「そこに家光がいるのか」

「おりましょう」

しばらく二人はその場を動かずにいた。

そうしているうちに、いくつかの人の気配が近くに寄ってきた。

念のため、迅八郎は鯉口を切った。

「お待たせしました」

寄ってきたのは全部で六つの影だ。これも大久保長安の元家臣たちである。

「してのけたか」

六人の中で身分が一番上の者に忠長がきく。

「はっ」

「すぐにやれるか」

「やれます」

「ここから見物できるか」

「いえ、それは無理でございます。穴にお戻りください」

「そうか、それは残念だ。家光はいるのか」

「はい、いつものようにすでにこの御殿でくつろいでいるはずでございます」

「よし、やれ」

「承知いたしました」

忠長は穴に戻った。

穴の外で大久保家の元家臣たちが最後の作業を行っている。邪魔する者が来ないよう、そばで迅八郎は目を光らせている。

「完了いたしました」

大久保家の者たちが穴のそばに集まる。

迅八郎は穴に入った。大久保家の者たちも少し遅れて身を入れた。


ずん、と腹に響く音がした。

穴がひどく揺れ、ぱらぱらと土が落ちてきた。このまま崩壊するのではないか、と迅八郎は危ぶんだほどだ。

忠長は平静な顔をしている。相変わらず肝が太い。こんなところで死ぬはずがないと自分を信じているのだ。

直後、がらがらと建物が激しく崩れ落ちる音が聞こえてきた。同時に大音響が轟《とどろ》いた。

あの音は、御殿のまわりの建物も、きれいに壊れた証だろう。まわりの建物も壊しておけば、家光を助けようとする者がいても、邪魔されて御殿には入れない。

「よし」

暗さの中、忠長は満面の笑みを浮かべている。

「まちがいなく家光はくたばったであろう。すぐに余が新将軍としての名乗りをあげる。だが、その前に本当に家光の息の根を止めたか、確かめねばならぬ」

梯子をのぼり、迅八郎たちは穴の外に出た。

ものの見事に御殿は潰れている。まわりの建物も同様だ。幾筋もの煙があがっている。火薬のきついにおいが漂っていた。

これなら家光は死んだだろう。

がれきやおびただしい材木が転がる中、迅八郎たちは家光の死骸を捜し求めた。

数えきれないほどの死骸が下敷きになって倒れている。

だが、家光らしい者はいない。

おかしい。

なおも迅八郎たちは家光を捜し回ったが、見つけ出せない。

「下敷きになって死んでいるか」

忠長がつぶやく。

「だが、骸《むくろ》を見つけるまでは引き上げるわけにはいかぬぞ」

それは迅八郎もわかっている。

どこだ。どこにいる。歯噛みしつつ迅八郎は捜し回った。

「いたぞ」

声が上がり、迅八郎はそちらに向かった。

「厠《かわや》だ」

横たわっている男がいる。松明の明かりを浴びているのは、まちがいなく家光だ。気絶している。

厠にいて難を避けたのか。なんと運のいい男なのか。

「首を刎《は》ねろ」

忠長が命じ、大久保家の元家臣たちが、首を刎ねやすいように家光を座らせた。

家光はなおも気を失ったままである。

よし。

家光の背後に回り、迅八郎は刀を振り上げた。

「そこまでだ」

そんな声が聞こえ、迅八郎はいやな予感に襲われた。今の声が柳生左門のものに思えたからだ。

いや、そこに立ち、刀を構えているのは紛れもなく柳生左門だった。

七

迅八郎が愕然とする。

「なにゆえここに」

「俺がまだ九州にいると思ったか」

迅八郎を見据えて、左門はいい放った。

「俺は六十里を一日で走れる。戦国の頃の忍びより上といってよかろう。きさま、そんなことも知らなんだか」

「一日に六十里だと……」

「そうよ」

「――迅八郎、早く家光を殺せ」

忠長が叫ぶ。その声に我に返った迅八郎が、はっ、と答え、刀を振り下ろそうとする。

「させるか」

五間ほどの距離を一気に駆け抜け、左門は刀を迅八郎に向けて振った。

自らの命を捨てる気持ちでいたら、迅八郎は家光を殺すことができていた。だが、迅八郎は家光の命を奪うことよりも、自分が生きることのほうを選んだ。刀の腹で左門の刀を受け、受け流したのだ。

膝立ちの姿勢から、迅八郎が刀を横に払ってきた。

横に動いてそれをよけ、左門は刀を真っ向から振り下ろした。だがさすが長旅の疲れからか、技に切れがない。

それを察したか、わずかに動いただけで迅八郎がかわした。ふっ、と馬鹿にしたような笑いを見せる。

「一日六十里か。確かにすごいとしかいいようがないが、そのあとでこの俺と戦おうというのは、無謀でしかない」

迅八郎が一気に攻勢に出た。

上段から刀を落としてきたと思ったら、すぐに下段から振り上げてくる。胴も狙ってくる。

ことごとく避けてみせたが、左門は腕に力が入らない。こちらから攻撃に出ようとしても、思い通りに体が動かないのだ。

まずいぞ。

刀が袈裟懸《けさが》けに振られる。それをよけた左門の足ががれきを踏み、体がよろめいた。

「死ねっ」

――やられる。

迅八郎が再び袈裟懸けを見舞ってきた。

その斬撃は、左門から見ても、体を斜めに両断するに十分な威力を秘めていた。実際に刃が体に入ってゆくのを左門は目の当たりにした。

だが、実際には空を斬っていた。

左門は我知らず斬撃をやり過ごしたのだ。風を受けた柳のように体がふらりと揺れ、刀はぎりぎりを過ぎていったのだ。

自分でも、まさかこんな動きができるとは知らなかった。これはおそらく、と左門は考えた。疲れ切っていたせいなのだろう。疲れすぎたせいで、頭も働かなかった。そのために逆に無心になれた。心が無になると、体というのは思いもしない動きを見せることがあるのだ。

思いもしなかったのは、必殺の斬撃をかわされた迅八郎も同じだったようだ。完全に殺したと思っただけに、刀を引き戻すのがわずかに遅れた。

そこを左門は狙った。上段からの振り下ろしはかわされたが、迅八郎はすでに体勢を崩していた。左門は刀を横に薙《な》いだ。

これをよけるすべは迅八郎にはなかった。

なんの手応えもなかった。

迅八郎自身、まだやられていないと思ったらしい。刀を振り上げようとした。

だが、その動きで胴が微妙にずれた。うっ、と迅八郎が声を発した。

ずず、と胴が横に滑り、あっ、と迅八郎の口が動いた。すぱりと切れ、下半身から離れた胴が、信じられぬ、という表情を浮かべた迅八郎の顔をのせて、地面に横倒しになった。

二つの切り口から音を立てて血が噴きだした。

それでも迅八郎はしばらく生きていた。刀を握ったまま身もだえし、血まみれになった顔で左門を憎々しげに見つめていたのだ。

息絶えるのを待たず、左門は忠長に向き直った。

だが、そこにはすでに兄の十兵衛がいて忠長に刀を向けていた。忠長は正座をし、こうべを垂れていた。佩刀《はいとう》はかたわらに転がっている。

大久保家の元家臣たちは、すでに逃げ去ったようだ。

「兄上、それがしが危ういとは思わなかったのですか」

左門は十兵衛にただした。

「迅八郎程度の者、そなたならなんとかすると思うていた。しかし、九州から江戸まできたくらいでへばってしまうとは、左門、鍛え方がまだまだ足りぬな。それとも、病み上がりがこたえておるのか」

傲然とい放つ十兵衛は疲れているように見えない。さすがに人離れした男といっていい。

原城をあとにした左門たちは、馬で肥前《ひぜん》を抜けて筑前博多《ちくぜんはかた》まで行き、黒田家が仕立ててくれた船に乗って大坂に向かった。大坂で船を下りるや、また馬にまたがり、京に出て東海道を一気に東下したのだ。

まさに、夜を日に継いで江戸まで来たのである。松平信綱がすべての宿駅に対し、どんな用よりも優先して柳生家の二人に力を貸すよう一筆したためた文書も威力を発揮した。

「上さまは」

家光を気遣って左門は十兵衛にきいた。

「ご無事だ。気を失っておられるだけで、命に別状はない」

家光に静かに近づき、左門はじっと見た。こんこんと眠っているようにしか見えない。顔や体に傷もほとんどない。さすがに強運の持ち主である。

――よくぞ、ご無事で。

左門の目から涙が落ちた。

もし家光がとてつもなく運のよい男でなかったら、御殿が爆破されたときに死んでいただろう。実際、御殿が崩れ落ちたのを目の当たりにしたとき、間に合わなかった、と左門は暗澹《あんたん》たる気持ちを抱いたものだ。

「お、お助けくだされ」

不意に忠長が情けない声を出した。

「手前は駿河《するが》大納言《だいなごん》などではありません。脅されて身代わりにさせられているだけなのです」

「では、何者だ」

冷たい声で十兵衛が問うた。

「ただの百姓です」

「どこの百姓だ」

「上野《こうずけ》です」

上野といえば、忠長が幽閉されていた高崎城があるところだ。

「上州訛《じょうしゅうなま》りがないな」

「無理に直させられたのです」

「名は」

「は、はい。伝《でん》右《え》衛門《もん》と申します」

「どこの村だ」

「えっ」

一瞬、忠長が考え込む。

「自分の村の名も忘れたか」

「は、はい。もうずいぶん長く離れているものですから」

「思い出したか」

「いえ、どうしても思い出せません」

「下手に村の名をいって調べられたら、そこに伝右衛門などという男がおらぬことがばれるものな」

しゃがみ込み、十兵衛が忠長をじっと見る。

「大納言さま、往生際をよくしなされ。もはや、いい逃れは利きませぬぞ。先ほど、家光を殺せ、とまでいったではありませぬか」

「あれも脅されてのものでございます。まことに手前はただの百姓でございます。どうか、お慈悲を」

「見苦しいぞ、忠長」

そのやや甲高い声は、家光である。むくりと起き上がった。

「左門、起こしてくれ」

手を伸ばしてきた。

「はい」

家光の手はあたたかだ。紛れもなく生きている。それを確認し、左門は心からの安堵を覚えた。

左門の手を借りて立ち上がった家光は、厳しい眼差しを忠長に注いだ。

「忠長。ここまでしてのけて、まだ生きようと思うのか」

実兄にいわれ、さすがに忠長がむっと黙り込んだ。そのときさっと横の佩刀に手を伸ばした。刀を引き抜こうとする。

「愚か者めが」

懐から扇を取り出した家光が、忠長の月代《さかやき》をぴしりと叩く。

「あっ」

それだけで忠長は気力を失ったようだ。手から刀が力なく落ちた。

その後、忠長は、忠長を騙《かた》った男として首を刎《は》ねられたという。本物の忠長は高崎で死んでいることになっているのだから、こうするしかなかったようだ。

大久保家の元家臣も全員が捕まり、首を刎ねられたそうである。

このことについては、十兵衛がすべて話してくれたのだ。もしかすると、十兵衛が忠長の首を刎ねたのかもしれない。

むろん、そんな気がするだけで、十兵衛の顔色からはまったく読み取れない。

「それで左門、これからどうする」

柳生家の江戸屋敷で、左門は十兵衛にきかれた。

「上さまにお目にかかります」

「上さまに会って、どうするつもりだ」

厳しい目で十兵衛が問いただす。

「褒美をいただきます」

「褒美だと。どのような褒美だ」

軽く首をひねっただけで、左門はなにもいわなかった。

「左門、なぜいわぬ」

「申し訳ありませぬが、兄上には申し上げられぬのです」

「俺にいえぬが、上さまには申し上げられるのか」

「そういうことになります」

「いったいどんな褒美をもらおうというのだ。左門、言え」

膝を立て、十兵衛がにらみつけてきた。刀を手にしている。

相変わらず体が固まってしまうほど怖いが、丹田《たんでん》に力を込めて左門は耐えた。ここで十兵衛が刀を抜くはずがない。

「上さまから褒美をいただけたなら、兄上には必ずお伝えいたします」

その言葉を聞いて、しばらくのあいだ十兵衛は無言でいた。膝を戻し、正座する。

「よかろう。――左門、約束を破るなよ」

「それがしは約束を破ったことはこれまで一度もありませぬ」

平然としていう左門を、苦々しげな眼差しで十兵衛は見つめている。

脇息《きょうそく》から身を乗り出し、家光がじっと見た。

「左門、いま褒美と申したか」

「さようにございます」

平伏したまま左門は答えた。

「上さまは、褒美について覚えていらっしゃるのではないかと、それがしは勘考いたします」

「ふむ、褒美とな」

楽しそうにいって家光が脇息にもたれる。

「うむ、覚えておるぞ。忠長の件についてうまくなし遂げることができたら、そなたに褒美をやると確かに申した。左門、それが今ほしいと申すか」

「はっ、ほしゅうございます」

「余に面会を求めてきたということは、なにか望みがあってのことだな。左門、申せ」

「上さま、その前にお人払いをお願いしてよろしゅうございますか」

「よかろう」

気軽にいって家光が手を振る。家光気に入りの二人の小姓が、一礼して退出した。絢爛な襖が音もなく閉まり、それを確かめた家光が左門に眼差しを当てる。

「これでよかろう。左門、申せ」

「はっ」

腹に力を入れ、左門はわずかに間を置いた。

「上さま、それがしを異国に出してほしいのでございます」

「なんだと」

さすがに家光の腰が浮きかけた。

「どういうことだ、左門」

「上さま、それがし、海の外に出とうございます」

「左門、そなた、国の掟を破るというのか」

「いえ、その気はございませぬ」

家光を見て左門はきっぱりといった。

「それがしに国法を破る気は毛頭ございませぬ。それゆえ、上さまのお許しを求めさせていただいております。上さまのお許しが出れば、特例ということになり、禁制を破ることにはならぬと存じます」

「なんと――」

絶句して、しばらく家光は声がなかった。あっけにとられたように左門を凝視しているだけだ。

　大きな咳払いののち、家光が口を開いた。

「異国に行って、左門、どうするつもりだ」

「思う存分、生きてみるつもりでおります」

「我が国では存分に生きられぬか」

「それがし、こたびの件では日本中を飛び回ってございます。忠長公の一党との対決は、正直、心躍るものがございましたが、同時に日本の狭さも思い知りました」

「あまりの狭さに我が国はつまらぬと思うたか」

「つまらぬということはございませぬ。いささか、それがしには狭すぎると感じただけにございます」

「一日六十里も走る男だからの。無理はなかろう」

　目を閉じ、家光が沈思した。うなるような顔つきで考え込んでいる。

　やがて顔を上げ、家光がきいてきた。

「左門、一人で行くつもりか」

「いえ、女性《にょしょう》を一人連れてまいります」

「女性だと」

　家光の目がぎらりと光を帯びる。家光と契りを結んだのち、妻を迎えた者が裏切り者として何人も手討ちに遭っている。それだけ家光は嫉妬深いのだ。

だが、それは昔の話である。今の家光は女性にも目覚めているはずなのだ。

つと目から力を抜き、家光が柔和な笑みを見せる。

「左門、そなたにはそのような者がおったのだな。知らなんだぞ。名はなんという」

「お久と申します」

「お久か。よい名だ。美形か」

「はっ、美形といってよいかと存じます。それがしの幼なじみでございます」

「異国行きをお久は了承しておるのか」

「まずは上さまのお許しをいただいてから、と思うておりました。お久にはこれから話すつもりでおります」

そうか、と家光が決意を秘めた目でいった。

「わかった。左門」

はっとして左門は家光を見上げた。

「許す。望み通り異国にまいり、思う存分、暴れてこい」

「ありがたき幸せ」

喜びが胸にあふれた。さすがは上さまである。感極まって左門は再び平伏した。

「だが左門、一つ約束せい」

優しい家光の声が降ってきた。涙をぽたりぽたりと落としつつ左門は顔を上げた。

家光の目も、心なしか潤んでいるようだ。

「よいか、死ぬ前に必ずこの国に帰ってくるのだ。余に顔を見せるのだ。左門、承知か」

「は、はい、承知いたしましたが」

そうはいったものの、左門には戸惑いがある。

「国が閉ざされていては、帰れぬというのであろう。それについては余に考えがある。おぬしに書付を渡すつもりだ。その書付を肌身離さず持ち歩いていよ。この国に戻ってきたとき、帰り着いた湊の役人に見せれば、罪に問われぬための書付だ。左門、承知か」

「承知いたしました。それがし、これ以上ない幸せをいま感じております」

家光のあたたかすぎる厚意に、左門は言葉が続かなかった。

「うむ、それでよい」

頰を柔和にゆるめ、家光が満足げに笑った。

しかし、その目に左門に対する羨望の色が浮いているように見えないこともない。これから異国に雄飛しようとしている左門が、国を閉ざしたといっても、家光はうらやましいのではあるまいか。

左門、と家光が静かに呼びかけてきた。

「以前、そなたに四万石の墨付を渡したことがあった。だが、こたびのはそれとは比べものにならぬほどうれしい書付ではないか」

「四万石のときも、それがしはうれしゅうございました。しかしこたびの書付は、上さまのお気持ちが胸にじかに伝わり、震えが出るほどでございます」

「左門、よいか、長生きせい。余も力を尽くして生きるゆえ」

泣くのをこらえるような顔をしているが、すでに家光の目には涙が浮いている。

「はっ」

左門は感激のあまり、声がない。

「左門、また会おう。書付は菊岡晋吾に渡しておく。取りにまいるがよい」

立ち上がった家光が、名残惜しげに左門を見る。それから対面の間をあとにした。

また会おう、といってくれたが、家光と会うのはこれが最後だろう。

寂しくてならない。

だが、後悔はない。

襖が閉まっても、なお左門はひれ伏していた。

江戸をあとにした左門は柳生に戻ってきた。二日後、屋敷の道場にお久をいざなった。

お久とは久しく会っていなかったが、左門を追うのに疲れ、お久は柳生でおとなしくしていたそうだ。

「お久、立ち合うぞ」

左門は壁の袋竹刀《ふくろしない》を二本取り、一本をお久に渡した。

はい、と答えてお久が袋竹刀を構える。

「行くぞ、お久」

すす、と進んだ左門は上段から袋竹刀を振り下ろした。

それをお久が受け流し、左門が体勢を崩したところを見逃さず、面を打ってきた。

左門はかわさず、その一撃をまともに受けた。

「やったあ」

お久が小躍りする。

「これで私は左門のお嫁さんね」

「そういうことだ」

「左門、わざと打たれてくれたのね」

「まあ、そうだな」

「うれしい」

お久は喜びを嚙みしめているようだ。

にこりと笑って左門はお久を見た。

「お久、行くか」

「今から行くの」

「思い立ったが吉日、というからな。よいか」

「ええ、もちろんよ。どこへ向かうの」

「堺だ」

「堺に樽留屋はないんじゃないの。とうに店じまいをしたようよ。公儀の手から樽留屋だけは逃げおおせたそうだもの」

「しかし、堺に行けば、きっと菜右衛門に会えよう」

「樽留屋の正体を、左門はわかっているの」

「考え続けてようやくわかった」

「へえ、誰なの」

「呂宋助左衛門《るそんすけざえもん》だな」

伝説の商人といってよい男で、戦国の世に呂宋に渡り、交易で莫大な富を築いたといわれている。豊臣秀吉の信も得て、豪商として活躍したものの、分を超えた暮らしぶりを秀吉にとがめられ、日本を脱した。その後の消息は不明で生死もさだかでないと聞いていたが、まだしぶとく生きていたのだ。

「左門、なぜ樽留屋が呂宋助左衛門だと思ったの」

「樽留をひっくり返して音読みすれば、るそんになる。菜右衛門という名にも意味があると思う。もともと助左衛門は納屋《なや》が本名だ。納屋は菜屋の字を当てることもあるようだからな」

「なるほど、確かに樽留屋菜右衛門は、呂宋助左衛門でまちがいないようね」

きっと、と左門は柔らかな笑みを浮かべているお久を見つめて思った。海の向こうではぞくぞくするような日々が、待っているにちがいない。左門はそれが楽しみでならない。

柳生左門《やぎゅうさもん》　雷獣狩《らいじゅうが》り

朝日文庫

2014年10月30日　第1刷発行

著　者　鈴木英治《すずきえいじ》

発行者　首藤由之
発行所　朝日新聞出版
〒104-8011　東京都中央区築地5-3-2
電話　03-5541-8832（編集）
03-5540-7793（販売）

印刷製本　大日本印刷株式会社

Published in Japan by Asahi Shimbun Publications Inc.
定価はカバーに表示してあります

ISBN978-4-02-264751-1

朝日文庫

八丁堀育ち
風野　真知雄

同心の息子で臆病な夏之助と、与力の娘でしっかり者の早苗。幼馴染みの二人は江戸の謎を追うが、いつしか斬殺事件の真相に近づいてしまい……。

初恋の剣
八丁堀育ち2
風野　真知雄

古本に挟まっていた、かどわかしの脅迫状。事の真相を追う夏之助と早苗だが、やがて八丁堀を揺るがす大事件に巻き込まれ……。シリーズ第二弾！

雪融《ゆきど》けの夜
八丁堀育ち3
風野　真知雄

江戸の悪事を暴いていく夏之助と早苗の活躍を、柳瀬家の入り婿となった右京は冷ややかに見つめ……。不穏な影が忍び寄る、人気シリーズ第三弾。

早春の河
八丁堀育ち4
風野　真知雄

早苗と夏之助が手にした、たった一枚の小判。そこから、事態は町方を巻き込む大捕物に繋がり……。幼馴染み二人の行く末を描くシリーズ最終巻。

お助け奉公
深川船番心意気〈一〉
牧　秀彦

交通の要所として通行船を見張る船番所。忠義一徹の剣士・軍平や美男の侍・静馬ら船番衆たちの活躍と、江戸の商業の活況を描いた痛快人情時代劇。

出女《でおんな》に御用心
深川船番心意気〈二〉
牧　秀彦

女が江戸外に出る出女は御法度だが、船番所に女人の漕ぐ船が現れた。この女の目的は？　船番衆が大活躍、書き下ろし時代劇シリーズ第二弾。